探偵は御簾《みす》の中

検非違使《けびいし》と奥様の平安事件簿

汀こるもの

講談社
タイガ

イラスト——しきみ
デザイン——岡本歌織（next door design）
図版制作——釜津典之

目次

別当祐高卿《べっとうすけたかきょう》と出られない海老《えび》の巣

1

「とりあえず初めての結婚は親が元気なうちにちゃんとした身分の相手を決めて、色恋などは後からすればよろしい」

それが互いの後見の見解だった。

京の都は平安なればいつでも色好みの男君と麗しい女君の好きの嫌いの惚《ほ》れた腫《は》れたの噂話《うわさばなし》で持ちきりだったが、何となくそういう話と縁遠いお方が二人いた。

右大将《うだいしょう》の若君と権大納言《ごんだいなごん》の姫君。祐高は十四歳、忍《しのぶ》は十六歳だった。二人ともそれなりに見目よく聡明《そうめい》だったが、ぼーっとしていたらその年齢になっていた。

いつまでも放っておかなかったのは互いの家の者たちだ。

「父上はなぜお前を聟《むこ》に出すのを忘れていたのだろうな。妹が結婚するのに兄が邸《やしき》で独《ひと》り寝していたのではみっともない。おれも探してやるからさっさと決めろ。お前は血の気が乏《とぼ》しいからその気になるのを待っていたら老いぼれても妹の家に住んでいると指さされるぞ」

祐高はある日突然、三つ上の兄にどやされ。

「姫さま、十六にもなったら帝《みかど》のお妃《きさき》にするために秘蔵しているのだという言いわけは苦しゅうございます。今日も聟君はいらっしゃらず姉上さまは泣き暮らしていらっしゃいますが、このまま離縁ということになったら誰が御家《おいえ》を継ぐのかと。姉上さまのためにも姫さまが手堅い聟を取ってご両親を安心させてさしあげなければ」

忍は乳母《めのと》にせっつかれた。

高級貴族は十二、三歳で親の決めた相手と結婚するのが通例だった。

忍はこうも言われた。

「財ある家の姫君は、独り身でいらっしゃるとわけのわからぬ男に言い寄られます。色男とはほど遠い有象無象に迫られるくらいなら、せめて家柄《いえがら》だけでもちゃんとした方をお父上さまに選んでいただきましょう」

また折悪《おりあ》しく、忍の側仕《そばづか》えの女房の一人が失恋したばかりだった。

「姫さまは源氏《げんじ》物語の男君ならば誰がお好みですか」

「……夕霧大将《ゆうぎりのたいしょう》？」

「あれは最悪です。幼馴染《おさななじ》みの姫君と波瀾万丈《はらんばんじょう》の大恋愛の末に結婚、一途《いちず》で甘い夢に見えましょうがそもそも姫さまに幼馴染みの男君などいないではないですか」

そう言われると身も蓋《ふた》もない。――邸の外に出ることのない姫君は、側仕えがすさんでいると周囲の空気が澱《よど》む。

「結婚したらめでたしめでたし、で終わるわけではありません。愛《いと》しの姫君も子を五人も六人も産んで所帯じみて自分にかまってくれなくなると鬼呼ばわり、それで外でふらりと落葉《おちば》の宮のような儚《はかな》げで﨟長《ろうた》けた幸薄い未亡人に目が移るともうころっと。それっきり。男君の誠実さに期待などしてはいけませんよ。何をどうしたって損をするのは女君ばかりなのです。結婚などはなからつまずくものと諦《あきら》めて怪我《けが》をせぬよう、痛みをなるたけ抑える努力をしましょう」

こんなことを吹き込まれている間にも事態は動き出す。格の釣り合う空きを見つけると、双方の親族は躍起になった。

まず祐高から忍に花と、和歌を書いた文が贈られてきた。忍もそれらしい返事をして。向こうは父親に挨拶《あいさつ》にも来た。

そのうちに体裁が整って、二人は互いの親同士の許可を得て夫婦の契りを交《か》わすことになった、らしい。

忍が吉日だからと身体《からだ》や髪を洗ったり珍しい香を焚《た》きしめ、正月より豪勢な新品の晴れ着を着た途端、いつもは片時も離れない女房や乳母が「なぜだか」一斉に忍のそばからいなくなった。

初夜は御家の決めた縁談でも男君が密《ひそ》かに夜這《よば》いに来たという体裁で、女君の家の者たちは誰も気づかないふりをする。

しかも灯《あか》りが暗い。男君がやって来ても御簾《みす》の向こうに影しか見えない。こちらの晴れ着も見えなかっただろう。小さな影だった。

「び、美姫《びき》と名高い忍さまとお近づきになれて、光栄です。この祐高、今日という日を一生忘れず、これが、か、カイロウドウケツノトコシエノチギリとなるよう、あなたに尽くします」

ほんの子供の声だった。口上だけは一人前だがガチガチに緊張して聞き取れない。

さて忍の返事は。

「無理しなくていいのよ、まあさっさと済ませましょう」

「は?」

少々口が滑《すべ》ったが、気づかれなかった。

まだ十四の男君は身体もてんで小さくて横になると忍の方が足が長かった。

とにもかくにも二人は結ばれ、二日目も同様に。

三日目の夜からが本番だ。女君の父親は一族郎党を呼び集め、ご馳走《ちそう》と酒とをふるまって盛大に聟を歓迎し、餅《もち》を食べさせる。これで正式に結婚したことになる。

どちらの御家も必死のご縁。宴《うたげ》はそれは賑《にぎ》やかで灯りもたくさん点《とも》して、「立派な聟をいただいて、実に聡明そうな若君、将来が楽しみだ」と大人たちが口々に褒めそやす。お世辞でも祐高は舞い上がった。

「皆に祝福され、祐高は幸せ者です。縁起物だからと本物の偕老同穴《かいろうどうけつ》を見せていただきました。忍さまもご覧になりましたか？　とても美しいものでしたよ。わたしたちも邸を美しく飾り、互いの親孝行のためにも一族の繁栄に努《つと》めましょう」

——だが、男ばかり集まる宴に当の女君の席はなかった。忍は自分の部屋でずっと終わるのを待っていただけだ。

寝所《しんじょ》に現れた新郎に冷や水を浴びせるように、新婦は二通の文を突きつけた。

「あなたが女にもてない甲斐性《かいしょう》なしでぼーっとしていて今の今まで結婚しそびれていたのは知っているから。残りものには福があるのだと思っておいてあげるわ」

どちらも祐高が書いたものだった。彼はきょとんとしていたが——手紙をじっと見たまま「ぐ」と蛙《かえる》を踏んだような声を上げた。

「おわかり？　あなた、一度目の文と三度目の文で同じ歌をわたしに贈っているのよ。よそに想《おも》う女でもいて間違えたかしら？」

「い、いやこれはあの」

「わかっているわ、想う女などいないのよね。そちらに恋の話などないのは念入りに調べさせたわ。単に代作の歌を写すのにしくじっただけなのよね」

忍はものも言えない祐高の衣の袖《そで》を引っ張り、にやりと笑ってやった。

「本当ならこの件は乳母から父に筒抜け、父から正式に抗議して婚約は破談。あなたはうちの邸の家人たちに〝冬桜《ふゆざくら》の君〟とあだ名をつけられる。知っていて？　この邸が〝冬桜の院〟と呼ばれているのを」

「は、はい、お父君から聞きました。庭に一本とても珍しい桜があって冬と春との二回咲く自慢の木で。先帝、今上《きんじょう》もわざわざ足を運んでご覧になり、東宮《とうぐう》がご覧になるときはわたしがお迎えするかもしれぬと」

「その通り、二度桜とも言うのよ。草木ですら季節を間違えることがあるなんて粗忽《そこつ》な話、まさにあなたのことね」

「わたしですか」

「同じ女に二度同じ歌を贈ったと都中《みやこじゅう》の笑いものになる——ところだけれど、わたしが秘密にしていたので父も女房たちも何も知らないわ。安心して」

「なぜですか」

「真面目《まじめ》で立派な男君になってほしいからよ。あなたは抜けているだけで性根が曲がっているわけではないの、わかるわ。わたしがあれこれ教えてあげればこういうしくじりはなくなるはずだから言うことを聞きなさい。世間に間抜けと知れ渡るのは嫌でしょう、妹君の縁談が控《ひか》えているのに恥を晒《さら》したらご家族からどう思われるか」

これでも忍は年上らしい寛大な心を示しているつもりだった。

「大丈夫、取って食べたりはしないわ。あなたが真面目に宮中でお勤めを果たしてそれらしくふるまっていれば、わたしもちゃんと毎日あなたにお食事と着替えとお部屋を用意して聟君としてもてなすから。子供も二、三人必要でしょう。子供ができたらよそに女を作ってもいいわよ。浮気をするなとは言わないわ。取引しましょう」

「取引」

「あなただって高貴な御家の生まれ、格の釣り合う正妻は必要でしょう。お互い、生きるために割り切って。ひとまず大事なのは世間体よ。後からあなたに愛しい落葉の宮が現れたらそのとき考えましょう。わたしも柏木《かしわぎ》に出会うかもしれないし。まずはしばらく毎日うちに来るのよ」

「ええ……」

「色恋など後からすればいいの。人生は長いのだから」

大人ぶって祐高の肩を叩いて。こうして二人の結婚生活が始まった。

それが実質「脅迫」であったことを聞きつけ、忍の乳母は一応苦言を呈《てい》した。

「……忍さま。恋の駆け引きとはそういうものではありませんが」

乳母の桔梗《ききょう》は一連の手紙全《すべ》てに目を通し、いち早く祐高の二度歌に気づいていた。

「とんでもない。よりにもよって何て迂闊《うかつ》な、うちの姫さまを軽んじている。向こうの御家は真面目にやる気がないのでは。このたびの縁談はなかったことに」

と騒いだ人だったが。

「この方がいいのよ。親が手紙を添削していないとわかったし、十四の子が色事に手慣れているのもどうなのよ。一回や二回うっかりしたのを責めるものではないわ」

忍が桔梗を黙らせ、父親に見せるのに筆跡を似せた偽の手紙まででっち上げたのだった。生まれたときから仕えているのだから乳母は忍の気が強いのは知っていたが、まさか夫を脅していいように操ろうとは。

「真面目に見えても男はいつか道を踏み外すって皆言ってたじゃないの」

「言いましたけど、姫さまはまだ新婚でいらっしゃるのですから普通に聟君を優しくお迎えしてですね」

「優しくするわよ。わたしこう見えて源氏物語は『若紫《わかむらさき》』の帖《じょう》が好きなのよ。いいことが書いてあるわ」

「いいこととは？」

「ものを知らない子を自分の思い通りに育てて伴侶《はんりょ》とすればさぞ気分がいいでしょう。わたしには夕霧大将のような気心の知れた幼馴染みの男君はいないのだから、自分で作るしかないじゃないの。あのぼーっとした冬桜の若君に立派な衣を着せて風雅な公達《きんだち》に育てるのよ。育てながらわたしなしでは生きられないように刷り込むの」

「なりますか、立派な公達に」

「お顔が凜々《りり》しく仕上がれば。顔は結構気に入っているの、目が綺麗《きれい》だわ。早く背が伸びるようにいいものを食べさせてあげて」

縁談の初期、忍は父に挨拶に来た祐高を女房に交じって几帳《きちょう》の陰《かげ》から必死で覗《のぞ》き見て容姿を確かめていたのだった。代わりと言っては何だが自分も着飾ってわざと戸に穴の空いた部屋で琵琶《びわ》をかき鳴らし、偶然に姿を垣間見《かいまみ》る機会を演出してやった。名家の姫は人に顔を見せてはならないものだったが、いざ結婚してから顔が気に入らないこんなはずではなかったと嘆いたのではお互いあまりに馬鹿馬鹿《ばかばか》しい。

それを聞いた桔梗こそ、ひしひしと「育て方を間違えた」と思ったのだった——

それから月日は過ぎて八年の後。

忍の上の夫は堂々とした眼差《まなざ》しの公達となり、心配した背丈《せたけ》も人並み以上に伸びて、立派な邸を建てて妻子を引き取った。従三位《じゅさんみ》検非違使《けびいし》別当《べっとう》左兵衛督《さひょうえのかみ》中納言《ちゅうなごん》藤原祐高卿《ふじわらのすけたかきょう》。押しも押されもしない朝廷の重鎮の一人となった。

使庁《しちょう》——検非違使庁《けびいしちょう》は弾正台《だんじょうだい》、刑部省《ぎょうぶしょう》、左右京職《さうきょうしき》に分かれて煩雑になっていた京《みやこ》の守護を一手に担う役所。大内裏《だいだいり》を守護する衛門府《えもんふ》から選ばれた武官の精鋭で構成され、罪人を捕らえて裁き、律令《りつりょう》に背く行為を禁じるが、宮城《きゅうじょう》や神社仏閣の掃除、葵祭《あおいまつり》の警護、未納税の取り立て、洛中《らくちゅう》の貧窮者への施行《ほどこし》などもする。命じられたら何でもすることになっている。

殺人、盗賊、海賊、放火、賭博《とばく》、闘乱刃傷《にんじょう》、強姦《ごうかん》、強訴、風俗の頽廃《たいはい》を取り締まり、穢《けが》れを祓《はら》う——

その長官は貴族でなければならない。京を守護するのは公卿《くぎょう》でなければならない。

それも容儀、才学、富貴《ふうき》、譜代《ふだい》、近習《きんじゅ》の五つの徳を備え、威儀を正した貴族の中の貴族でなければ。立派な身なりと教養と財産と血筋と篤《あつ》い忠誠心。

光源氏《ひかるげんじ》とまではいかない夕霧大将が夢ではなくなってきた。

2

しかし全部が全部、思い通りにはならないもので。

「子供を産むのは痛いから四人目は他《ほか》の人に頼んでくれない？　祐高さまはよそに誰かいい女君はいないの？　落葉の宮は？」

「すまない、顔も知らない女に和歌を贈って愛をささやくのは億劫《おっくう》で。また書き損じて責められたらと思うと」

「それじゃあ王朝の恋が始まらないじゃないの」

「子が三人いればもう新たに始めなくてもよいのでは？　一通り互いの世間体は守られたのでは？　せめて忍さまとわたしと交互に身籠《みご》もるようになっていればよかったな」

「何だかそれも不気味だわ」

第三子は男の子だった。二郎《じろう》君ということになる。三人目にもなれば夫婦で抱き合って泣きむせんだりはしないのだった。産まれたばかりの赤子は様々な儀式を受けなければならないのでこの場にいないのも盛り上がりを欠く。

出産にあたって忍は実家の〝冬桜の院〟に里帰りしていた。と言っても件《くだん》の冬桜の植わっている寝殿《しんでん》ではなく娘時分に使っていた東の対、別棟だ。

安産とはいえすぐに起き上がれるわけでもなく、四方に帳《とばり》を垂らした御帳台《みちょうだい》に寝床をしつらえて横になっていたが、祐高はなかなか姿を現さなかった。

昼頃にやっと御帳台の前まで来たので身体を起こして迎えたが。

「そんなこと言って本当はよそに恋人ができたんじゃないの？　そのお直衣《のうし》はうちのではないわね」

「え、あ、これは」

祐高の顔が引き攣《ひ　つ》った。毎朝、出かける前に男君に衣を着せるのは妻や恋人の務《つと》めだ。

――今日着ている見慣れない縹《はなだ》の直衣は、色は大人っぽいが布地が安手で。

「わたしが産みの苦しみに耐えている間、よその女とねんごろにしていたなんて……」

忍は両の拳を握った。産後で腰が抜けていなければきっと立ち上がっていた。

「落葉の宮を見つけて大人になったのね！　初恋ね！　赤子の産養《うぶやしない》とは別にお祝いをしなきゃ！　新しい女に祝ってもらった方がいいの？」

忍がまくし立てると、祐高はなぜか半笑いになった。

「……祝うべきことなのか？」

「京の男君が毎日正妻の家で朝餉《あさげ》と夕餉《ゆうげ》を食べているなんて不健康よ」

忍はきっぱりと言い放った。

「わたしに子が三人も産まれたのだから後、あなたに必要なのは〝たまにご馳走を食べさせてくれる小金持ちの恋人〟よ。受領《ずりょう》の娘？　女官？　まさか本当に皇女さまだったりしないわよね、皇女さまならもっといい衣を着せるはずだわ」

「ええと、あの」

「在原業平《ありわらのなりひら》や光源氏のような好き者の美男子になってくれなんて贅沢《ぜいたく》は言わないわ。折角《せっかく》お顔立ちがそれなりなのだからほどほどにもててくださらないと、わたしが浮気一つ許さない悪妻のようで。世の中は一夫多妻なのよ。高貴だけど気が強い正妻のわたしの他に、優しく労《いたわ》ってくれる愛人の一人や二人や三人」

「あなたは優しく労ってくれないのか？」

「役割分担よ。どうなの？　美人？　綺麗とかかわいいとか穏やかで癒やされるとか？」

うきうきと微笑《ほほえ》む。御帳台の中にいなければ肘《ひじ》でつついていた。

「わたしより年上、年下？　わたしとは正反対の内気で可憐《かれん》な少女？　それともあなた、頼りないから和泉式部《いずみしきぶ》のような色好みの女にぐいぐい行ってもらった方がいいのかしら。新しい扉を開いてもらってここから大人の階段を昇るのよ。絢爛豪華《けんらんごうか》なめくるめく王朝絵巻のような恋を」

「そろそろはしゃぐのをやめてもらっていいか。──男だ」

「……男色？」

祐高のその言葉で忍は少し、思考が止まった。

「違う。和泉守《いずみのかみ》のを借りた」

和泉守といえば祐高の乳母の子で、家司《けいし》だった——高級貴族が御家の切り盛りを任せる部下だ。忍よりつき合いが長い。

「温石《おんじゃく》か何かないか。実は寒くて」

と祐高は小さくくしゃみをした。よく見ると衣だけでなく顔が青い。かすかに震えて歯を鳴らしてもいた。もう桜の咲く頃合いなのに。

仕方なく忍が側仕えの女房に命じて、石を焼いて布袋に包んだものを用意させた。祐高は必死で焼き石をかき抱き、途切れ途切れに説明を始めた。

「斎戒沐浴《さいかいもくよく》してきたところで」

「斎戒沐浴？」

「和子《わこ》に穢れを近づけてはなるまいと」

忍の部屋は今、御帳台の帳だけでなく壁も白布で覆《おお》い、几帳、女房たちの装束、座具に畳の縁まであらゆる調度が純白の白一色に調えられている。布のものは白絹で木製のものは白木の清浄な産屋《うぶや》。先ほどまで僧正《そうじょう》の読経《どきょう》や陰陽師《おんみょうじ》の祈禱《きとう》もあった。

「穢れって何の？」

祐高は少しうつむいた。

「……言いにくいが、死穢《しえ》だ。なので邸に戻らずに和泉守の世話に」

「聞かせて」

忍は白木の脇息《きょうそく》に肘をついて大いに身を乗り出した。正直、恋人の話より興味がある。

祐高が先年の除目《じもく》で検非違使庁の別当に任じられたとき、忍は鶴《つる》の肉を取り寄せて祝いの膳を作らせた——中納言やら何やらより余程《よほど》面白そうな仕事だと思ったから。

「腹に子がいると皆が皆、火事や人死にの不吉な話題はよくないとか言い出してどこで犬猫の仔《こ》が産まれたとか何の花が咲いたとか毒にも薬にもならない話ばかりになるのよ」

「女君は孕《はら》んでいなくても大体そんな話ばかりしているのではないのか」

「それは女に夢を見ているわ、もっと差し迫った話をしているわよ」

「その夢は醒《さ》めない方がいいような気がする。……本当に恐ろしい話だぞ」

「いいから見たまま言ってよ」

そうは言っても祐高はためらいがあったらしく、なかなか本題に入らなかった。

＊＊＊

——前夜。祐高は珍しく検非違使庁で宿直《とのい》しており。

「別当祐高さまはここにいらっしゃっていいのですか？　北の方、忍さまが産気づいて早晩、御子がお産まれになると聞きますが」

五つ下のいとこの検非違使佐《けびいしのすけ》右衛門佐《うえもんのすけ》右近少将《うこんのしょうしょう》藤原純直《ふじわらのすみなお》にそれを咎《とが》められた。

「お勤めなど休んでおそばにいるべきでは。祐高さまは京で一番の愛妻家、北の方とはまたとない比翼連理《ひよくれんり》の鴛鴦《おしどり》夫婦でしょうが」

「そばと言っても男は産褥《さんじょく》に近づけぬ。義父上と二人で心配だ心配だと言いながら酒を飲むだけならいてもいなくても変わらない」

「それはそうですがお産は何があるかわからないのですから」

「主上《おかみ》も妃に御子《みこ》がお産まれになるときは実家に帰していつも通りに政務をなさるのだから臣《しん》として倣《なら》ったまで。今は非常時だからな、勤めを蔑《ないがし》ろにするわけにはいかんのだ」

――というのは言いわけだった。正直、忍の実家にいる時間を短く済ませたいだけのためにここにいる。

「そんなものですかあ。――腹の大きな女は格別に美しくて守ってやりたくなったりしないのですか？　わたしは母や乳母が孕んでいるのしか見たことがないですが、妻ともなればかぐわしい匂いがするとか後光が射して見えるとか」

「そんなわけがあるか、見たままだ」

「でも三人も授かるのはただの政略結婚ではないまたとない愛情があるのでしょう？」

単に油断していただけだ。

やたら話しかけてくる純直を無視して就寝した。宿直といっても不寝番《ふしんばん》などするのは下官ばかりで彼らは普通に寝るのだが。

朝一番に下官の声に叩き起こされた。それは本来、次の間で眠っていた純直を起こすものだったが慌てていたのか筒抜けで。

「少将さま、お休みのところ失礼を。たった今知らせがありまして、一条《いちじょう》の役人の家に何やら人の亡骸《なきがら》のようなものがあると」

「〝ようなもの〟？」

「――手も足もばらばらのぶつ切りで、酸鼻を極めるありさまで。鬼の仕業かと怯《おび》える者すらおり、ぜひ少将さまのご判断を仰ぎたく」

「大変だ！」

途端、純直が寝間着のまま祐高の休む御簾のうちに飛び込んできた。

少将純直は十七歳。丸い目が仔犬《こいぬ》のような美少年で宮中の女官《にょかん》に人気があり、明るく屈託のない気性で友人も多い。女官が美しいのは当たり前。稀《まれ》なる美少年が宮廷に華やいだ空気を振りまき、今上は臣下に恵まれたとすら謳われていた。

「今すぐ見に行きましょう、祐高さま！　さあお仕度を！　さあさあ！」

――それが仔犬のような目をきらきら輝かせて手を握り締めるのだから、世間はこいつの本性を知らないと思った。

「……佐《すけ》はともかく別当《かみ》は人死にの検分などしないが？」

「何を言ってるんですか、折角検非違使になったんですよ！　ぶつ切りの亡骸、己の目で見て確かめておかないと！」

「お前こそ何を言ってるんだ」

それで無理矢理に昨日の装束を着せられ、牛車《ぎっしゃ》に押し込まれて。普通、宿直の朝はまず邸に帰って着替えて、ゆっくり朝餉など食べるものなのに。邸で二度寝する者もいるくらいなのに。

牛車の中で純直と向かい合って、それでも祐高は最後の抵抗をした。

「亡骸など恐ろしい。貴族の見るものではないぞ、目が穢れる」

「そうでしょうか」

純直は堂々と胸を張った。彼は何を意気込んでいるのか弓矢まで負っていた。

「我々は検非違使ですよ、世の悪や暗闇《くらやみ》から目を背けてはいけませんよ」

「検非違使と言ってもそなた、普段、賊の討滅やら盗人の捕縛やら喧嘩《けんか》の仲裁やら、しておらぬではないか」

「内裏《だいり》をお守りする五位の近衛少将《このえのしょうしょう》ともあろう者、宮城に弓引く朝敵ならまだしもこそ泥を追い回して下々の喧嘩如《ごと》きに割り込んだらおとなげないではないですか」

筋が通っているのかいないのか。単に、悪趣味な好奇心で人の亡骸が見たいだけではないかと思った。


一条のその一角は普段は来ないような埃《ほこり》っぽい小路《こうじ》で、家々も貴族の邸宅のような土塀に囲まれたものではなく木組みの板塀の簡素な小屋ばかりで。

檜垣《ひがき》の家はまだしもましな方だった。住人らしい五歳やそこらの童女がその母と二人、壁の陰から怖々こちらをうかがっていた。

それでも庭に草木の一つもなく、こんな家では四季の風情も感じられない、などと思ったのも束の間。

目に入ってしまった。

土の地面にひどく薄着のしどけない女の亡骸が放り出されていて。そちらは首を絞められでもしたのか、手の痕《あと》がついているくらいで言われなければ亡骸とも思わないようなものだったが。

檜垣の内側にそれは無造作に積み上がっていた。

手も足も胴も頭も、ばらばらだった。しかも二の腕の中ほどで腕が二つに分けられている。足も中途で三つに。胴に至っては胸のところで真っ二つになっていた。

血はほとんど流れていなかったが胴の切断面からはらわたがこぼれていた——

気づいたら牛車の畳に寝かされていた。起き上がってみると直衣がなく下襲《したがさね》姿で、やたらと口の中が酸っぱくて。

「別当さまがお気づきになられた」

「お水をさしあげます」

従者たちが声を上げ、竹筒を差し出してきた。——祐高は一瞬、記憶を失っていて戸惑いながら水を飲んでいると。

「お加減はいかがですか」

——いつの間に来ていたのか、この世で一番苦手な部下が声をかけてきた。

検非違使少尉左衛門尉《けびいしのしょうじょうさえもんのじょう》平蔵充《たいらのくらみつ》は小柄な男だ。牛車の前に出てくると余計に小さく見える。日焼けした肌が浅黒く、よほどのことがない限りいつも飾り気のない生成りの狩衣《かりぎぬ》を着ている。下官でも他の者はもっと色目にこだわるはずなのに。

「ああ、うん」

曖昧《あいまい》にうなずいた。部下と言っても平少尉《へいしょうじょう》は四十半《なか》ばで二十二の祐高から見ると親、いや祖父のような年齢。骨張った顔つきとやたら鋭い眼光が怖くもあった。

「気分が悪いならばお邸に戻って休まれた方がいいのでは。こちらはわしらで片づけておきますので」

そこにひょいと純直が顔を出して。

「大丈夫ですか、祐高さま?」

それで全てを思い出した。

——なぜかすぐ隣で同じものを見ても、純直はやたら楽しそうに「ぎゃー」と叫んだだけだった。

「すごいですね祐高さま! 妹の雛人形《ひなにんぎょう》をばらばらにしてもああはなりませんよ!」

獲物を見つけた仔犬のようにほおを紅潮させて嬉《うれ》しそうにしていた憶《おぼ》えすらある。どうしてこんな差が。

「いやあ、まこと鬼の所行としか思えませんでしたね! 失神なさっても仕方ないですよ、お気になさらず！」

今もどうやら全く元気で、大声で祐高に話しかけてくるものだから。隣で平少尉の表情がみるみる苦み走っていくのに気づいていない。

「いや、あの、純直。わ、わたしは具合が悪いからお前も一緒に帰ろう」

「え？　祐高さまはお休みになるべきでしょうが、わたしは何も具合悪くないですよ？　この後も取り調べを続けますが？」

「平少尉の勤めの邪魔になろう」

「邪魔も何も判断を求められたのはわたしですし、これほどの事件、一生の語り草になります！　ぜひこの純直が犯人《ぼんにん》を捕らえなければ！」

「なぜそんなにやる気なのだ！」

「だって来年はもう検非違使じゃないかもしれないし！　近衛中将を拝命してるかもしれないし！」

――もう祐高は怖くて平少尉を見られない。

純直は関白《かんぱく》の嫡流《ちゃくりゅう》の孫なのだ。

ここでこの時代の身分について少し。時は摂関期《せっかんき》まっただ中。偉い貴族は自分の娘を帝の妃にして産まれた男子を次の帝にし、祖父は外戚《がいせき》として摂政だの関白だのになる。

純直は祖父が関白、父が太政大臣《だじょうだいじん》、父の末の妹が中宮《ちゅうぐう》――皇后。関白と太政大臣は正《しょう》一位《いちい》で帝を別格として一番偉い。いずれ彼も太政大臣になる。途中で死ななければ。この家柄だと前例主義と親馬鹿で特に理由もなく毎年出世する。今は従五位《じゅごい》——五位以上が清涼殿で帝に拝謁の叶《かな》う殿上人《てんじょうびと》だがそもそも帝と親戚《しんせき》で歳《とし》も近く親しい。

祐高は彼のいとこで摂関家では傍流《ぼうりゅう》。しかも次男。五年ほどで純直に追い越されるのが確定しているが、今は彼の方が上官なので兄貴分ぶっている。流行《はや》り病などで偉い人が急にばたばた死んだら大臣になれるかもしれない。

〝中納言〟は三位、大臣より多少格落ちの官職でこの頃は偉い貴族が「息子を公卿にして皆にかしずかせ崇《あが》め奉らせたい」と言い出したらよほど問題がない限り、なれた。公卿は三位以上の貴族、国政をじかに動かす重要な会議に参加する権利がある。他の官職も親や親戚や忍の父が言ったらなれただけだ。

一方で平少尉は下級貴族。代々、下位の武官で十五歳前後で元服してからこの道一筋三十年くらい。祐高が生まれる前から賊だの何だの自分で追いかけて捕らえて功を積み、今の地位を得たのだろう。

それで七位で地下人。清涼殿に昇ることは許されず、帝は彼の存在も知ることはない。家格的にも平均寿命四十年の時代的にも、これ以上の出世はない。

十七歳の佐と二十二歳の別当と四十半ばの少尉が醸《かも》し出《だ》すこの気まずさ。——身分ばかり立派な貴族の馬鹿息子二人が人死にに物見遊山で首を突っ込んで、一人はひたすら浮かれていて一人は人事不省《じんじふせい》で半死半生のこのありさま。ちゃんと実力を評価されて出世したのが平少尉しかいないとか。

「き、紀佐《きのすけ》はどうした⁉　出てきておらぬのか！」

いや検非違使佐はもう一人いる。紀光忠《きのひかるただし》、そちらなら。検非違使の別当は政治判断やそれに伴う書類仕事をするもので治安維持の現場を仕切るのは佐――紀佐は五十代で下積みの功績があり、下官たちも少尉も敬意を払っている――

「お迎えに行ったのですが本日は腰が痛いとおっしゃって。立つこともままならぬと」

が、近頃「もう歳でお役目がきつい、息子に譲って隠居したい」と言い出し、欠勤が多い。――さては純直は消去法で引っ張り出されたな。誰でもいいから責任者が必要なだけで本当に彼の判断を期待しているのではない。

「家の主はどうしているんですか？　尋問しましょう」

そんな空気を全く読まずに純直がきょろきょろと見回すと、少尉が淡々と答える。

「……夫は留守で、妻子は先ほど話を聞いてみましたが庭に骸があるなどと己らではまるで気づいておりませなんだ。隣人が使庁に駆け込んで初めて騒ぎを知った様子。ただ震えております。どのみちあんなもの、女子供に無理でしょう」

「いやいや、ちゃんと確かめないと！　夫も捜して尋問しないと！」

純直は口を尖《とが》らせた。

「天文博士《てんもんはかせ》ですよ！　外法《げほう》のまじないで呪《のろ》い殺したかもしれないじゃないですか！」

——これだ。言うと思った。

少尉の顔からいよいよ表情が消えていくのに、祐高は頭を抱《かか》えたかった。

家の主はただの小役人ではなかった。あれも七位だったか。

〝陰陽寮《おんみょうりょう》の天文博士〟。

かの安倍晴明《あべのせいめい》の血を色濃く受け継ぐ、京で一番と噂されるまじない師だ。


そもそも天文博士の話を祐高にしたのは純直だったと思うのだが。去年の宮中は紫宸殿《ししんでん》の桜花《おうか》の宴だったか。宮城に名門の貴族、皇族が集って見頃の桜を愛《め》でて。

祐高はそのとき、管弦楽を披露することになると言われて篳篥《ひちりき》の音を確かめていたので中座していたのだが。席に戻ると顔を真っ赤にした純直に腕を摑《つか》まれた。

「祐高さま！　天文博士が！」

「うん？」

「安倍晴明の蛙殺しの術です！」

「蛙殺し？」

「かの道長公にもお仕えし、何度となくそのお命を助けたという大陰陽師の安倍晴明は、手を触れずに呪《しゅ》を打って離れたところにいる蛙を殺してみせたと言います。天文博士はその力を受け継いでいて、主上やわたしの目の前で蛙を殺したんです。陰陽寮に陰陽師は数あれど、蛙殺しができるのは天文博士だけとの評判」

と言って祐高を庭の方に引きずっていくと、一抱《ひとかか》えもある庭石を指さした。何やら石が赤く染まり、白い小さな骨のようなものも転がっていた。

「この赤いのは蛙の血です。天文博士がその辺りに立って呪文《じゅもん》を唱えて印を結ぶと、一瞬で蛙が爆《は》ぜて骨だけになりました。結構離れているでしょう」

「は、はあ」

「天文博士は日の本一の陰陽師ですよ！　主上も大層お喜びで！」

それで純直はもう一度祐高の前でも蛙殺しをやってみせてくれと陰陽師を捕まえて頼み込んだが「力を使い果たしたので今日はできない」と断られた。

その次は、内大臣家の藤花《とうか》の宴だったか。貴族は何かにつけて宴ばかりだ。やはり純直がかの陰陽師にせっついた。

「あそこに蟇《ひき》がいる。前より大分時間が経《た》っているからできるのでは」

と庭土の上の大きな蟇蛙《ひきがえる》を指さした。陰陽師は考え込んだが、かぶりを振った。

「今日は星の巡りが悪うございます。いつでも同じようには使えないのです、陰陽の術というものは。星の相を見、陰陽の位相を見極め、体内の気の巡りを感じる。己の分を弁《わきま》え、できないときはできないと言うのも一人前の陰陽師というものなのです。ご期待に添えず申しわけありません」

と落ち着いて言うので、そういうものかと思った。――純直が指さしたのは大人の両手で抱えても余る見事な面《つら》つきの茶色い蟇蛙で、正直、祐高はこんな大きなものが爆ぜて死ぬところなど見たくなかったのもある。

「純直、無理を言うな。具合が悪いときもあるのだろう。我らに方術のことはわからん。大体、殺生は罪だぞ。蛙は〝すぐ帰る〟と旅の守りにもする縁起のいいものだ。取るに足りぬと侮って生きものの命を弄《もてあそ》ぶと仏罰が下るぞ」

祐高はそう取りなしたので、結局未《いま》だに名高い〝蛙殺しの術〟を見たことがない。


さて少尉はこの話を聞いて。

「……わしはこの辺りに夜盗のねぐらなどないか調べるよう段取りしてまいります」

なかったことにしたらしかった。——大人の態度だと思った。

「どうして！　天文博士は手を触れずに蛙を殺すまじないが使えるのだぞ！　盗賊がこんなことをするわけがないだろう！」

「ではそちらは少将さまにお任せします。まじない師などよくわからん、苦手です」

いや、祐高に押しつけたのかもしれなかった。あるいは適材適所というものかもしれなかった。とにかくかの御仁はさっさと立ち去ってしまった。

「何でも、激しいつむじ風で手足が切れることがあるそうです！　風を操る物の怪《もののけ》がいると。物の怪や鬼を術で縛って命令するのが陰陽師、鬼を使って人を惨たらしく切り刻んだのでは！　付喪神《つくもがみ》という物の怪もいるそうです、年経《へ》た器物が化けるのです。太刀《たち》や刀が付喪神となって手足を切ったのでは！」

純直が身振りを交えて熱心に語るのは、まだ幼《おさな》いから許されるのだ。

「……あのな、純直。鬼や物の怪がどうとか、たとえ話だ。こういう恐ろしいことは人間の仕業と思いたくないものだ。本当にいるわけではない。市井《しせい》の民草《たみくさ》はともかく重責ある地位の者が真に受けてはいけない」

「どうしていないって言い切れるんですか！」

――手強《てごわ》い。

「わたしたちの目に見えないからいないと言うのでは夢がないではないですか！」

「瞬《まばた》きする間に人をぶつ切りにするような物の怪がいるかもしれないというのは、夢があるのか……？　わたしはそんなもの、この世にいない方がいいと思うが」

「では人がやったと言うのですか！　その方が怖いじゃないですか！」

「うん、その方が怖い。怖いが使庁の別当と佐なのできちんと調べなければ。役人が務めを果たさなければ世の中が悪くなる。お前、検非違使は世の悪や暗闇から目を背けてはならんと言ったではないか」

「きちんと陰陽師を調べましょうよ！　亡骸は全然血が出ていませんでした」

と純直は家の方を指さした。

「人が太刀などで切ったらもっと血が出ます。血が出ていなかったのは、物の怪が一瞬で刻んだからなのでは」

――それは。

「確かにひどいありさまのわりには血が少なかった。ほとんど出ていなかった。血を搾られた後なのだろうか。……それも物の怪の仕業のようだな」

「でしょう⁉　血を吸う鬼など飼っているのかもしれません！　戻橋《もどりばし》の下に陰陽師の使う鬼がいると聞きます！　妻が恐れるので隠しているのです！」

「陰陽寮という役所は、そんなおぞましいことをさせるためにあるわけではないと思うが……暦《こよみ》を作ったり儀式の日取りや物忌《ものい》みの日を決めたりが主なお役目で魔《ま》除《よ》けのまじないもする」

皆が一斉に内裏のお勤めを休んだら困るので上の方の貴族は占い師が予定を決める。不意の急用、病欠、ずる休みもあるが普段は占いに従って行動しなければ誰も彼も勝手に休んで公務が成り立たない。

それで天文博士は少尉と同じく七位だが、貴族の偉い人の世話を焼く仕事なので大臣などに顔が利く不思議な立場だった。何せ頼まれれば恋愛成就のまじないもする。気に入られると陰陽寮の外で官位をもらって出世することができた。

「人の生き血を吸うような恐ろしい鬼など飼っているまじない師が、主上もいらっしゃる祭儀の日取りを決めていいのか」

「だからそこを詳しく調べるべきじゃないですかー！」

「詳しく調べてわかるようなことなのか？　蛙殺しの術は手を触れず目に見えない力で行うのに？　それこそ陰陽寮の管轄では？」

「厭魅呪詛《えんみじゅそ》は死罪もありえる恐ろしい罪だったのでは？　使庁の管轄です！　律令を調べてください！」

——思ったより込み入ってややこしい話なのかもしれなかった。確かに呪殺《じゅさつ》の罪で使庁に捕縛された者は幾人もいる。

しかし厭魅呪詛とは、人の身体を突然ぶつ切りにするようなものなのか？　人を殺すような呪いというのは妖物《ようぶつ》を取り憑《つ》かせてじわじわと病《やまい》で冒して弱らせるようなものと思っていたが。——どうだろう、使庁に戻って律令に詳しい者に確かめた方がいいのか？　と祐高が考え込んだとき。

「殿！　こちらにおいででしたか」

和泉守が馬を走らせてくるところだった。産まれたときからそばにいる家族同然の忠臣で、馬を下りると牛車に駆け寄ってひざまずいた。

「取り急ぎご報告を。お方さまが男御子《おとこみこ》をお産みになりました。男御子、二郎君です。母子ともにお健《すこ》やかであられます。急ぎ、いらしてください」

——それを聞いてさっきまで何を考えていたか、全部忘れた。

＊＊＊

「そう、もどしてしまってお直衣を……それで冷水で身を清めて凍《こご》えて……」

——忍が八年かけて育てた夫は絢爛豪華でめくるめく王朝絵巻の貴公子からほど遠かった。いやぶつ切りの亡骸や叩き上げの検非違使少尉が出てくる物語はなかなかないのでこんなものかもしれないが。

しかし情けないとも思わなかったし、忍の口から出たのはため息ではなかった。

「妻としては悲しむべきなのでしょうが面白いわ」

「あの二藍《ふたあい》の直衣は忍さまが手ずから縫ったものではないか」

「お直衣一着分の価値があるわ。真面目にお勤めなさっていて、わたしばかりが痛い目に遭っていたわけでもないとわかったし。あれは色が若いし丈も合わなくなっていたし」

「そ、そういうものか?」

「そうよ、去年のものなど従者にやってしまって」

たまらず忍は笑い声を上げた。

「それにしても傑作ね、純直さまは物語を書くといいわ。陰陽師の操る太刀が物の怪に化けるとか。どうせなら美男の物の怪になさい。宮中の女官が写本を作るわよ」

「あれは中宮さまのところで草子を読みすぎなのだ。十七にもなって子供のような」

少将純直はたまに邸に遊びに来て忍とも御簾越しに会うが、忍の前では猫をかぶっているのかそこまではっちゃけた物言いはしない。

それに心が躍った。

「——そのお話、華麗に解決したら女君にもてるということはないかしら」

「……もて……？」

祐高はぴんと来ないのか首を傾げた。

「こんな立派な男君に毎日香を焚きしめた流行りの衣を着せて送り出しているのに、未だに愛人の一人もできないとかおかしいじゃないの」

忍は自信満々に言い放った。

「普通は妻が身籠もっていたらよその女のところに行くものではないの？」

「あなたがそれを言うのか」

「あまりにも色っぽい話がないものだから、祐高さまは女に興味のない木石《ぼくせき》とまで噂されているのよ。ものには限度があるでしょう」

「……それを純直などは〝京で一番の愛妻家〟だの〝比翼連理の鴛鴦夫婦〟だのと呼んで褒めそやしているのだが……」

「裏を返せば人並みではないということじゃないの。それはそれで何か問題があってつき合っているわたしがゲテモノ趣味だと思われるわ」

「結局、どう生きても世間体は悪いのではないか」

実際、この頃では忍の乳母や女房たちは「殿は本当に夕霧大将なのでは。浮気と縁遠い真面目な人に限ってふいっとよその女の邸にしけ込んで帰ってこなくなるのでは」と心配するようになっていた。

「わたしとしては鬱憤《うっぷん》を溜《た》め込《こ》んである日突然、憧《あこが》れの皇女さまのお邸に入り浸ったり人妻のもとに忍んだり、お妃候補の姫君と駆け落ちしたりじゃ困るのよ」

「駆け落ち」

「不倫や駆け落ちはそちらの御家にも不名誉よ。ほどほどに目下の独身や後家で発散してもらわないと。人妻とか后がねとか、皇族とか駄目よ本当に」

「いるのかな、憧れるような人妻や后がねや皇女さまが」

当の祐高はぼんやりと笑うばかりだが。

「どうすればわたしが女に持《も》て囃《はや》されるようになると?」

「若くてたくましい検非違使が次々罪人を捕らえる物語を書いてもらいましょう」

忍は右手をぎゅっと握った。

「この話を華麗に解決して、中宮さまづきの女房の〝宰相《さいしょう》のおもと〟に語って聞かせるの。おもとの文才は本物よ。きっと勇ましい物語にしてくれるでしょう」

「物語なあ」

「世間では検非違使といえばむやみに恐ろしいものと思われているのよ。罪人だけでなく物の怪を打ち殺して辻に埋めるとか、問答無用で襲いかかってくるとか」

「京に死罪はないのにその風聞はあんまりだな」

「物語で顔のいい男君が罪人を捕らえて和歌の一首も詠んだりしていれば親近感が湧《わ》くんじゃないかしら。あなたはお歌が得意じゃないからおもとに考えてもらうとして」

「詩歌を口ずさんでいれば恐ろしく思わない？　――それでわたしはもてるようになるの

か？　忍さまが目先の変わった話を読みたいだけでは？　色恋の物語に飽きたのでは？」

「文弱で好き者の男君は食傷ね。聡明で勇敢でたくましい武官、当たると思うわ！」

「わたしは文弱の方で勇敢でたくましいとは到底言えぬ……」

「お背が高いのだから偉そうにしていればそれなりに見えるわよ」

「え、偉そうに……わたしが？」

「しっかりなさって。わたしは今は元気に口を利いているけれど、半日もしたらぱたりと死んでしまうかもしれないからそのときは後妻をもらうのよ。子らのためにも。乳母だけで足りると思っては駄目よ」

そう忍が言った途端、祐高の表情がみるみる険《けわ》しくなった。

「そういうことを言うのはよしなさい、不吉な」

「あら、よくあることよ。産は血の道、何があるのかわからないのだから」

忍はつんとしていたが。

「──倫子《みちこ》」

珍しく彼以外呼ばない名で呼んだ。

「よせ。何のために義父上が僧正や陰陽師を呼んだと。義理や見栄《みえ》ではないぞ。御寺《みてら》の僧正は忙しいのをわざわざ来てもらって、陰陽師だってそこいらのまじない師ではない、陰陽寮の博士を呼んでいるのだ。あなたがそんなことを言っては台なしだ」

声まで低くて、怒っているようだった。

「あなたが不吉な話を好むのは性分だから仕方ないとして。自分の命を盾に人を脅かすのはやめなさい。卑怯《ひきょう》だ。わたしだって馬に蹴《け》られたり転んだりして死ぬかもしれないが、いい大人が怖いから外に出られないなどと言っていられないだろうが。子らには言うな。天が落ちてくると言えば真に受ける歳だぞ。無駄に恐れてはかわいそうだ」

「……ごめんなさい」

強気で育てた結果、強気に言い返してくるようになったのはいいのか悪いのか。

「あれ、ちょっと待って」

「大体二歳くらいの差でいつまでも年上ぶられてもこちらだって困る――」

「じゃなくて、さっきの話にも出てこなかった？　陰陽寮の博士」

「……ん？」

祐高も首を傾げた。

出産にあたっては妊婦は几帳や衝立《ついたて》で幾重にも隠される。近づけるのは産婆や女房、女《め》の童《わらわ》など女ばかり。

「隣の部屋で僧正が読経しているのは聞こえたけど、陰陽師は憶えがないわ」

「忍さまから見えないところで儀式をするのだ。庭に祭壇を組んで祝詞《のりと》だか祭文《さいもん》だか長々しい呪文を読み上げて幣帛《みてぐら》を振って安産祈願をする、太郎や姫のときに見た」

と祐高が庭を指さした。夏向けの仕立てで竜胆《りんどう》や笹《ささ》の茂みが作られ、桐《きり》の木が植わっている。いずれも青々とした緑が目にまぶしい。

適当にその辺りの若い女房を呼びつけると丁度、十九歳の深雪《みゆき》が見知っていた。

「陰陽師なら先ほど、大殿さまより褒美《ほうび》を賜って退出したところでございます」

「義父上が？」

「ええ、忍さまも和子さまもお健やかで安産でございましたから、大殿さまはそれはご機嫌で米や反物などたっぷり褒美を弾んで。酒もふるまおうとなさったのですが下人が呼びに来たので帰らなければならないとか。評判ですから忙しいのでしょう」

「評判の陰陽師というと」

「あの大陰陽師の安倍晴明の末裔《まつえい》と名高い天文博士ですよ。蛙ご……何やらの秘伝の術を使うそうで、主上の覚えもめでたく」

深雪は〝蛙殺し〟という不吉な言葉を使うのを避けたらしい。

「ちらりと姿を見ました。若くはないけれど風情のあるいい男でしたよ。恋のまじないも得手とか」

——祐高の顔から表情が消えていくのを深雪は何と思っただろうか。

「……天文博士」

「わたしの安産を祈願しながら鬼を操って人を切り刻むことができるほど器用なら、捕らえてはいけないんじゃないの？　凄腕《すごうで》よ。京の平安のために働いてもらうべきよ」

忍の言葉が終わらないうちに祐高は立ち上がった。

「おい、誰か！」

大声を上げて家人を呼ぶ。

「少将純直を探し出して言付けせよ。天文博士の家か使庁か右衛門府か、獄にいるはずだ！　わたしはこれより着替えて天文博士の家に赴く。それまで絶対に天文博士を捕らえて尋問したりしないように、断じてせぬようにと伝えよ！」

3

果たして。少将純直は丁度、家に戻ってきた天文博士を捕縛しようとしていたところだったらしい。祐高が着いたときには下人と天文博士と大いに揉《も》めていた。

「別当さまが捕らえてはならぬとおっしゃっています！」

「いかに別当さまのご命令といえど、見逃せぬ！」

下人は祐高の家人と賜り物の大きな櫃《ひつ》を抱えた天文博士の付き人と。そこにどちらに味方したものか迷っているらしい純直の部下、護衛、下人、それに近隣の野次馬が入り交じって混沌《こんとん》としていた。更に祐高の従者が割って入ったのだから大騒ぎだ。

——祐高は牛車から降りて急いだせいで沓《くつ》が脱げて裸足《はだし》で走って割り込む羽目に。

「待て！　ならぬと言っているのに！　天文博士はゆうべは忍さまの産の儀式をしていたのだ、無実だ！」

「別当さまは忍さまが世話になったから天文博士を見逃すと言うのですか！」

「此度《こたび》は見逃してもいいと思うのだが！　なぜお前は天文博士にこだわる！」

「だって顔がうさんくさい！」

——ひどい言い草だった。

純直にそうまで言われる天文博士、安倍泰躬《あべのやすみ》は柳のような男だった。三十代半ばだろうか。少し笑っているような寂《さび》しげなような不思議な顔つきをしていて、端整な美男ではないが細身に儀式のための真っ白な浄衣《じょうい》をまとっているのは神秘的だ。——霊験《れいげん》があると言われればそのような。

「少将さまは何か誤解しておられる」

天文博士は冷静に言った。凛《りん》として涼しげな声だ。

「このようなむさ苦しいあばら屋の傍《はた》で立ち話も申しわけない。使庁なり獄なりで申し開きし、身の証《あかし》を立てることにしましょう。逃げも隠れもいたしません。ただ天神地祇《てんじんちぎ》に祈りを捧《ささ》げるための浄衣のまま縛につくのは、神々に申しわけが立ちませんので安倍の邸で着替えてまいってよろしいでしょうか。この家は穢れてしまいましたので、陰陽寮の博士の身では立ち入ることができません。穢れはお役目に障《さわ》ります。一度安倍の邸に戻らせていただきたい」

理路整然と落ち着いた言い分だった。反論すべきことがない。——もとより祐高は彼が犯人《ぼんにん》だなどと思っていないのだが。

なのになぜか信じきれない、真っ当なのに言いくるめられているような気がした。確かに純直の無茶苦茶な理屈も少しだけわかるという奇妙な気分だった。

「獄はひどい。わたしの邸にしよう。縄を打つつもりなどない、そなたの知っていることを聞きたいだけだ」

「別当さまは甘い！」

純直が喚《わめ》いたが、祐高は手で制した。

家の戸口から小さな童女が覗いているのに、天文博士は少し笑って手を振った。

祐高の従者たちで前後を挟んで歩かせたが天文博士は抵抗しなかった。天文博士の付き人は櫃を抱えたまま、不安そうに後ろをついて来ていた。

土御門《つちみかど》の安倍晴明が建てたとされる邸は立派な土の塀に囲まれて牛車も留められるようになっており、貴族の邸に見えた。桜の花まで咲いていた。——先ほどの家は確かにあばら屋だったと失礼な感想を抱いた。

裏から逃げられないようにいくつかある門を放免《ほうめん》たちに見張らせて。車宿《くるまやどり》で待ちながら純直にささやいた。

「——なあ純直よ。ちょっと考えてくれ」

「何をですか」

「天文博士の術のおかげで忍さまと二郎が健やかなのだとすると、あれの機嫌を損ねたら術を解かれて途端に二人がころりと……わたしが妻子を亡くして幼い太郎と姫とを抱えて泣き暮らすということになったらどうしてくれる」

純直は骨を取られた仔犬のように飼い主を疑う目をした。

「――祐高さま、あのまじない師に妻子を人質に取られて怯えていらっしゃる？」

「怯えて何が悪い、わたしたちを京で一番の比翼連理と言ったのはそなたであろうが。話が通じるようなのだから穏便に解決せよ、穏便に。人と人とは言の葉を交わしてこそだぞ」

「大丈夫ですよ、純直にお任せください」

彼は独身だから偉そうな口が叩けるのだと思う。

これで天文博士が邸に立てこもって出てこなかったら生殺しだったが、少しして白い絹の狩衣に着替えて出てきた。袖の開いたところから緑の単衣《ひとえ》が覗くのが公達にはない艶《えん》がある。検非違使に引っ立てられるというのに物憂《ものう》げな顔をしているが、諦めているのか、それとも徹夜明けで眠いのだろうか。――人を殺すような大層なまじない師の顔つきか、これが。

また歩かせて。祐高の邸では、あまり使っていない西の対に通すことにした。

祐高と純直には畳に敷物《しきもの》が用意されたが天文博士は床に座る。祐高は短く尋《たず》ねる。

「あの家の女はそなたの妻と聞いたが」

「はい」

「立派な邸に住んでいるのではないか。何を好きこのんで手狭な家に」

「邸に親兄弟の定めた妻がおりますが、一条のあの女が気に入りで通っているのです。身分が釣り合わぬとはよく言われます」

「妾《めかけ》か」

「妻です。我が家が何やら騒ぎになっていると聞いて家に入るかどうかためらっていたら少将さまにお声をかけられ、妻とは口を利いておりませんのであちらの事情は呑《の》み込《こ》めておりません」

「件の亡骸について、そなたは全く何も知らぬと」

「既に存じておられると思いますが、ゆうべは夜通し大納言さまのお邸の庭で祭文を読んで儀式を執り行っておりました。家に帰る暇《いとま》などないが不吉なことがあったという話だけはうっすら耳にして、やっと先ほど戻った次第です。儀式とは大納言さまの姫君、他ならぬ別当さまのご令室の安産祈願でございます。陰陽寮の下官や家人も引き連れておりました。それに御寺の僧正とお連れの皆さまがやはり安産の祈禱をしておられましたね。確かめていただければわかることです」

——聞かなくても知っていることで、天文博士は小揺るぎもしなかったが。ちらりと純直をうかがうと、なぜか自信満々に腕を組んでいた。

「ところで安倍晴明の血を継ぐ陰陽師は今、京に何人いる」

「は?」

「親兄弟も陰陽師であろう。一族、皆が皆、陰陽師なら背格好や顔立ちの似た者がいてもおかしくはない。替え玉だ! お前のふりをして安産祈願の儀式をした者がいるのだ!」

……祐高は頭が痛くなってきた。

「いや、ええと、人殺しを別の日にすればいいだけなのでは……なぜいっぺんにする必要があるのだ」

「はい。大納言さまのご息女《そくじょ》で別当さまのご令室のお産に何かあったら大変です。他のことなどしている場合ではありません、これより大事な用があるとすれば中宮さまや女御《にょうご》さまの安産祈願くらいかと」

呆《あき》れた風でもなく、天文博士は淡々と答えたが、純直は怯《ひる》まない。

「普通、京の男は夜にどこにいるかなどわからないものだ。妻の家にいなければ隠れた恋人のもとに忍んだりしているからな。人に言えない不倫の恋なら身の証を立てることはできない。その点お前ならば儀式などのお役目ではっきりどこにいるかわかる、そのような日を選んで悪事をなして己の仕業ではないとごまかすのは十分に利があるぞ」

「まあ、ではそういうことにしてもよいですが」

あっさりうなずいて——聞き捨てならないことを言った。

「むしろ人に代わってもらうなら、安産祈願よりも人殺しの方ですね。背格好を似せる必要もありません。殺したい者がいるなら食い詰めた下人の図体《ずうたい》の大きいのを雇って、夜道などで殴り殺させればよい。それで妻の家から遠いところに捨てさせます。化野《あだしの》や鳥辺野《とりべの》ならば民草が亡骸を打ち捨てておりますし、一つ二つ増えていたところで誰も気づきますまい。陰陽寮の官として、人を殺《あや》めて身に穢れを帯びるのもよろしくない。ご令室の安産の儀はこの安倍泰躬でなければ果たせないものでございましたが、人殺しなど誰にでもできるのだから誰にでも命じればよいのです」

——あまりのことに、祐高は返事ができなかった。その通りだ。その通りだが。言い方があるだろう。

「なぜわたしが家を穢し、己が妻子を怯えさせ、使庁の皆さまに疑われてまで家の庭に亡骸を捨てなければならないのです？」

真顔のまま、笑っているような顔で彼はしれっと言ってのけた。

この天文博士、人殺しに関しては無実だろうが、曲者《くせもの》なのでは？

さしもの純直も、自分が何を相手にしているのか気づいたらしく声がうわずった。

「お、お前でなければできないだろう。蛙殺しの術は」

「蛙殺し？」

「桜花の宴で主上もご覧になった、手を触れずに蛙を殺すあれだ！　蛙を殺せるなら人だって殺せるだろう」

それで天文博士が少し笑った——化け狐《ぎつね》の本性が垣間見えたような笑みだった。

「無茶をおっしゃる。虫や蛙を殺す程度のつまらぬ小物でございますよ」

「蛙と人とで大きさ以外、何が違う。人だって術の力で心の臓を止めたり頭の中を掻《か》き回《まわ》したりすれば殺せるだろう」

「す、純直、とんでもないことを言うな」

純直も、今更引っ込みがつかなくなっているのだと思いたい。

「手を触れずにものを動かす霊験があれば人を殺せるはず！」

「それで人を殺められるとして、即座に骸を刻んでぶつ切りにするのは無理では？」

「陰陽師は鬼を操ると言うぞ」

「人を殺める方法は他にもごまんとあるのに、わたししか使えない術で人を殺めたりしたら犯人でございと言っているようなものですが――陰陽道《おんみょうどう》の真髄とはそういう人ならざる力、ではないのですよ」

天文博士の表情が緩《ゆる》んで寂しげになった。どうも少し角度が変わるだけで全然顔つきが違って見えて落ち着かない。

「まあ蛙殺しのまじないを今、ここで別当さまにもご覧に入れましょうか？　一目見ればこの術がそんな不思議でおぞましいものではないとおわかりになるかと。別当さまや少将さまにお怪我などさせませんよ。そのようなことがあれば即座に斬《き》り殺《ころ》すなり射殺《いころ》すなりしていただいて結構」

「よく言った」

と、純直が立ち上がり、背に負った弓をかまえ、流れるような動きで矢を三本取ってつがえた――矢尻《やじり》が銀色に光るのに祐高の方が息を呑んだ。てっきり飾り弓だと思っていたのに実戦用の重籐《しげどう》を負っていたこと、意外に大きな手で指の股《また》に一本ずつ矢を挟む芸当にも。

「この少将純直を文弱と侮るなよ。鹿狩《しか》り、猪狩《しし》りには慣れている。三矢《さんし》を続けて射ることもできる。一矢《いっし》は避けられても必ず仕留めるぞ」

「す、純直。平安なる京に死罪はあってはならぬことになっているぞ、陰陽師を殺めたりしたら祟《たた》るやもしれぬ……穏便にだな」

祐高は声が震えてしまったが、天文博士は動じることなくゆるりと立ち上がり、庭の方に向かった。純直が弓を引き絞り、その矢の先を己に向けているのもかまわず。

西の対の庭は冬の庭園、松と石とを配して玉砂利で見栄えよく仕上げている。雪が積もると一層美しくなるがそんな季節ではない。

天文博士は縁のすぐそばまで行って、庭石を指した。

「あの石は立派なものでございますね」

灰色で山が盛り上がったような形が気に入っているものだ。

「ああ、あれは父の邸にあったものでな。庭石の由来を語っていただいたのだ」

上の空で祐高は答えた。無理を言って譲っていただいている場合ではないと自分でも思った。

「ではあの石をご覧になっていてください」

「蛙などどこにもいないではないか」

純直がすごむのも気にせず、天文博士は足を開いて身を屈《かが》めると、左手の指を素早く動かして印を結び始めた。

「幽世《かくりよ》の大神《おおかみ》、憐《あわ》れみ給《たま》い恵み給え。贖《あがな》う命も誰《た》が為に汝《な》れ」

声を低めてぶつぶつとつぶやくのは呪文なのだろうか——

「——喼喼如律令《きゅうきゅうにょりつりょう》」

左手で庭石を指し示したとき。

庭石の表面にぱっと赤いものが散った。

祐高はびくりとして息を呑み、純直も弓矢をかまえたまま硬直していた。赤く染まった蛙の骨が玉砂利の上に転がる。

「……居もしない蛙が死んだ？」

声が震えた。

「何、種を明かしてみればつまらぬ手妻ですよ」

と天文博士は背を伸ばして祐高に向き直り、狩衣の右袖に左手を入れて何か引っ張り出した。紙を丸めた塊《かたまり》のようだった。

「安物の薄様《うすよう》の、ごく薄い紙で袋を作り、紅の粉と蛙の骨と石を包んだものです。いつでも出せるよう狩衣の袖に仕込んでおります。勢いよく投げて庭石にぶつけると紙が破れて紅の粉が飛び散ります。骨のように見える白い尖った石をいくつか入れておくのがこつです、骨や紅だけでは軽すぎて破れないので。形と重さの違うもの、二個以上入れます。多少骨が砕《くだ》けてもそれらしければよいので。庭石など固いものの上に蛙がいるとき、右手で密かにこれを投げて赤いものが飛び散ると、蛙が爆ぜて死んだように見えます。まず立つ位置です。ご覧になる皆さまに右手が見えぬよう、左手側ばかり見えるように一歩進み出るのです」

と先ほどと同じように左の足を前に出し、右足を引いてこちらに背中を見せた。

「右側にいる方には、そちらは術が当たるから危ないと退《の》かせてしまう手もあります。これで左の手でわざと変わった動きをし、それらしい呪文を唱えます。——実のところ蛙はものが飛んでくるのに驚いて素早く逃げてしまうだけです。皆さま、わたしの動きや呪文に気を取られますし紅の赤いのに目を奪われて、蛙がどこに行ったかなどご覧になっていないのです。花見の宴で花びらが散っていれば薄様が紛《まぎ》れますね。どなたか慌てて〝蛙が死んだ〟などとおっしゃったらしめたもの。だから小さな蛙がそういうところにいるときだけ。仕込んだ骨より大きな蟇だったり、なよなよした草木の葉の上などにいたりだと〝星の巡りが悪いから今日は無理だ〟とごまかすのです」

——藤花の宴で披露しなかったのはそういう。

一通り説明すると、天文博士はまた姿勢を正した。

「子供騙《こどもだま》しのただの小手先の技、宴の座興です。晴明公の秘術ではなく、幼い頃に教わった手妻です。他の陰陽師が使えないのは、難しいわりに馬鹿げているので誰もやりたがらないだけです。宴会芸などわたし一人にさせておけばいいと。白い石も蛙の骨も河原に落ちているのを子が拾ってきたもので、実のところこの泰躬は蛙一匹殺せない柔弱者。術で人を殺めるなど。鹿や猪を狩る少将さまの方がよほど武勇に優れていらっしゃるかと」

「……主上を謀《たばか》ったのか?」

――純直のかすれた声で堪えきれず、祐高はぶっと吹き出した。くすくす笑いたいだけ笑って、それから顔つきを真面目に引き締めた。

「大逆罪《たいぎゃくざい》か？　いかがわしい芸で人心を惑わした罪、風紀紊乱《ふうきびんらん》？　あるいは陰陽寮の官でありながら道に反する淫祠邪《いんしじゃ》教《きょう》の教えを広めた？　いずれにせよ使庁の取り沙汰《とざた》するべきところではある」

それで天文博士の表情が強張《こわば》った。素直に「困ったな、どうしよう」という顔でその場にひざまずき、深々と頭を下げた。

「――つまらないことをしました、反省しております」

――それで純直が渋々《しぶしぶ》弓を下ろし、矢を背に戻した。

4

「――で、やっと丸く収まったと」

「収まってないじゃないの。陰陽師に恐れをなして逃げ帰ってきただけじゃない」

「言ってくれるな」

祐高は畳に座って二郎を抱えて髪の匂《にお》いを嗅《か》いでいた。赤子の乳臭い匂いが好きらしい。赤子の髪はすぐ切ってしまうので今だけの楽しみだとか。

「わたしは二人を守ったのに労ってくれるのは二郎だけなのか。二郎、お母《たあ》さまはわたしをいじめるばかりだ」

「守った？」

忍は首を傾げた。まだ御帳台から出られないがようやく食欲が出てきたので梨《なし》の漬け物と粥《かゆ》とを食べていたが、守られたとは。

祐高はひしと二郎を抱き締めた。二郎はまだ人の姿にも見えない嬰児《みどりご》で、宝物《ほうもつ》を捧げられたり書を読み聞かされたり仰々しい儀式で疲れたのかよく眠ってされるがままだった。

「あなたも二郎も一晩中あのまじない師の術を受けていたのだぞ！　あれが指でも鳴らしたらぱたりと……生き延びてもこの子は呪われていると世間に指さされたら！」

「……理《り》で納得したのではなく保身で天文博士を解き放ったの？」

正直こんなに脅かすつもりはなかったので忍は銀の匙《さじ》が止まった。

「だのに純直は弓矢で天文博士を脅して！　陰陽師を射殺して忍さまが祟られたらどうするつもりだったのだあいつは！」

「純直さま、かわいらしいお顔をしてらっしゃるのに」

「見た目に騙されるな、あれの趣味は猪狩りだぞ!?　大きいのが獲《と》れると皮を剝《は》いでなめして、うちにくれようと持ってくるのを毎回わたしが断っているのだ！」

評判の美少年にこんな欠点があったとは。

「仔犬と思っていたのに猟犬だったなんて」

「忍さまが男で検非違使ならよかったのだ！　わたしには向いていない！」

二郎の耳許《みみもと》で、あまりみっともなく喚かないでほしい。

「わたしなら向いていると？　わたし、とても女らしい女じゃないの」

忍は少しむっとした。何せ今朝、子を産んだばかりだ。

「趣味は縫いものだし、検非違使なんてなってみたいと思ったこともないわ。純直さまは御簾越しに会うからかわいいだけで、弓矢をかまえているところに出くわしたらきっと声も出せずに失神してしまうわ」

「よく言う。顔が笑っているぞ」

「祐高さまが修羅場から無事お戻りになったのを喜んで表情が緩んでいるのよ。ええ、ご立派ですわ、吾が君《愛しいあなた》」

「心がこもっていない」

両手を合わせて麗々しい貴婦人のように言ってやったのに気に入らないようだった。

いつまでもすねて産着《うぶぎ》に顔をこすりつけているものだから、ついに二郎の方がむずかり始めた。慣れた乳母たちが祐高から取り上げて次の間に連れていってしまう。

「ああ、二郎が、我が子が、二郎——！」

「今生《こんじょう》の別れはいいから。もうちょっと育ってから遊んであげて」

祐高が大仰に手を伸ばして雰囲気に浸っている間に、忍は再び匙を取って塗り椀《わん》の粥を口に運んだ。乳母にばかり任せてもいられない、早く起き上がれるようにならなければ。

滋養を摂《と》るのも母親の仕事。しばらくはものを食べて乳を出すばかりの生きものになる。

「まあ使庁としては天文博士を捕らえるべきでないのは確かなのよねえ」

——とはいえ良妻賢母としては乳を出すばかりというのも業腹だ。ここは内助の功として知恵も出さなければ。

「結果として祐高さまが正しいわ」

「というと？」

「女房たちに聞いたら去年、皇子さまがお生まれになったとき陰陽助《おんようのすけ》が安産の儀を執り行う予定だったのにお邸に向かう道中で猫の死骸《しがい》に行き遭ってしまって、不吉だからと天文博士が代わったそうよ。——天文博士が邪悪なまじない師でうちの二郎が呪われていると言うのなら、今上の皇子も道連れよ！」

「一層恐ろしいではないか！」

もうすがりつく赤子もおらず、祐高は畳を叩いた。

「主上の皇子を言祝《ことほ》いだような者が人殺しの疑いなどかけられるな！」

「つまりそういうことよ。猫の死骸如きでもお役目に障りがあるのだから、天文博士は自分の邸の近くで人を殺めるなんてもってのほかよ」

忍の言葉で祐高ははっとしたようだった。表情が一変した。

「……それはもしや、かの者が陥れられたと」

「此度の件は天文博士の罪ではないかもしれないけれど、失態ではあるわ。——何かの間違いというものはあるわ。ものの弾みや勢いで突いたり叩いたりしたらひっくり返って死んでしまった、なんてことが。でも何をどうしたかも知れない寸刻みの骸、そんなものが帝の信任篤い博士の家にたまさか現れるなんてことはないし、博士が望むはずもない」

「――天文博士の霊験を損なおうと考えた何者かの仕業だと？　お役目を横取りされた陰陽助や、天文博士の人気を妬《ねた》んだよその陰陽師……陰陽師と言えば賀茂《かも》だが安倍と仲が悪かったりするのか？」

「なぜ亡骸が寸刻みだったのか――丸のままなら密かに除《の》けて寺にでも運び込んで始末することができるけれど、細かく切ってあれば汚れが残るからたやすく片づけられない、というのもあるのかもしれないわよ」

祐高は忌《い》まわしげにかぶりを振った。

「人の考えることとは思えぬ。あんなもの、話に聞いたこともない」

「あら、わたしは聞いたことがあるわ」

冷めた粥を一口すすって、忍は笑んだ。

「宴《えん》の松原《まつばら》の鬼の話よ」

「宴の松原？　大内裏《だいだいり》のか？」

「ええ」

「忍さまは大内裏など行ったことがないだろう」

「例の宰相のおもとに聞いたのよ。大内裏の真ん中にぽかっと空き地があるそうね」

「そう、真言院《しんごんいん》だの右兵衛府《うひょうえふ》だの役所の建物が居並ぶ中にな。内裏を建て直すときにそこを使うという話だ。昔は宴がそこで行われていたとも言うが」

「──昔、若い女官が三人、宴の松原を通りかかったときのこと。松の木陰《こかげ》に美々しい公達が立っていて手招きするので、女官の一人が誘いに乗ってそちらで立ち話を始めた。残った二人は待っていたが、一向に帰ってこない。おかしいと思って木陰に行ってみると、そこにはおびただしい血とばらばらになった女の手足だけが……」

忍が低い声で語ると、祐高はおののいて後ずさってしまった。

「し、忍さまは女なのに恐ろしい話をするな」

「あら、女房たちはこういう話が好きよ。退屈で噂話くらいしかすることがないから。近頃は恐ろしい話が気に入りなの」

にんまりと笑って、忍はまた声を低めた。

「──ある長者の家に万《よろず》の子という美しい娘がいた。ぜひ聟入りしたいという男が幾人も現れたけれども娘は誰も気に入らない。そのうち綾錦《あやにしき》を積んだ車を三つも率いた立派な男君が現れて、やっとこの方を聟に迎えるということになった。新婚初夜、娘は床で三度〝痛い〟と悲鳴を上げたけれど父母は新枕《にいまくら》はそういうものだと気にも留めずにいたら、朝になって。娘も聟も遅くまで起きてこないので様子を見に行くと、床には娘の頭と指だけが残っていて聟の姿はどこにもなく、綾錦は獣の骨に、車は茱萸《ぐみ》の木に変わって……」

「まこと、女人はそのような話が好きなのか⁉」

ついに畳から下りて几帳の陰に隠れるのだから。彼は反応がいちいち大袈裟《おおげさ》で芝居がかっている。

「お、おとぎ話だろう。美男子やら綾錦やらに目がくらむとろくなことにならんという訓話なのだろう」

「それで独身を守って清らかに生きていると今度は行かず後家と呼ばれるのだけれどね」

「綾錦が骨に変わっていたのは話に尾鰭《おひれ》がついたとして、長者の娘は寝所で殺められてしまったのだろうよ。男は婚儀のため着飾っていたなら太刀も佩《は》いていただろう。恨みもないのに童や女を惨たらしく殺める人でなしがたまにいると聞く」

祐高はやっと几帳の陰を出、膝《ひざ》で這《は》って畳に戻ってきた。だが深く考えて陰鬱《いんうつ》になったらしく表情が暗い。

「しかし宴の松原は、人の仕業とは思えぬ。連れの女が二人いたのにその者らは同輩が殺められる気配やら男が逃げたのやらに気づかなかったのか。人の手足がもげるようなことがあったというのに」

「あら、人の仕業よ」

忍は変わらず粥をするすると食べながら言い放った。自明の理だと思った。

「はなから三人目の女官などその場におらず、美々しい公達もいなかった、ということではないの」

「は？　なぜそうなる」

「なぜって。これは残された二人の女官が後で駆けつけた検非違使やら武官やらにそう説明したという話でしょう？　辻褄《つじつま》が合わないことがあるとすれば二人のせいよ」

「血と女の手足が」

「血は紅を溶いてそのように見せればいいわ。本物かどうか確かめるすべなどないのだもの。——天文博士の〝蛙殺し〟と同じよ」

断言する忍に対し、祐高は何度もかぶりを振った。

「いや、全然違うだろう。手足はどうする。蛙の死骸のようにその辺で拾ってくるわけにはいかないぞ」

「いいえ、蛙の死骸より簡単よ。——化野や鳥辺野で拾ってくればいいの。貴族は寺で死人を火葬にして弔《とむら》うけれど下々の民は打ち捨てて朽ちるに任せると言うわ」

そうした亡骸が朽ちるまでのありさまを描いた絵がいくつも寺に奉納《ほうのう》されていると聞く。檀林皇后《だんりんこうごう》に小野小町《おののこまち》。

天文博士が人を殺めたなら、そのようなところに打ち捨てて知らん顔をすると。

「そういう中からそれらしい女のものを選べば。手足だけなら多少年齢や体格が合っていなくてもごまかせる。手足と血糊《ちのり》が散らばっていればそこで死んだように見える。人目のないところで支度《したく》をしてすっかり済んでから人を呼ぶだけで、爆ぜるのを見せなくていいのだから〝蛙殺し〟の方が難しいんじゃないかしら」

忍は女の悲鳴など信じない。恐ろしければ声など出ないはずだ。小理屈を言う元気があるのは何かしらの裏がある。

「亡骸一つ丸ごとだと重いしかさばるから手足だけ持ってきたのかしら。頭は、顔で誰とわかってしまうから持ってこなかったのよ。万の子は頭が残っていたから本人だけれど、宴の松原の女は誰だかわからないわ」

「か、簡単に言うな」

「きっと草むらを覗いて蛙の死骸を探す方が厄介よ。蛙は小さいけれど人の亡骸は大きいんだもの。鉈《なた》や鉞《まさかり》などで手足だけもぐの、そこは男の手を借りたのかしら。それで血の気をよく切って、衣装のどこかに隠しておくの。女の装束はかさばって隙間《すきま》だらけなんだから二人で分ければ手足の四本くらい何とかなるわよ」

「女にそんな恐ろしいことができるか」

「別に女であろうがなかろうが、慣れてしまえば恐ろしいなんて思わないでしょう」

むしろ忍は六歳の太郎真鶴《まなづる》が小さな雨蛙《あまがえる》を捕らえて持ってくるのが不思議だ。どうやって捕まえているのか。何なら死人は動かないから蛙より捕らえやすいだろう。

「後産は自分でもなかなか気味が悪いけれど三回目にもなると見慣れたわ。赤子を包む胞衣《えな》って血肉があってはらわたのようなのよ。きっと男君に見せたら子を育てる気がなくなるから皆で隠しているのね。あんなものですら回を重ねれば見慣れるのだから、手足くらいわけはないでしょうよ」

「そもそもなぜそんなことをする」

「女が道ならぬ恋で駆け落ちでもして逃げてしまったから、残された友人二人で行方をごまかしてやったとか？　鬼のせいにすれば誰も追いかけないだろうと。美しい友情なのよ。あるいは女が事故やら何やらで死んでしまったのを鬼のせいにして自分たちは知らぬ存ぜぬを通した。祐高さまはどちらがお好み？」

「わたしの好みなのか？」

「だって確かめようのない話だもの。祐高さまが前例がないって言うからそれらしいのを紹介しただけよ」

「物語作家が語った怪談が前例と言えるか」

祐高は案外本気で怯えていたのが恥ずかしかったか少しむくれたが——

「——天文博士の霊験を損なうために他のまじない師が汚れものを捨てていったということが、ありえると思うか？」

「ううん、猫一匹でこと足りるのに人まで殺めるのは大袈裟かしら。でも猫一匹じゃ下人などが黙って片づけてそれでお終《しま》い、となってしまうかも」

「人殺しではなく化野や鳥辺野から拾ってきたものなのやもな。それでも亡骸を辱める罪は重いぞ」

「簡単に掃除させず、自分たちでは扱いやすくするための刻んだ骸なのよ。ばらばらにしてしまえば運びやすい」

「うん？」

忍はすっかり粥を食べ終えて匙を置いたが、祐高は不思議そうに首を傾げていた。

「その場合、女の亡骸は何なのだ？」

「女？」

「切り刻まれておらず、恐らく素手で絞め殺されていた女だ。切られたのか髪が短くて。相方があでなければ心中だと思っただろう」

「心中の相方？」

忍も首を傾げた。

「そんなのがいたの？」

「いた」

……目を瞬いて頑張って思い出した。そういえば話に出てきたような。

「一人分切ったら面倒くさくなったのかしら」

「その程度の根性で死者を辱める大罪を犯されたのでは困るのだが」

「身許《みもと》は知れないの？」

「単衣一枚でわかろうはずもない。家の者は顔を知らず、使庁の下官で知っている者もなかった程度しか。後は隣近所で行方知れずになった者がいるかどうか確かめるくらいだ。――あんなはしたない格好で出歩く女もおるまい。賊に遭って衣をはぎ取られ、髪の毛も切って奪われてしまったのだろうか。……そのような無体をしておいて女の亡骸を切り刻むのは惨い、と思いとどまるものなのだろうか」

「……天文博士一人を穢すのに二つは多いわね。連絡が行き違ったのかしら」

「純直が言うようになにがしかのまじないの力で切り刻んだとして、一人は手で絞め殺しているのもどういうことだ」

「骸を捨てているところに全然別の盗賊が通りかかって同じ場所に死人を捨てて……ああ、駄目ね。そんな偶然を言い出したら何でもありだわ」

ここまでの推理が惜しかったが、どうにも辻褄を合わせられそうになかった。

「まあどうせ、平少尉に〝まじない師が怪しい〟という話はできなかったろうよ」

祐高は諦めたように笑っていた。

「少尉って？　純直さまじゃなくて？」

〝少将〟と〝少尉〟で言い間違えたのかと思ったが純直は藤原氏なので〝藤少将《とうしょうしょう》〟だ。

「どうしてそんな人を気にするの？　祐高さまは使庁で一番偉いのでしょう？」

「忍さまは京で一番恐ろしい悪少尉《あくしょうじょう》平蔵《へいぞう》を知らんのか！」

「……悪少尉平蔵？」

「あなたは世間知らずなのかすれているのかわからんな」

忍にも知らないことがあるとわかった途端、祐高は急に早口になった。

「検非違使少尉平蔵充、二つ名を悪少尉平蔵。〝悪〟は〝すごく強い〟という意味で心根のいい悪いではない。――京ですねに傷持つ者は悪少尉の名を聞くと身をすくめ、無辜《むこ》の民草も何となく落ち着かない、それほどの男だ」

「でも祐高さまの部下なんでしょう？」

「身分が違いすぎてどのように扱っていいのかわからんのだ。わたしがあれの機嫌を損ねたせいでお役目に差し障ることがあったら大馬鹿者の烙印《らくいん》を押される」

「そんなに有能なの？」

「——忍さまは使庁の一番身分の低い下官、放免というものを知っているか」

「葵祭の先頭を行く鉾持《ほこも》ちよね。派手な衣を着ておかしな飾りを着けている」

葵祭は京で一番の大祭、その行列を見るために貴族から平民までが都大路《みやこおおじ》を埋めつくす。忍のような普段、邸に閉じこもっている良家の姫君も飾り立てた牛車で見物に行く。

「元罪人で見込みのある者を新たな罪人の捕縛に使うのでしょう？　手練《てだ》れの盗賊だったりするの？　悪少尉ともなれば屈強な放免を何十人も引き連れているの？」

公卿の姫に生まれ公卿の正妻となった忍の認識はこうだった。

「それが悪少尉は放免を使わない」

「え」

祐高がいきなり聞いたこともない話を始めた。

「悪少尉は弓や兵杖《ひょうじょう》を扱う手練れの武者を自前で何十人も雇っていて、それらを率いて夜盗などのねぐらに押し込んで捕縛する。自ら武術を仕込んだ強兵揃《つわものぞろ》いだそうだ」

「……ヒョウジョウって何」

「五、六尺、身の丈ほどの長さのがっしりした棒だ。悪党とやり合うのに太刀だと斬り殺してしまうので棒で殴るが、それでも人を殺めることはできるそうだ。達人が使えば一対一でも太刀を制するとか。——たとえば凶暴な盗人《ぬすっと》などが暴《あば》れていると使庁に知らせが入ったら、まずは悪少尉が手勢を連れて離れたところから弓矢を射かける。それでもまだ刃向かうなら少尉の命令で杖を持った武者が取り押さえに行く」

　忍は自分を想像力豊かな方だと思っていたが、人を殺せるほどの棒を持った屈強な〝強兵〟は公卿の妻の認識の埒外《らちがい》だった。それを率いる狩衣の小男も全く思い浮かばない。

「使庁の官人のほとんどは書記と律令の専門家と後は穢れ祓いの儀式に入り用な者と掃除夫、葵祭の賑やかしなどで、京で盗賊や人殺しなどの手強い犯人を捕縛しているのは悪少尉の家人だ」

「家人って、役人ではなく」

「私兵だ。——貴族の武官はほとんどが名ばかり儀式ばかり、左右近衛府《このえふ》、衛門府、兵衛府の六衛府《ろくえふ》は弓を使った行事に出るのと、帝の行幸《ぎょうこう》の折に武具を持って横を歩くのがお役目。真の武人は貴族にはいない。わたしは別当と言っても別当宣を書くばかりが取り柄。しかも向こうは親より年上——正直、怖い！　住む世界が違う！」

「わたしもそんなに違うと思ってなかった！」

「薙刀《なぎなた》を担いだ何百人もの叡山《えいざん》の悪僧《あくそう》ばらが日吉山王《ひえさんのう》の神輿《みこし》を掲げて強訴に及ぶとき、防ぐのは武官でも放免でもなく悪少尉の手勢だ！」

「す、祐高さまが前に出なくて済むのはいいことよ！　得意な人がすればいいのよ！」

——京の平安がこれほど儚いものだとは。祐高は「いい大人が怖いから外に出られないなどと言っていられない」と断言したが、忍は本気で太郎を邸の外に出してはいけないのではないかと思った。

「――しかし純直はそういう世間の仕組みをまだわかっていないのだ！」

しかも祐高は完全に職場の愚痴《ぐち》を垂れ流し始めていた。

「あれは、放免を多数連れた大尉《たいじょう》がすり寄ってくるので己の力を過大に思い込んでいる！　大尉は摂関家の目に留まれば出世して殿上人になれるかもしれないと機嫌を取っているだけだ！　下人を連れて鹿や猪を射られるくらいで悪少尉に対抗できると思うな！」

「す、純直さまと何かあったの」

「五日前、承香殿《じょうきょうでん》に賊が押し入った件で純直と悪少尉が揉めた！」

――それは不思議な亡骸とは違う意味で恐ろしい話だった。

何とその日、夜盗が後宮《こうきゅう》は中宮のおわす承香殿に押し入って内裏女房二人の衣を剝いで盗み、別の女房一人を攫《さら》って逃げてしまった。衣を剝がれた女房たちは裸で震えていたという。

帝は大層心を痛めて残された女房たちに見舞いの品など賜ったそうだ。

「えっ、ちょっと待って。どうして宮城、それも中宮のおわす承香殿に盗賊が入るなんてことが起きるの。内裏は武士たちが守っているんじゃないの」

「わたしだって滝口《たきぐち》の陣や衛門府の宿直が何をしていたのか問い詰めたいところだが、先例がある」

「先例があるなら警備を固めて対策しなさいよ何やってるのよ。――そんな話、誰も教えてくれなかったわよ。どうしてわたしだけ知らないの」

「それは賊だの人攫いだの、孕み女に聞かせるような話ではないからだろう。中宮さまは忍さまのいとこ姫ではなかったか。中宮さまは無事だったので心配をかけまいと皆、黙っていたのだろう」

「腑《ふ》に落ちないわ！　……え、このところ使庁に宿直なさってたのって」

「――畏れ多くも後宮に押し入った大逆の兇賊《きょうぞく》を一刻も早く捕らえて世に平安を取り戻すべく、別当自ら臨月《うみづき》の妻を捨て置いてまで使庁に詰めてお役目に励んでいた」

「まあ」

何て立派な、と思ったのは束の間。

「……という名目でその、申しわけないのだがこちらのお邸を避けて」

「名目」

「わたしが使庁に詰めてそれで解決するというほどことは単純ではないが……こちらにいると義父上や義兄上に〝賊はどうなった〟と問い詰められるのではないかと。そうしたら今朝、本当に大事件が起きて。いや、あなたのことは心配だったが追捕《ついぶ》の仔細を根掘り葉掘り聞かれては困るので、わたしも随分《ずいぶん》悩んだのだ」

「まあわたしも息むとき手を握ってもらえるわけでもないし、お父《もう》さまと寝殿でお酒を飲んでいれば嬉しいかと言えばそうでもないけど。もう三度目だし」

忍の姉は結局再婚したのだが、新たな夫の兵部卿宮《ひょうぶきょうのみや》は口が軽いらしかった。

――ともあれ検非違使庁では急ぎ追捕の別当宣を出すことになり。これは祐高の役目なので何も悩まず出したとして。

悪少尉平蔵の主張する追捕の方針は。

「攫われた何とかいう女房が賊を引き込んで、一緒に駆け落ちでもしたのでしょう。でなければ後宮に潜り込むなどできん。恐らく今頃もう洛外《らくがい》から近隣諸国に逃れておるでしょう。各地の追捕使に文を送り、関所に着飾った雅《みやび》やかな女を連れた者、上等の女房装束を持っている者、売ろうとたくらむ者、そのような者が現れたら片端《かたはし》から捕らえて調べさせましょう。女房は身許が知れぬよう、髪を切って男のふりなどするやもしれませんな。女は化けます」

流石《さすが》、経験豊富なだけあって隙がない提案だったが。

純直には反論があった。

「中宮さまは我が父の末の妹。わたしは承香殿にはよく出入りして女房たちとも親しく口を利いているが、小侍従《こじじゅう》の君は賊を手引きするような不埒《ふらち》な女ではない！　きっと中宮さまのご機嫌取りで出入りする受領などがたくらんだのです。若くて可憐ですから乱暴な男に攫われてしまったのでしょう。まだ洛中の受領の邸に潜んでいます！」

――こうして二人は大いに対立した。

祐高は悪少尉の案の方がいいと思った――というか検非違使庁といえどもそう簡単に貴族の邸内を捜索することはできないのだ。

諸国代官である受領国司《こくし》の多くは六位。使庁では罪人といえど六位以上の貴族とそれ以外で扱いが違う。これは明文化された法だ。

それに摂関家令息の純直は「受領如き」と思っているが、受領は各国の年貢米を貯《た》め込んでいる。受領の任免は三位以上の公卿が会議で決める。これで何が起きるかというと、祐高は自分の乳母の子を和泉国の国司に任じた――つまり公私混同。貴族の標準である。

受領は大抵公卿と癒着している。確証もないのに「賊を匿《かくま》ったりしていないか邸の中を見せろ」と受領の邸宅に押し入ったりしては「何だお前、うちの部下に文句があるのか」と祐高より偉い大臣などが異議を申し立ててくる可能性がある。そんなことができるはずがないのだ。何のために受領が中宮さまのご機嫌を取っているかって。

が、純直はまだ十七歳なので論破してしまうと意固地になってすねてしまうだろう。父親や祖父に泣きつかれても困る。

ここで何を言ったところで、どうせどこかの追捕使なり何なりが賊を捕らえて京の名高い悪少尉のもとに送ってくるという結末になるのに決まっている――口先だけでも純直の味方をしてやるべきだろうか、と悩んでいるとき。

帝からありがたいお達しがあった。

「此度の一件、主上は大層大御心《おおみこころ》を痛めておいでです。そこでこの天文博士、安倍泰躬に賊と小侍従の君の居場所を占えとおっしゃいました。わたしも門外漢が出すぎた真似《まね》をとは思いましたが、主上の命ですので参りました」

陰陽寮の天文博士が、占いで犯人を教えてくれると。

祐高は即座に断った。何と言ったかよく憶えていない。忙しいのに勘弁してくれと思ったのだけは確かだった。天文博士もあまりやる気がなかったのかあっさり引き下がった。

だがそれがなぜだか、次の日には口さがない京童部《きょうわらんべ》たちの間で

「使庁は承香殿の賊を捜すのにかの蛙殺しの天文博士の霊験に頼った」

という噂が流れていて――

「ちょっと！」

今、聞き捨てならない話を聞いてしまった。

「天文博士を恨んでいて霊験を損なおうとしている盗賊がいるんじゃないの！」

頭を掻きながら愚痴を垂れていた祐高はふと話を止め、それからはっと目を見開いた。

畳から立ち上がる。

「急ぎ、純直に使いを出せ！　馬を引け！　化野に行く！」

大声を上げるので、ばたばたと家人が部屋の端《はし》にやって来た。

「ど、どうなさいました。大殿さまが御酒《ごしゅ》と夕餉の支度をなさっていますが」

「急いで行って帰ってくるから、舅殿《しゅうと》にはよしなに！」

——さて、このめでたい夜に聟と差し向かいで痛飲するつもりだった父をどうなだめたものか。

5

祐高と純直が馬を飛ばして化野の小寺にたどり着いたのは日が山の下に沈む頃。

真っ暗な寺の中で松明《まつ》を翳《かざ》して、純直は再度、女の骸を検分することになった。

ぶつ切りの方はとうに荼毘《だび》に付されていたが、こちらは首を絞められた痕以外に傷もなく綺麗なので息を吹き返すかもしれないと火葬の前に一晩置くことにしたそうだ。筵《むしろ》の上に置かれて衣を一枚かけられていた。

「——確かに行方知れずの小侍従の君です！　かわいそうに、こんなに髪を切られて……髪は女の命なのに」

女の顔をしげしげと見て純直は涙ぐんだが——祐高はまた腰が抜けそうだった。

ぶつ切りの亡骸にはしゃいで夢中でよく見ておらず、横にいるのが顔見知りだと気づかなかったのはお前だ、お前。髪が切られて化粧も乱れて別人に見えたとはいえ、お役目を何だと思っている。

こうなると純直が恐らく来年、出世して検非違使佐でなくなるのがいいのか悪いのか。むしろ一年も任期があるのか。気が遠くなりそうだった。

「でも小侍従は賊の妾になるのを拒《こば》んで怒りを買って殺められてしまったとして」

ふと純直が涙に濡《ぬ》れた顔を上げた。

「あのぶつ切りの骸は、何者なんですか？」


──まさにその頃。京で名高い悪少尉は尾張守《おわりのかみ》の邸に人質を取って立てこもった賊と戦っていた。

八人の賊に対して四十人の精兵《せいびょう》で邸を押し包んで、弓矢で全員射殺したという。


全てが判明したのは全てが終わった後だった。上官二人が馬を飛ばして使庁舎に帰ってきた頃に、平少尉も戻ってきたところだった。尾張守邸の騒ぎを聞くと二人とも、小侍従の君を見つけた達成感がたちまち消えて失《う》せた。

「失礼、四十を過ぎるとすぐ疲れて。歳は取りたくないものです」

上官二人が畳に座るのを見届けてから悪少尉平蔵は円座《わろうだ》にあぐらをかいて、下官が持ってきた鉢の水をがぶがぶ飲み干した。結構大きな鉢で一杯、二杯。正直、祐高は人がこんなに真水を飲むところを初めて見た。生成りの無愛想《ぶあいそう》な狩衣は土埃《つちぼこり》でひどく汚れていて、袖をたくして絞った跡がくっきり残っていた。

「まじない師の家のぶつ切りは、あれは博徒の手口ですよ。双六《すごろく》、賽子《さいころ》賭博などをする連中でたちの悪いのは、負け分を支払わないやつを縛って責めます」

「責める？」

「身体をねじ曲げてきつく縛るととても苦しいのです。首にも縄をかけます」

「く、首に縄をかけたら死んでしまうではないか」

「苦しすぎて死ぬ者もおりますね。そうやって死ぬほど責めて脅しつけて家屋敷《やしき》やら田畑やら妻子やら馬やらを取り上げたり、己の代わりに盗みを働かせたりするのです。あのぶつ切りの亡骸、縛って責めているうちに死んでしまったので縄目のところで切り刻んだものです。節ではない妙な部分で切っていたのは縄が喰《く》い込んで痣《あざ》になっていたので、そこを目印に切ったのです。惨たらしくして見せしめにするためです。貴族の皆さまがたは知らんような博徒崩れの賊の仕業と一目でわかりました。――賊の頭目が女を気に入って自分のものにしたのに手下が岡惚《おかぼ》れでもして、頭目が怒って手下を縄で責め殺して刻み、女も絞め殺して捨てた、と。手下の方は念入りに刻んだのに、女の方は情が湧いてそこまで非道になれんかったのでしょうなあ」

――絞め殺して衣装を剝いで髪も切ったのに非道でないだと。

「それで朱雀門《すざくもん》や左京《さきょう》や右京《うきょう》の市《いち》の前にでも捨てて晒し者にしようと思ったが、此度は何やら気紛《きまぐ》れでまじない師の家の庭にしたんでしょうなあ。己の力を見せつけるつもりだったのだから目立てばどこでもよかったのですよ」

相手はそもそも人を殺して〝隠す〟という発想がない者たちだった。

「賊どもは尾張守の身内でもあったのか取り入って邸に潜んでおりましたが、ぶつ切りの亡骸の噂を聞いて尾張守の方が肝を冷やして使庁に駆け込んでまいりました。手下への見せしめが過ぎて主に見捨てられました、本末転倒と言うんですかな。主も主です、承香殿の件が大事になっただけで他にも何をさせていたのやら。まあ追い返すわけにもいかぬ。仕方がないので紀佐《きのすけ》さまより許しをいただいて、邸に賊が勝手に入り込んで、尾張守の家人を人質に取ったのをやむなく射殺したという体裁で始末しておきました。尾張守をいかがするかは別当さまにお任せいたします。何せわしよりお偉い貴族ですから」

祐高がどう相槌《あいづち》を打ったものか迷っている間に一気に話して、

「受領のたくらみという少将さまのお考えが当たっておりましたな」

そう締めて空の鉢を床に置くとさっさと使庁舎を辞してしまった。馬にも乗らず、すたすた歩いて自分の家に帰ったらしい。——やはり恐ろしい男だった。舅に夕餉をご馳走になる前でよかった。一日に二回も吐くのは。

「……ええっと。あのじいさん、何人射殺したって言ってました？」

純直ですら、座り込んだままで声が少し震えていた。

「先達が重用《ちょうよう》されるのには理由があるのだ。年上は敬《うやま》え。純直、お前はいずれ位人臣《くらいじんしん》を極める身の上だ。賽の賭博がどうとか縄で縛って責めるとか早く忘れよ。我々は己の本分を弁えて漢詩と和歌の勉強でもしよう」

「祐高さま、和歌なんて全然できないっていつもおっしゃってるじゃないですか」

「折角勉強する気になっているのだから。恐らく今が人生の転機なのだ。やはり使庁はわたしの一生の仕事ではない」

「そうですか？　わたしはやる気になりましたよ。次はこの純直が賊を射ます！」

「やめろ！　本当にやめろ！　お前の父上にわたしが叱《しか》られる！」

所詮《しょせん》場違いなお飾りの高級貴族二人。ちょっと頑張ったくらいで馴染《なじ》めるはずもなく。

祐高は必死に純直の肩を揺さぶっていた。

6

この物語は祐高の邸で終わる。

尾張守とその家人への聴取、諸々《もろもろ》の連絡、顚末《てんまつ》を帝に奏上――検非違使庁での仕事を一通りこなした後。

祐高は再び天文博士を邸に招いた。今度は引っ立てるような真似はせず使いをやって寝殿に呼び寄せて。庭の近くなどではない奥の間で、座るところも畳を用意した。

「此度の二郎の安産、そなたの方術が天に届いたものと思う。北からそなたに褒美の品だ。全て北が選んだものだ」

家人が漆塗りの御衣筥《みぞばこ》をその前に置く。畳んであるとはいえ衣が丸々入っているので大きくて平べったく、蒔絵《まきえ》で花模様が描かれた高級品で、本当は和泉守の引越祝いにやろうと準備していたものだ。

天文博士は深々と頭を下げた。

「二郎君が安らかにお産まれになったのは天命です。お方さまと二郎君の幸運でございます。泰躬はさしたることもしておりませんが、お心遣いに感謝いたします」

「まあ開けてみよ」

と祐高が勧めると。

「では失礼して」

天文博士が蓋を取る。

入っているのは女の装束が一領《ひとそろい》と、女の子の上着などがやはり一領。それに小間物を一通り収めた櫛箱《くしばこ》。

天文博士の目が惑った。これまでに見ない表情だった。

「そなたにはいろいろと無礼なことを言ったな。許せ。――わたしの乳兄弟の和泉守が近頃、邸を建ててな。これまで住んでいた手狭な家が空くのだが、一条のそなたの妻をそちらに住まわせたらどうか。恐ろしい亡骸の打ち捨てられた家にいてはよくない噂が立つだろう。引っ越して穢れ祓いとはできないか――」

祐高の言葉が終わるより早く、天文博士の目から涙がこぼれ落ちた。蓋にかけた手が震えていた。

「何と——何と申し上げればいいのか」

「何も言わずともよい」

しばし、大の男が泣き崩れるのを黙って眺《なが》めていた。

忍にそうしろと言われていたので。

＊＊＊

「手柄《てがら》など悪少尉にやっておしまいなさい、賊を射殺したとかどうせもてないわ。外聞が悪い。祐高さまには他になすべきことがあるでしょう」

——忍は正直、祐高が出ていった後に「使庁の手勢が尾張守邸で賊と戦っている」と聞いたとき二郎を抱いたまま失神してしまいそうになったが、本人が無事戻るとさっさと考えを切り替えた。

「これは天文博士の弱みを握る好機よ。その男、使庁でもそれ以外でも使えるから純直さまの戯《ざ》れ言《ごと》を詫《わ》びるふりをしつつ、恩に着せて懐柔しておきなさい。女君にもてるまじない、にはあまり期待しないとして、占いやまじないをする者はきっといろいろな家の事情を知っているのでしょうねえ。搦《から》め手《て》を使える者は貴重よ。何の役に立つかわからないわ。折角純直さまが陰陽師をいじめる悪党をやってくださったのだから、祐高さまが親切にして心を揺さぶるのよ。今後もぜひこのお方にお仕えしたいと思うような気の利いた褒美を目下の者に用意するのは、貴族の妻の腕の見せどころというものよ。三十半ばで太郎と同じくらいの歳の娘がいるのよね？」

忍は張り切って桔梗を手招きした。

「桔梗を貸すわ、連れて邸に戻って。桔梗の指揮で我が家自慢のお針子たちに大急ぎで童女の衣の、流行りのものを仕立てさせましょう」

「童女の」

「幼い娘の晴れ着はいい歳の男の郷愁を誘うものよ。うちのお父さまなど未だにわたしの裳着《もぎ》のときの衣を見て泣くのよ。とびきりかわいらしい流行りもので心をえぐっておやり、桔梗。わたしが元気なら自分で縫ったのだけど。——それに子供が使う道具、姫があまり使っていないものもやりましょう」

祐高が思い出したのだ。あのとき、賜り物の櫃は安倍の邸に運び込まれたことを。

金持ちの女と恋をするのは簡単だ、好きだの嫌いだの言い合っていればいい。

だがそうでない場合。

「——此度の件、賊の内輪揉《うちわも》めなど知ったことではないとして、身ぐるみを剝がれた女房には主上からお見舞いがあったとして、天文博士の妻子もなかなかひどい目に遭っているわよ。小侍従と違って生きているのだから世話が必要だし、主上はそんな者がいるともご存じではないわ。夫がひと月も来られないんじゃものを食べるにもこと欠くでしょうし、おかしなことがあった家に住んでいるとあれこれ噂されて困っているでしょう。穢れなんて気にしない人、使庁の下官などに食べものを差し入れさせなさい。下品なくらい恩に着せておきなさい。施しも使庁の務めなのでしょう?」

励《はげ》ますつもりで祐高《かな》の肩を叩いた。

「追捕では悪少尉に敵わないとして、他で役に立てばいいのよ。検非違使別当が若く見目よい公達でなければならないというのは〝立派な公卿さまが下々の者を気にかけて心を砕いてくださっている〟と民草に見せつけるためでしょう。仕えるに値する主であるところを見せてやりなさい。京は法ではなく徳で治められているのだから」

我ながらいいことを言ってしまった。

＊＊＊

まじない師はあの家の前で見かけたときには星から運命を読む男のようだったし、「人を雇って殺させればいい」と言い出したときには毒の強い姦物《かんぶつ》のようだった。

だが今、顔を手で覆って泣いている姿は頼りなく、ただの泣いている男だった。

しばらくして天文博士が涙声で話し始めた。

「お方さまに……お方さまに何とお礼を申し上げれば」

何も言わなくていいと言ったのに。

「涙するほど喜んでいたと伝えよう」

――正直、がっかりした。こんなにたやすく籠絡《ろうらく》できてしまうとは。

忍の読み通り。

人殺しなど誰でもできるとまでほざいた男が、ちょっとものをやったくらいで。

――弱みを握られて唯々諾々とあの女の言うことを聞くのでは自分と同じだぞ。

「――一条の家に穢れがあると聞いたとき、わたしの留守を狙《ねら》って安倍の妻子が何かしたのかと思いました。わたしがあの家に行けないように、犬や鶏《にわとり》など殺して投げ込んだのかと。人と聞いて流石に違うとわかりましたが。人が惨たらしく殺められて少将さまに責め立てられたというのに、あのとき、わたしはほっとしたのです」

――そんな答えもあったのか。

「安倍の妻は兄の娘で十五で娶《めあわ》せられました。小役人風情ですがなまじ家屋敷などがあるので外の聟に取られるわけにいきません。秘伝の技を継ぐのは男ですが邸を継ぐのは女です、安倍の女には安倍の聟を取って家財を守らねばならない」

そういえば忍の実家の〝冬桜の院〟は、彼女の姉のものになるのだろうと。ひいては聟の兵部卿宮のものに。祐高の実家の邸は妹とその夫のものだ。たまには顔を出すが、もう自分の家ではない。

考えもしなかったが高級貴族には自分で邸を建てて妻の邸を余らせている者がいる。

普通は、世間はそうではないのだ。

「──姉妹のように思っており、それなりの夫婦になるだろうと。娘も産まれました。しかし一条に通い始めて、夫婦がどのようなものか知って、安倍の家が怖くなりました。小役人風情でも安倍は由緒ある家、親族は皆、妻の味方で断じて妾を邸には入れないと。安倍の家は針の筵です。一条のあの小さな家にこの世の全てがあると思った」

──いや、やはり人智《じんち》を超えた天命はあるのかもしれない。

「そのうち、男の子が産まれて。──陰陽師以外の職を世話してやれないことに気づいた。わたしはこの生き方しか知らない。それで一条の子を四人も安倍の家にやりました。皆きちんと陰陽師になって、産みの母の顔など忘れてなぜ妾に産ませたのか、なぜ安倍の妻の子でないのかとわたしを責め立てます。兄が生きている間は離縁できず、兄が死んだ後は子らが許しません。息子たちにだらしない男だと指さされています。衣を着替えるときだけ帰ってくるやつだと」

目の前にいたのは祐高が選ばなかった運命、散々、皆にそうなるぞと言われた夕霧大将だった。

幼馴染みと結ばれて幸せ者と褒めそやされ、真面目で遊び知らずと思われていた男がある日突然、道を踏み外したきり妻のもとに戻らない。

この男は落葉の宮を見つけてしまったのだ。

「ええ、わたしによく似た、顔も背格好も似た陰陽師がいくらでもおります。替え玉として儀式のできる者がおります。我が家の鬼です。だがわたしの意のままになどならない。――ままならない。一条には女の子一人しか残してやれませんでした」

小粋《こいき》な遊び方など知らないものだから醜態を晒して相手の女も苦しめて。

結婚は地獄だと言う者は多いが、すぐそこに本物の地獄の穴が空いていた。

「わたしを恨んであの家を穢したのが妻や子でなくてよかった……見も知らぬ賊でよかった……浅ましい男です、わたしは」

天文博士が懐紙で顔を拭《ぬぐ》い、少し笑った。

「別当さまのような鴛鴦夫婦にはおわかりにならないでしょうね」

「鴛鴦夫婦か。――そこに」

檜扇《ひおうぎ》で庭を指す。天文博士が素直に振り向く。

庭の真ん中に薄紅の花の群れが。植えて何年も経っていない若木で、まだ幹も枝振りも細く頼りない。それでも一人前に八分咲きの姿を誇っているようで、少々風が吹いても花びらは舞わない。

「我らが妹背《いもせ》の仲とはその桜のようなものだ」

古い言い方だ。女が妹《いも》、男が兄《せ》。きょうだいに比されるほど仲睦《なかむつ》まじい男女。

「羨《うらや》ましい。花の盛りではないですか。まさか散る一方とおっしゃるのではないのでしょうね」

「そう思うか」

――陰陽師といえども人の心が読めるわけではないのだな。

結婚三日目の露顕《ところあらわし》の宴で忍の遠縁の親戚という人が貴重な縁起物だと偕老同穴の巣を見せてくれた。「生きては偕《とも》に老い、死して同じ墓穴に葬られる」という意味で仲睦まじい夫婦を表す言葉だと教わったが、実際のそれは小さな海老のことなのだそうだ。

偕老同穴の巣は白く透き通った玻璃《はり》の糸で編まれた網の袋のようで、火灯りに翳すと輝いた。硬くて脆《もろ》くて美しいものだった。珊瑚《さんご》や真珠と同じように漁師の網にかかったり浜辺に時折流れ着いたりする海の宝なのだと。遠縁の人は親族が結婚するたび、この巣を持ち出して夫婦円満を祈願しているらしい。

蚕《かいこ》は絹糸で繭《まゆ》を紡ぐが海老は玻璃の糸で巣を編む。どうやって作ったのか不思議なほど繊細で、隙間があって水が通る。

巣は筒のようで出入り口がなく、中に海老が二匹、乾いて干物になって入っていた。

巣であると同時に墓穴だ。

二匹で互いを閉じ込めるように編むのか、一匹がもう一匹を囲うために編むのか。

新婚初夜は互いをよく知らず緊張していて、兄に教わった挨拶の文句をそのまま述べるだけで精一杯だった。忍がどう答えたかも憶えていない。十四歳だった。元服だけはしたものの童のままで、結婚がどういうものなのかまるでわかっていなかった。

二夜目はそれではいけないと思った。気の利いた和歌などひねり出せないなりに自分で考えて話さなければ。

生涯ただ一人の伴侶に対して、己の言葉を捧げなければと。

「お、お会いしとうございました。愛しています。愛しています。今日は一日中、忍さまのことを考えていました、何と話しかけようかと。忍さまは美しくて柔らかくていい匂いがして髪が長くて綺麗で……言葉が足りない……申しわけありません、無礼にもお姿を垣間見て。琵琶を弾《ひ》いていらっしゃった。そのときからあなたをお慕《した》いしておりました。偕老同穴、あなたとなら二人きりで穴蔵に閉じ込められてもいい……とこしえに愛しています……この身も心もずっとあなた一人のものです……」

祐高は御簾の前で話しているうちに感じ入って涙ぐんでしまったが、忍は生返事をするばかりだった。兄は「どんな女も安く見られたくないから最初は無愛想なものだ」と言ったが、違った。

——求婚の際に代作を書き写すのを間違えて同じ歌を二度贈ったのを恨んでいて、三夜目にそれをぶちまけることで頭がいっぱいで。三夜通うまでは結婚したことにならない、途中で逃げられては元も子もない。

男は最初、舞い上がってはしゃぐものだからあまり真に受けるなと乳母や女房たちに釘《くぎ》を刺されてもいたらしい。

〝冬桜の君〟とあだ名された。かの邸には世にも不思議な冬と春と二回咲く桜が植わっているとか——彼女はそれを粗忽だからだと言った。

後ろ指をさされたくなければ言うことを聞けと命じられた。

——最初はひどい女にいじめられていると思った。黙っている間は天女のようだと思っていたのでその落差に失望もした。

一番大事なところで些細《ささい》な過ちをした自分が恨めしかった。愛しているだけでは駄目かと傷つきもした。

二夜目の言葉をまるで聞いていなかったのかと。

だがそのうち彼女が正しかったのだと思うようになった。

二夜目の祐高は自分の思い通りになる女が手に入ったと浮かれてそれを愛だと思っていただけだった。

一日で考えたような愛の言葉がたやすく受け容《い》れられると信じていて、自分の思い通りにならないと落ち込んでいただけだった。

思い通りになる男がほしかったのは彼女も同じで、願いを叶えるのは甘い睦言《むつごと》などではないと。その正しさでわずかに彼女の方が競《せ》り勝《か》った。

あのときだけのことだ。

彼女も幼かった。文一通で祐高の人生の全てを自分の意のままに操るつもりだった。

賢《さか》しくて傲慢《ごうまん》な女だ。

あの邸にはまだ冬桜が咲いている。今朝も見た。

桜など大嫌いだが京の貴族は皆が皆、桜が好きだ。この邸を建てるときに「桜は庭のどこに植えるのか」と聞かれ、うまい言いわけを思いつかなかったのでこの木がある。切る理由がないからあるだけだ。桜が嫌いなんて世間から変わり者扱いされる。

彼女はもう鴛鴦夫婦でなくてもいいと言う。他の女のもとにも行けと。

そのたび、うまくいかないとへらへらしてごまかした。

――言う通りにするのは癪《しゃく》だった。昔の手紙一通、歌一首のためにそんなことにまで従うと思われたくなかった。

元々大して女に興味はなかった。兄にせっつかれて世間体のために結婚しただけで。女を綺麗だと思ったことなど一度しかない。

最初は悲しくて、次に憤《いきどお》ろしくなって、そのうち韜晦《とうかい》するようになって八年目。

ごまかしている間に子を授かった、三人も。子供たちはこれからどんどん大きくなる。太郎だって六歳だ、まだまだ育つ。

子供たちはそのうち、父の心を知るようになるだろうか。世間が羨む愛などなく、諦めて一緒にいるだけだと見抜かれてしまうのだろうか。

これを偕老同穴と言うのだろうか。

二人、未だに幼い過ちの中にいる。

視線の密室　見えない犯人

1

　その日、祐高が呼びつけられたのは内大臣邸の東の対の塗籠《ぬりごめ》──物置だった。出入り口は外に出る北向きの妻戸《つまど》と娘夫婦の寝所につながる枢戸《くるるど》の二つ。衣架《いか》に色とりどりの豪《ごう》奢《しゃ》な女物の装束が並び、壁際には螺鈿《らでん》の飾り棚。それに季節外れで使わない火鉢などが置いてあった。他人の邸の塗籠など訪れる機会はなく、こうなっているのかと思った。

　その衣架のすぐそばに、ぶら下がるものがあった。満月の光の射《さ》さない闇《やみ》の中ではあったが灯りで照らせばはっきりと見えた。

「これは、お亡くなりになっていますね。宰相中将《さいしょうのちゅうじょう》さまです」

「何ということだ」

　祐高がつぶやくと、内大臣が嘆いた──直衣は着ておらず寝間着なのは自邸で休んでいて騒ぎが起きるなど思ってもみなかったのだろう。五十近く、髪に白いものが混じっているがこんなことは人生で初めてと見える。

夜半だというのに「どうも塗籠から不吉な気配がする。検非違使を寄越してもらうことになるかもしれない。とりあえず祐高卿だけ来てくれ」と曖昧な連絡があって叩き起こされて、とりあえず大仰にならないように地味な牛車で動きやすい狩衣姿で来てみれば。内大臣邸にたどり着いたら「従者さえも車宿に置いて一人で」と言われてその通りにしてみれば。大臣ともあろうお方の指示でなければ従わないところだ。

そこにあったのは立派な出《い》で立《た》ちの死体だった。縊《い》死《し》なのか。まだ二十代の青年、直衣姿に乱れはなく、うつむいて立ったまま宙に浮いているようでもある。目を凝《こ》らすと上《うわ》長押《なげし》——鴨居《かもい》と壁の間に穴が空いているところに帯をくってぶら下がっているのだ。汚物が垂れているのか異臭がするのは風流人には無惨だ。もう十分にわかったので長く見るものではないと思った。

見つけたのは女房か雑色《ぞうしき》か、使用人だったようだ。見慣れない紋入りの立派な直衣を着た貴人が死んでいる、その辺の下人などではないと。内大臣は死人と聞いて怯えきって塗籠の中を自分ではとても確認できず、祐高に泣きついてきたのだった。

宮城や神社、貴族の邸宅での急な死穢は検非違使庁で取り片づけるところだ。だが直衣は高位の貴族が着るものなのでいきなり放免などの下官に任せるわけにもいかず、まず祐高が顔を確かめることになったわけだが。宰相中将は公卿なので正解だった。参議《さんぎ》で近衛中将で大臣の息子。それは立派な高級貴族。

内大臣は「検非違使といえば別当」と考えたのだろう。別当は帝に代わって別当宣を書くのがお役目で実務の長は佐《すけ》だが、家柄は立派でも十七歳の純直では頼りない。しかし大臣ともあろうお方は叩き上げで家柄はさほどでもない他の官と面識がなく、下官など存在も知らない。とにかく祐高を呼べば何とかなると思ったのだろう。

「大丈夫ですか、別当さま」

「思ったより大丈夫だったな」

おかしなことに、例の天文博士が居合わせた——おかしいこともない。死人など不吉極まりない。内大臣は陰陽師にも助けを求めたらしい。遺骸《いがい》を片づけた後、儀式で祓い浄《きよ》めることになると。こちらも従者はおらず一人だけだった。塗籠の中の衣装は色鮮やかで他の調度も金銀螺鈿に彩られているが、全て焼き捨てることになるのだろう。

「そなたは死穢に触れて大丈夫なのか、天文博士」

「よくないことですが大臣さまのお召しです、致し方ありません。絶対に座ってはいけませんよ。——泰躬は自分で浄めのまじないをしておきます」

「わたしもそのまじないを頼めるか。穢れを持ち帰っては障りがあろう。わたしはどうでもよいが幼子《おさなご》に移ってはいけない」

「勿論《もちろん》です」

どうもお互い血の気が乏しいせいか、あまり話が盛り上がらないのだった。天文博士もじっと妻戸から塗籠の中を見て

「大変なことになりましたね。お察しします。大丈夫です。この天文博士、安倍泰躬にお任せください。わたくしが万事取り計らいます、悪いようにはいたしません。ご安心を。ひとまずそこを動かぬように」

淡々と言っていた。きっと背後で震えている内大臣に呼びかけたのだろう。それとも陰陽師なら死んだ宰相中将の霊が見えたりするのだろうか。死人に「動かないように」というのは少し面白い。

――宰相中将は右大臣の令息。同じくらいの家柄の者とばかり結婚していると高級貴族は誰も彼も縁戚《えんせき》になるので内大臣家とも多少縁はあるが、邸の主も知らないうちにいつの間にかやって来て首を吊《つ》っているほど親しい間柄《あいだがら》でもなかった。内大臣家には娘が四人いるがいずれも既婚。四の君は何と帝の妃、藤壺女御《ふじつぼのにょうご》だ。当然、後宮の藤壺にお住まいなのでこの話に関係ない。

「間男かな」

「あちこちで浮き名を流しておられたのは確かです」

男が人知れずよその邸に忍び込む理由は一つ。不義密通。――密かに貴族の妻女のもとに通っていた姦夫《かんぷ》が家族に気づかれそうになって塗籠に隠れる、物語によくある話だ。

しかしそこで首を吊るとなると。人妻のもとに忍んで来るような男がそんな突然、悲観するものなのだろうか。

更に。

「気づいているか?」

「はい、恐らく」

ため息が洩《も》れた。——どうもこれは死穢だけが問題ではないような。

「やはりここはわたしが切り出すべきなのかな」

「さて、本来なら陰陽寮が口出しすることではありません」

天文博士は声をひそめた。

「内大臣さまのためにはことを荒立てるのはお勧めできません」

「もっともだ。仕方がないな」

「お気が弱く繊細な方です。思いがけないことで混乱していらっしゃいます。お手柔らかに、どうぞ穏便に、子供に話しかけるように優しくおっしゃってください」

「気をつける」

ここはまだしも冷静な祐高が気を遣うべきなのだろう。重々しくうなずいて振り返った。庭の松の立派な枝に満月がかかっていた。小川が清らかに流れる音といい、風情のある邸だ。確かいつぞや藤花の宴をした。そのような場所のはずなのに。

貴族の邸は庭に近い濡れ縁が通路になっていて手すりで囲まれている。簀子《すのこ》縁という。

「そ、そうだ、横川《よかわ》の僧都《そうず》を呼んで枕経《まくらぎょう》を。……先に化野の寺などに運んでから枕経を上げるのか? それは右大臣がすべきでは? あそこのせがれだろうが」

その手すりにもたれてうずくまり、女房に汗を拭《ふ》いてもらいながらぶつぶつ言っている内大臣に、残酷なことを告げなければならない。

「あのう、内大臣さま」

「何だ別当、さっさと下人などを呼んで片づけよ。ああ、予は今日の参内を取りやめなければならんのか？　いや今日はともかく穢れなどでひと月もふた月も内裏に参内できぬとなっては政治《まつりごと》が立ち行かぬ。陰陽師の祓いと僧都の祈禱で何とかならんのか。なぜ宰相中将はこの邸で。己の邸でくびれればよかったものを。誰があの男を手引きしたのだ。いずれ浅はかな女房なのだろうが仕置きしなければ」

しきりに爪《つめ》を噛《か》んでいる。――彼がどうなってしまうのか、祐高も心配だ。

「それなのですが、恐らく宰相中将さまは自らくびれたのではありません」

「何だと？」

「踏み台がありません。宰相中将さまの爪先《つまさき》は床より二寸ほど離れております、踏み台なしで上長押にかけた帯で首を吊るのは無理です」

火鉢や飾り棚は位置が離れすぎているし、特に飾り棚は繊細な造りで男が乗ったら壊れてしまうのが目に見えている。繊細なのは衣架も同じだ。布をかけられるように「工」の字に組み合わされた棒で、少し支えがついているだけなのですぐ倒れる。思えば衣装をかけた衣架が一つも倒れていないのも妙な話だった。

「この塗籠には月の光も射さず、灯りがないのにどうやって壁の穴と上長押の間に帯を通したのかとも。――それに首をくっているのは宰相中将さまご自身の帯です」

「何もおかしいことはなかろう」

直衣の帯は同じ布地から作るので誰のものかは見ればわかる。が。

「では腰に締めた帯は一体誰のものかと」

塗籠の中の衣装は女物ばかりだ。女は帯を締めない。

そこに男物の当帯《あておび》がもう一本。

「くびられて殺められたとなると、右大臣さまとご相談なさらなければならないのでは？　右大臣さまのご令息です。使庁では亡骸を片づけることはいたしますが、このようなことは前代未聞。わたしが間に入って取りなすべきなのでしょうが、いかにすべきか見当もつきません」

多分、内大臣は祐高の話を最後まで聞いていなかった。今度こそ白目を剝《む》いて失神し、ずるずると手すりにもたれてくずおれた。

2

「申しわけありません、お待たせしました」

「大声を上げるな、夜中だぞ」

――半刻《はんとき》ほど後。純直がやはり狩衣姿でばたばたと塗籠の前にやって来た頃にはまた状況は変わっていた。何せ祐高は常日頃、火長《かちょう》や放免などの下官を引き連れてはいないし彼らと口を利くこともない。

検非違使佐の純直には火長——衛門府の武官がつくことになっている。今日は検非違使大尉も放免たちを十人ほども引き連れてやって来ていた。火長と大尉は身分が低いので渡り廊下ではなく庭を走ってきた。苔《こけ》を傷めないよう裸足で。放免たちもだ。

放免と呼ばれる最下位の下官に酒食や衣、住処《すみか》を世話するのも使庁の官吏の役目だったが、大尉は放免たちをよく世話して手懐《てなず》けていた。——つまり、使庁は放免にお役目を課すものの給金を支払っていない。大尉の持ち出しだ。悪少尉の家人と同様、彼らは大尉に恩義を感じて働くのだった。

本来、検非違使庁の放免はよその役人よりもずっと身分が低い。何せ元罪人だ。高級貴族と直接口を利くことは叶わない。貴族は穢れに触れられないので掃除などにそうした者を使う。人の亡骸の処理にも。見た目からそれとわかるように水干《すいかん》に藍摺紋《あいずりもん》の袴《はかま》など、奇抜な模様の衣装を着ている。この日、大尉はいいところを見せようと思ったのか特に屈強で強面《こわもて》の者ばかり連れてきていた。

宰相中将の御遺体はまだ塗籠にぶら下がっており、中を覗いた純直は驚きの声を上げた。

「うわっ宰相中将さまがなぜこんなところで、今度こそ天文博士の不思議な術で?」

「思いつきで妙なことをおっしゃらないでください、右大臣令息ともあろうお方を呪詛したなどと言われては冗談でも島流しにされてしまいます」

流石に泰躬は不機嫌そうだった。

「恐らく自分でくびれたのだろうと」

「自分でくびれたって、ここは宰相中将さまのご実家でも婚家でもないのになぜ。絶対おかしいですよ。宰相中将さま、昨日、わたしと内裏でお話ししたときは明るく笑ってましたよ。どこだかの女君から色よい返事をもらったとこっそり文を見せてもらいました、香を焚きしめた薄紅色の風雅な料紙にそれはなよやかな筆跡で。どこの誰かまでは存じませんがきっと美女なのでしょう──まさかこちらの姫さまだったのですか。中将さまはなぜ首を吊ったり。振られたならともかく美女に色よい返事をもらってこんなところまで忍び込んだのにどうして死ななきゃいけないんです」

──純直が早口で言うので、ますます頭が痛い。

地下人《じげにん》ならともかく。立派な公卿である右大臣令息が殺害されたなどとあっては、京の平安は千々に乱れ、内大臣は勅勘《ちょっかん》を得る。──それどころではない。流罪だ。太宰府《ださい ふ》、いや鬼界ヶ島《きかいがしま》に一族もろとも流罪にされてしまう、何とかしてくれと泣きつかれて──息を吹き返したものの腰が抜けて治らない内大臣に袴を摑まれてすがられ、太宰府は。鬼界ヶ島がどこかすらわからない。今は寝殿の母屋で薬湯を飲むなどして気を落ち着けてもらっている。どう見ても不運に巻き込まれてしまっただけだった。

しかし邸でおぞましいことが起きたというだけで一族の全員が罪を追及され、聟《むこ》三人と幼い孫まで巻き込まれる。世間はそういう風になっている。まだ十七歳の藤壺女御すらも妃を辞して出家し尼になれ、となりかねない。

聟の実家まで罰せられるようなことになったりしたら、重臣を次々に失って国家が転覆してしまう。京から貴族がいなくなる。祐高だって関係ないでは済まない、忍と幼子たちもどうなるか。これが政変の始まりであった、とか歴史書に書かれる事態になる。

検非違使庁の名にかけて、今このとき、歴史を動かすわけにはいかない。

宰相中将の死体を見ているのは現時点で見つけた女房と雑色など家人数名、それに祐高と泰躬。女房と雑色にはきつく口止めし、他の家人を近づかせないように指示し、祐高と泰躬で口裏を合わせることにした。

純直は嘘《うそ》がつける男とは思いにくかったし宰相中将と仲よくしていたのは知っていた。疑われるのはまずいと彼が来るまでに適当な灯りを置き、踏み台としてこの邸で一番大きくて頑丈そうな木箱を持ってきて、火箸《ひばし》と雨戸を開け閉めする棒とを駆使して宰相中将の腰の帯を取って、天文博士が松明の火で焼き捨てて辻褄を合わせた。骸の下に汚物が垂れていてその穢れが移るので、近づかないように、あまりじっと見たりしないようにと必死だったのだが――

所詮小細工、この様子ではどんな風聞が流れるか知れたものではなかった。

だが祐高は全てを呑み込んで押し通すことにした。

「あのね、純直。人は誰も黙って悩んでいるということがあるのだ」

純直の肩を叩いた。

「見ての通り宰相中将さまは不倫の恋に悩んでいたのだ。なまじ女君本人からは色よい返事をもらっただけに、親兄弟に許されず将来の望みがないのを嘆いたのかもしれない。今を時めく右大臣令息として何でも意のままになる人が、人目を気にして塗籠に逃げ隠れせねばならない己が身を情けなく思い恥じ入ったのかも。ともかく首を吊ったというのは大変外聞が悪い。右大臣さまの恥になる、迂闊なことを言わないように」

「そういうものなんですか？」

「そういうものだ。残念ながら天文博士のまじないをもってしても死人は蘇らなかった。遺《のこ》された我々は前に進むしかない。これからお前が大尉に命じて放免たちに亡骸を寺に運ばせ、そこで病死なさったということにするのだ。自邸で具合が悪くなって寺で祈禱を受けようとお出かけになったが今少しのところで間に合わず、牛車が寺に着いたときにはもう亡くなっていた。いかなる物の怪の仕業か、若くても運が悪いというだけで心の臓が止まって死ぬることはあるという」

「ええー、それってひどくないですか」

「ここで亡くなったと世間に知れたら人妻と何をしていたとなって宰相中将さまにも恥だし、内大臣さまにもあらぬ疑いがかかる。ただでも死穢を出したとして内大臣さまはひと月も宮中に参内できなくなるというのに。そちらは名も知れぬ下人などが死んだことにするとして。右大臣さまのお邸で亡くなったとしたら今度は右大臣さまが死穢で参内できなくなる。身分ある者はこういう軽はずみなことをしてはいけない」

「この純直や天文博士や祐高さまは死穢に触れたことにならないんですか?」

「我々はこの家の者ではない、決して床に座らず立ったままでいろ。座ると死穢が移るが立っていれば平気だそうだ。——わたしたちは何も見なかった。念のために後で天文博士のまじないで浄めてもらおう」

「誰が何のために気にしてるんですか、死穢」

わからない。この世はわからないことだらけだ。

ともあれ、やっと下官たちに御遺体を片づけさせることができる、と思った矢先。

「一体何事だ、騒がしい」

直衣を羽織《はお》っただけで袴も着けていない青年が太刀を片手に簀子縁に現れた。

——中《なか》の君《きみ》の聟、三位中将《さんみのちゅうじょう》だ。恐らく妻のもとでぐっすり眠っていたら純直の声のうるさいのに起こされて、単衣に直衣だけ羽織って様子を見に来たのだろう。

この邸で最も宰相中将を殺す動機がある者——内大臣の長女・大君《おおいぎみ》は夫の邸に移り住んでおり、四女は後宮にいらっしゃる。宰相中将は次女・中の君か三女・三の君《きんきみ》の夫に見つかりそうになって逃げ隠れする羽目になったのだろう。この人が中の君の夫だ。

三の君の聟は今日はいないのか、遠い対の屋にいて騒ぎが聞こえていないのか。大臣の邸はとんでもなく広い。庭に舟を浮かべて遊べるほどの池があり、他の対の屋はその向こうなので同居していても誰がどこにいるかわからないほど。祐高が塞《ふさ》いでいる渡り廊下を通らなければ他の対の屋からは来られないから、普通に考えてこの塗籠の枢戸の向こうが中の君の寝所なのだろう。

三位中将はじろじろと祐高たちを眺め回した。

「陰陽師と……検非違使？　何だ、陰陽師に助けを求めるのはわかるが使庁とは大仰な」

――帯を締めていないのがものすごく気になるが、真夜中で寝起きだ。この直衣とあの帯は色が合うだろうか。しまった、あの帯の色をもっとよく見ていれば。

犯人ならばわざわざ声をかけてくるかどうか。関係ないとしたら、知らせないに越したことはない。藪《やぶ》をつついて蛇を出す事態だけは避けたかった。――蛇。

「な、内大臣さまが大きな蛇が死んでいて気味が悪いとおっしゃるので検非違使どもで急ぎ、片づけに参った。三位中将さまも見ると穢れる。我々に任せて寝所に戻りたまえ」

咄嗟《とっさ》に大声でごまかした。

「そんなことのために、下臈《げろう》ならともかく別当祐高卿が？　卿《けい》までわざわざこんな夜半に飛び起きて来たというのか？」

「珍しい蛇と聞いて。実は好きなのだ、蛇や虫が！　己でもおかしな趣味と思うので人には言わないでくれ！」

天文博士はといえば。

「蛇は……祟りますから」

一言で済むのだから羨ましい。彼はしきりに塗籠の方に視線をやっていたが、陰陽師だから蛇の霊でも見えるということにするのだろうか。

——どうだろう。聟は、間男と顔を合わせたとして塗籠まで追いかけていって帯で首を絞めて上長押に吊《つる》したりするだろうか。

下々の者は公卿というと揃《そろ》いも揃って雅な和歌を好む文弱と思いがちだが、この三位中将という人は十九歳、血気盛《さか》んで喧嘩《けんか》っ早《ぱや》く太刀をよく使う。真偽のほどは明らかでないが怒りに任せて下人を斬ったことがあるとの噂で、ついたあだ名は〝荒三位《あらさんみ》〟。今も黄金造りの太刀を片手に提げている。

祐高が検非違使別当に任じられたとき「京では武官と言っても儀式ばかりだが、検非違使なら罪人を斬り伏せてもお咎《とが》めなしか」と声をかけてきた。そんなことを考えるやつは任じられないのではないか、と思った。

この人が妻に言い寄る間男など見つけたら意気揚々と、宰相中将と手引きした女房とを並べて自慢の三條《さんじょう》の御太刀《おんたち》で叩き斬って

「おい検非違使別当。かっとなってつまらぬものを斬ってしまったので義父に迷惑がかからぬように取り計らってくれ。このような見苦しく聞き苦しい話は右大臣も困るだろう。あちらと折り合いのつくように」

と悪びれもせず自分から祐高を呼び出すのでは。よくも悪くも堂々とした人だ。首吊りに見せかけて塗籠に吊すなんてまどろっこしいことをするだろうか。

しかも三位中将は目つきが眠そうで、激昂《げっこう》のあまり人を殺めてしまった後にも、大罪を犯してから恐ろしいことをしてしまったと我に返り、必死で押し隠している風にも見えな

い。髻《もとどり》が緩んだのか烏帽子《えぼし》が少し歪《ゆが》んでいるのが寝起きの風情だ。果たしてそんなことがあって、悠々と妻の寝所で寝ていられるのか。

――愛人が殺されてしまった妻はどうしているのだろう。この凶暴な夫と間男が一緒に出ていって夫だけ戻ってきたりしたら、妻の方こそ半狂乱で大騒ぎではないか。

「三位中将さまは宰相中将さまのことをご存知でない？」

とそこで純直が余計なことを言った――慌てて手で口を塞ぐと

「べ、別当さま、少将さまに乱暴な」

庭に立っている大尉や火長が騒いだが、無視。――もう三位中将は怪訝《けげん》そうに目を細めていたのに彼らにかまっていられなかった。

「宰相中将と言ったか？　やつがどうしたと言うのだ」

「あの、ええと――て、天文博士！」

――こうなっては祐高では言いわけを思いつかないので、泰躬に投げた。

陰陽師は少し下がって妻戸の前で腕を広げていたのは、狩衣の袖で少しでも隠して三位中将から塗籠の中が見えないようにしていたのか。ぎょっとした顔をしていたが、やがて諦めたように

「この天文博士、安倍泰躬が星の巡りから未来を占うと今宵《こよい》、宰相中将さまにとんでもない凶事が降りかかると出まして。凶事の詳細まではわかりませんがお命にかかわると。実のところ、ここで蛇などにかまっている場合ではないのですがお邸に宰相中将さまのお姿

がなく、どうやらいずこかに夜歩きに出ておられるようで。もはやお止めするすべはないと己が身の無力を嘆いているのです。星見《ほしみ》の占いなどできても所詮、人の力では天命を変えることはできないのですね」

言えば言えるものだ！　このまじない師はとても頼もしい味方だった。三位中将はそれで納得したらしくうなずいた。

「宰相中将が凶事。あいつは女たらしでいけ好かないが、そんなにひどい目に遭うのか。夜這い先で賊にでも出会うとか？　いや賊でなくとも夫と出会っただけで大変か。だから人妻に手など出すものではないと日頃から忠告していたのに。因果応報《いんがおうほう》というものだろう、陰陽師はそう気に病むな。やつの自業自得だ」

三位中将が少し笑うのが祐高にはとても恐ろしかった。……自分のことならこんな冗談を言えるものだろうか。真相がどうであれ胸が潰《つぶ》れる。

「いや天文博士といえど所詮占い、当たるかどうかはわからぬし、宰相中将さまは朝になったらけろっとして邸に戻っておられるかもしれない。あまり迂闊なことを口にするものではない、後で本人の耳に入ったら気を悪くするだろう。蛇も十分不吉だしちゃんと祓い浄めてもらいたい。浄めたら皮をなめして壁に吊して飾るのだ！　白い蛇は貴重だ！」

「卿も業の深い趣味を持っているのだな。そうとは見えぬ、意外だ」

「よく言われる！　北にも嫌がられているがやめられなくて！」

祐高は純直の口を塞ぎながら、それは頑張って三位中将の気を引いた。

三位中将が納得して引っ込むとやっと一安心——といきたかったが、手を離したらまた純直がぶうぶう文句を垂れ始めた。一応、小声で。

「絶対あの人がやったのに決まっていますよ、宰相中将さまとあんまり仲よくなかったし。何で問い詰めないんですか。調べましょうよ」

「お前は世の中をわかっていない。あの人を咎めて困るのはあの人ではなく内大臣さまや女御さまやお孫さまなのだ」

「世の中がおかしくないですか?」

「おかしいとは思うのでお前が太政大臣になったら何とかしてくれ。いつまでも宰相中将さまをあそこに吊しておくつもりか。あれではあんまりだ。下ろして亡骸を清め、寺に運んで枕経をさしあげるのが我々にできる供養であろうが」

これでやっと納得して渋々、下官たちと相談を始める。畳に乗せ袴や下帯を取り替え、上から衣をかけ、几帳を掲げて隠して牛車に乗せた。袴や衣はこの家の聟のために用意されたものだというのが何とも皮肉だった。

亡骸に直接触れる仕事は全て放免が行い、大尉と火長が段取りを指示し、純直が貴人としての体裁を気遣《きづか》う案を出す。

作業の間、祐高は所在もないので泰躬に話しかけた。泰躬の仕事は亡骸を片づけ終わった後だ。

「実際、わたしは三位中将さまではないと思うのだが……かの御仁のやり方はもっと短気で大雑把かと」

「同感です。あの方はそもそも罪を罪と思わず隠しもしないのでは。首吊りなどなまぬるい、半分に切って市の前に晒すくらいなさるのでは？」

「天文博士の庭という新たな名所もできたことだしな」

「本当に勘弁してください」

京で穢れを遠ざけ清く正しく生きるとは何と難しいことか。――人は皆、必ず死ぬのに死が穢れというのも妙な話だ。

「そういえば三の君の聟君はどなたかな。今日はこちらに来ていないのだろうか」

「式部少輔《しきぶのしょうすがわらのひさのり》菅原 久記さまです。多分あちらにいらっしゃいますよ」

と泰躬が池の向こうの西の対を指した。

「来たとき、車宿に御車《みくるま》がありましたし、灯りが見えました」

今は灯りは消えているが、単純に眠っているのか。

「ふむ。……こちらから話をしに行ったのでは藪蛇だが、あちらはこの騒動に気づいていないのかな。西の対までは聞こえないか。式部少輔……どうも憶えがない」

「華やかな御家の方ではないですからね。三位中将さまと同じく十九歳ですが御歳の他は何もかも正反対で、学があって気の優しい方です」

式部少輔というのはぎりぎり五位の殿上人というところだろうか。式部省は宮中の儀式を司《つかさど》る役所で大内裏では端の方――あまり重要と見なされていない。荒三位と宰相中将はどちらも近衛府の中将で内裏の花形。大君の夫は祐高と同じく中納言。四の君に至っては帝の妃。――式部少輔だけかなり格が落ちる。

「少々愛敬《あいきょう》に欠けると言うのか……いろいろとお悩みが多く、ご相談に乗っております」

「相談？」

「個人的なことなので、別当さまといえど他言するのは」

「そうだな、他人の悩みを詮索《せんさく》するのは趣味が悪い。忘れてくれ」

世の中には陰陽師に恋愛成就のまじないをしてもらう者もいるらしい。込み入った相談も受けるのだろう。

「あちらは女房か何かが事情を聞きに来るでしょうから、蛇云々《うんぬん》の話をしておけば」

「日頃から陰陽師の世話になっているなら縁起が悪いと言うのには納得するだろう」

祐高と泰躬は二人でぼんやりと下人たちが作業をするのを眺めていた。下人の掲げる松明の灯りで、それは見事な枝振りの松が見て取れた。月はもう大分離れたところにあったがこれはこれで見応《みごた》えがある。

このような立派な邸に死穢があるのは気の毒だとも思ったし、死穢などが大したものかとも思った。

3

「それで祐高さまは人殺しをもみ消した、と」

「仕方がないだろう、御身内の不祥事で藤壺女御さまを出家させるのか。まだ十七歳だぞ。中納言一家まで太宰府だの出雲《いずも》だの鬼界ヶ島だのに流されたら寝覚めが悪い、我が家と同じく三人も子がいる。罪があるとなったらご一族が巻き添えになる。京の平安を守るには罪を裁くより大事なことがあると思うのだ」

「まあわたしも正義にはそれほど興味がないけれど。宰相中将ってうちの姉さまを捨てた少将じゃないの、いい気味だわ。右大臣の息子のくせに出世が遅いのはよほど色好みで揉めていたのね」

言ってから忍は
「あら、わたし、宰相殿を殺す動機がある?」

と首を傾げた。

「か弱い女人、しかも産後の身で何ができるものか」

「まあ。〝わたしは何をしても許される身なので〟というやつだわ。今のうちに工夫して誰か殺めておこうかしら」

「ほどほどにせよ、人が死んでいるのだ」

忍はやっと実家から祐高の邸に戻ったところ。正妻は邸の北の対に住むものと決まっているので〝北の方〟と呼ばれる。

主は寝殿に住むが男君は普通、女君の家に泊まるので寝殿は祝いごとをしたり客をもてなしたり一人になりたいときは使う。つまり忍しか通う女君がいない祐高はほとんど北の対で生活しており、こちらが邸の中心だ。東の対、西の対は子供たちが大きくなったときに住まわせるためにある。

昨日は夫婦揃って早めに休んでいたら夜半に叩き起こされて祐高だけ大層な〝急ぎの使者〟に会いに行き、そのまま着替えて邸を出て朝になるまで帰らなかった。戻ると寝殿で湯漬けをかっ込んで参内もせずに昼寝を決め込み、夕方に起きて北の対に顔を出したわけだが、

「祐高さま、ついに恋人ができたの。後朝《きぬぎぬ》の歌は贈った？　またしくじってはない？」

からかうつもりもなく真面目に聞いたところがこのありさまだった。不穏の話題を感じ取った途端、乳母たちは子供らをよその部屋に連れていったが、畳に座して向かい合っての夫婦の会話がこんなにろくでもないことになるとは。

……そもそもこの夫が男を夫婦の寝所から引きずり出すような大胆な女にかかわりあるはずもなかった。例によって全く色気がなく、もてそうもない。それどころか人殺しのもみ消しなど、離縁して里に帰ってもいいくらいだ。

だが忍は心躍った。

「多分困ったことになるわよ」

「困るとは」

「わたし、内大臣家の四姉妹とはお友達で。来月にでもあちらのお三方とわたしと姉で弦楽の会をやらないかという話になっていたのだけれど。琵琶など練習していたのだけれど。——それ、あちらの中の君から問い詰められるわよね？　引き入れた愛人を塗籠から逃がしたらいつの間にか寺で謎《なぞ》の死を遂げていた件。なぜか同じ日に使庁の別当が蛇やら何やらで夜中に来たの、三位殿は妻におかしな話だと語っているわよね？」

——祐高は青ざめて畳に手をついた。

「……何とか……ごまかしてもらいたい……」

「まああちらも姉妹のいる前で間男を引き入れたとはおっしゃらないだろうし。どうかしら、密かにわたしを呼び出して差し向かいで話したりするかしら。あなたに不都合のない返事を今から考えないと。——後ろ暗いことでも正直に話してくれてよかったわ！　何も知らなかったらその場で考えなければならなかったのだから！」

できる妻の内助の功が求められている。おぞましい話でも仔細《しさい》に語ってもらえるのは信頼の証なのだ。これぞ比翼連理の夫婦の絆《きずな》。何ごとも前向きに捉《とら》えよう。

「まあ三位殿が上長押に人を吊すなんてないでしょうね。噂の荒三位が太刀を抜いて宰相殿を追い回したら絶対その方が面白いもの」

「面白いとか面白くないとかで決めるのはいかがなものかと」

なぜか祐高の方が気まずそうなのだった。夫のお勤めにこんなに理解のある妻はきっと珍しいと思うのに。

「宰相殿は三位殿に追い回されて塗籠に閉じ込められ、生き延びるすべを見いだせなくて悲観して首をくくった。——生きながら寸刻みにされるよりくびれた方が楽かと」

「塗籠に踏み台やらを用意して帯を取って辻褄を合わせたのはわたしなのだが」

「それを中の君に話したら祐高さまの印象が最悪なので、適宜改変しておかないと」

「いやまあそれはそうなのだが」

「乱暴な夫君《せのきみ》を恨んだ方が楽になれるかもしれなくてよ。何かしら不満があるから不倫しようとしていたのでしょう。——でも駄目ね、三位殿は祐高さまと話しているとき以外はずっと中の君と一緒にいたはず。祐高さまが怪しいと思っている頃合いを中の君は怪しんでなくて、中の君に心当たりがあるなら早い段階で騒ぎになっている——どうしても中の君が自分の見たものが信じられない、寝所が暗いのをいいことに替え玉と入れ替わっていたと言うなら話が変わるけれど、三位殿を疑うべきではないわね」

「やる気だな、忍さま」

「夫を守るためだもの」

「どうだか」

「必要なのは祐高さまを守りつつ中の君を納得させる話よ」

「中の君が納得するための話か」

「祐高さまが用意したのは世間と右大臣が納得するための話だもの。中の君には別の物語が必要なのよ。事実でも中の君が納得しなきゃ意味がないわ。──京の男君は美女が逢瀬《おうせ》の最中におならをしたとかで出家したくなったりするから、中の君に不調法があって幻滅して首をくった、というのもやめておいた方がよさそうね」

「比翼連理、唯一無二の妻がそんな話をしてわたしも幻滅しそうだ。忍さまは女友達と仲よくやれているのか？」

「空気は読める方よ」

「本当かな」

「──そういう意味では祐高さまはずるいわね、その場に居合わせて後で都合がいいように踏み台を用意したりして。とても楽しそうだわ」

「わたしは純直の口を塞いだりするのは全然楽しくなかったけどね。うっかり真相を言い当てて三位中将さまに斬られる可能性だってあったんじゃないか。後から何とでも言える忍さまだってずるい」

「そうかしら。直接にかかわることができるのは羨ましいわ」

「本当に好き勝手なことを」

呆れる祐高を置き去りに、忍は膝行《いざ》って北の壁の枢戸に向かった。この邸の北の対もそこに塗籠がある。

戸を開けると予備の屏風《びょうぶ》や衝立が目に入った。冬物の衣を入れた櫃、古い小物などを並べた飾り棚、それに季節外れの火鉢。一番奥に、外に通じる妻戸。

面白くもない調度類が並んでいるのを一通り確かめてから忍は戸を閉め、畳に戻り、自信満々に言い放つ。

「きっと犯人は女だわ」

「……女が上長押に男を吊る？」

祐高は「そんな女がいるはずがない」と言いたいのだろう。

世の中には女武者や熊《くま》のような大女も探せばいるのかもしれないが、内大臣家の姫やその側仕えの女房となると雅やかな装束を着て髪を身の丈より長く伸ばしている——裾《すそ》の長い衣と髪を引きずって男のようにしゃんと立つことがなく中腰のまま膝で歩くので、足腰が弱くて踏ん張れない。腕だって細いだろう。忍も同じだ。重いものなど持ったことがない。それで出産のときだけ息め息めと言われても無茶だと毎回思う。

「勿論、力仕事は男にさせるのよ。——お庭に立派な松があったのでしょう？」

「見事な松だったな、百年ほどもあそこに植わっているのではないか。流石内大臣さまの邸、夜景が素晴らしくていいお庭だった。我が家も悪くないと思うのだが、池の広さとあの見事な松は小手先の工夫ではいかんともしがたく」

「お庭が好きなのねえ」

「神仙郷の如き景色を我が家に再現すべく、日々、勉強している」

「——首を吊るなら松でいいじゃないの。頑丈そうな太い木の方がいいに決まっているわ。壁に穴が空いているとか、塗籠に出入りし慣れている者しか覚えていないわよ。女物の衣がたくさんあったのでしょう？　普段女しか出入りしない場所よ、そこは」

　そもそも姫君の住まう対の屋に男の下人は滅多《めった》に出入りしないものだ。どうしても男手が必要なときは姫君は几帳や衝立の奥に隠れるので結構な騒ぎになる。その塗籠には女でも動かせるものばかり入っていただろうし、だから宰相中将が足がかりにできそうなしっかりした調度がなかったのだろう。

「でも絞め殺すのは力が必要なのよ。大体、怖いじゃないの。首を絞めたってすぐには死なないわ、もがいて暴れたら自分が逆にやられてしまうかもしれないわ。絞め殺して吊り上げたのは男よ。当帯を締めていない男がどこかにいるんだわ」

「塗籠の仔細を知っている女と、力仕事をした男の二人組？」

「女だけでも男だけでもできないわ」

　――男女の二人組と聞いて祐高は半分だけ笑った微妙な表情になった。

「――まさか、三位中将と中の君が二人で？　夫婦揃って？」

「そうなら中の君はそもそもわたしを問い詰めたりはしないでしょうね。尋ねてきた当人に〝犯人はあなたです〟って返すのは面白そうではあるけれど。三位殿が首を絞めるより太刀で真っ二つにしたい性分なのは変わらないし。妻が殺したいような相手がいるなら太刀で殺してしまうのではなくて？」

「友達だから疑わないのではなくて面白すぎるからなのか」

「それはそうでしょうよ、お友達ではあるけれど人を殺すような人ではないと断言できるほどではないわ。不倫するような人だと知らなかったし」

忍はにんまりと笑った。

「大体、女君は塗籠になんて入らないわよ。わたしだって実家の塗籠は小さな童女の頃に隠れ鬼で何度か入ったきりだしそこの塗籠は引っ越してきたときに一度覗いただけ。さっきが二度目ね」

塗籠を指さす。

「小さな子供なら悪いことをしたら塗籠に閉じ込めるぞと脅しつけるかもしれないけれど中の君に子はいないし。女の晴れ着があったということは出入りできるのは中の君の着替えを手伝い、晴れ着に触れることのできる上級の女房よ」

高級貴族の側仕えはほとんど歩くこともできない姫君を着替えさせ、話し相手をし、和歌や手紙の代筆もする教養ある侍女たちだ。掃除洗濯食事の支度などはもっと身分の低い者がする。

「内大臣邸ともなれば掃いて捨てるほど女がいると言ってもその穴のことを知っているのは五人ほど。それに、お直衣の帯の締め方を知っている者。ぱっと見て不自然でない程度、整った着付けがされていたんでしょう?」

直衣の帯は着ている本人には締められない。動きやすいように衣の腹や背の部分をたるませてその下に帯を締め、たるみに巻き込んで形よく整えるので自分でやろうにも見えないのだ。すぐそばに控える従者や女房が着付けてさしあげる。

側仕えでない者、男君や女君本人たちには心得がないが、夫を持つ女君の女房ならできなければならない。

「――女主人の側近く仕える女房は、色男には恨みがあるものよ」

「恨み？」

「好き者の男君は女君に文を届けるのにあれやこれや画策するのよ、祐高さまはやったことがないからご存知ないのよ。邸の外に突っ立ってたって女君に文を渡すことはできないんだもの。何だかんだ理由をつけて自分の従者を邸の中に送り込んで女房をかき口説かせたり、子供をやって油断させたり、何なら自分で女房をかき口説く人もいるのよ。女房は大変よ。いざ女君と出会う算段が整ったらどうでもよくなってしまうから、そうなると〝あんなにわたしに熱心に愛をささやいてくれたのにあの方の目当てはお方さまだった、わたしは踏み台だった。世の中はそういうものとはいえわたしの気持ちはどうなるの〟と鬱屈するわけよ。大抵、諦めて泣き寝入りするけれど愛憎に燃えて男君の首を絞める鬼になる人もたまにはいるでしょう」

忍が語り終える頃には、祐高は訝《いぶか》しげに目を細めていた。

「……わたしは経験がないとして忍さまはどうして知っているのだ？」

「親戚がそういう目に遭ったとか友達が、とか噂話を多く聞いているから」

「つまりただの耳年増なのだな？」

「勿論。忍の話は七割まで耳年増で、残り三割は理屈よ。三割も理屈を足せるのはすごくない？」

「本当に理屈ならな」

「人を絞め殺すような知り合いが思い当たらないのはお互い様でしょう、理屈で考えるより他ないわ」

貞淑な忍は怒ったり悲しんだりはしない。すまして笑ってみせる。祐高は少し呆れているようだが。

「では男は何者だろうか。女房の恋人か兄弟、雑色？　下人？」

「それは内大臣家、美しい女房を揃えているでしょうしその意のままになる屈強な下男は掃いて捨てるほどいるでしょう。姉妹を弄ばれた兄弟だとか、金品や女の色香で操られて人を殺めるほど凶暴な男だとか。でもそれでは面白くないわね。――出番のない方がいるわ。三の君の聟君、式部少輔はどう」

「ど、どうって」

祐高がぎょっとするのが面白い。

「折角いるのだから何か使い道がないかしら。お直衣を着ているだろうから宰相殿に締められる帯を持っているわよ。締めてしまうと見えないのだからお直衣の帯じゃなかったのかもしれないけど」

「使い道とか、縫いもので端切《はぎ》れが余ったのとは違うのだぞ」

「祐高さまは品のいいお方ね、式部少輔が天文博士に悩みを相談しているというのを詮索しなかった。人としては立派だと思うけれどそこは突っ込んでほしかったわ。——わたしは三の君から聟君の噂を聞いているのだけれどね」

「え。それは、ずるくないか？」

「祐高さまだってもっと天文博士を問い詰めてよかったのよ」

「いや、天文博士が渋《しぶ》ったのだ」

「三の君はいつぞや、わたしが尋ねてもないのにべらべら喋《しゃべ》ったわ」

「やっぱりずるい！」

「女同士のつき合いは面倒くさいものよ？　お話を楽しませてもらうくらいなきゃ」

正直、忍は女友達相手にはこれほどあけすけではない。女友達は圧倒的に自分の話をしたい人ばかりで、忍の話は展開が早すぎるというのもある。

「内大臣は一番気取った末娘を妃にさしあげて、残りをどうしようとなって」

「だから人を〝残り〟と言うな」

「適当に聟取りしたら中納言はよかったけれど二番目が荒三位で、すっかり懲《こ》りてしまって。三の君には多少身分などが劣《おと》っても学があって心根の優しい人をと式部少輔を選んだらしいわ。これが真面目で悪い人ではないけど地味で人に話を合わせるのが苦手で、内裏のお勤めでいじめられるのですって。相聟の三位殿にもいじめられていて邸で顔を合わせるたび、式部少輔の方が隠れるんですって。多分そういうところをことあるごとに陰陽師に相談していたのよ」

相聟——同じ邸に住む姉妹の聟同士がぎくしゃくするというのは京の女君の悩みの種だ。何せ自分でしゃしゃり出て仲裁するわけにいかない。祐高も姉の聟が苦手なようだったが幸い、さっさと別居して事なきを得た。

「……そんな人が女房の私怨《しえん》に加担するのか？　夫が妻の家の女房と恋仲になるのはよくあるとは聞くが」

「よくあると言うか、夫の浮気がなるべく家の中で済むようにそれなりに美しい女房を揃えておくのも妻の役目よ。よそに行かれるよりいろいろと面倒がないから目の届くところで済ませてほしいのに、なぜだか気遣いを無にする人がいるだけで」

「なぜだか浮気をしないのを責められる……」

祐高は眉根《まゆね》を寄せてため息をついた。

「それで三の君の聟が、愛人を弄ばれた恨みを晴らそうと手助けを？　あるいは弄ばれた女房が三の君の聟を誘惑して己が意のままになる道具としたと。頼りない男なら美女が優しくしてやればたやすくなびいただろうと」

「いえ、ここは逆よ。——どうして宰相殿は塗籠で死んでいたのかしら？」

「どうしてって。間男というのはなかなか塗籠から出られないのだろう。物語でもよく塗籠に逃げ隠れしたら前を家人などが行き交って出られなくなって、それでうんざりしてしまって」

「不倫で塗籠に入ったことのない人の認識ね。間男が塗籠に入る段取りを説明するわ」

と忍は再び、今度は檜扇で枢戸を指した。

「祐高さまが宿直で帰ってこないと思っていたのでここに間男を引き込んでよろしくやっていたら〝予定が変わって殿さまがいらっしゃいました〟と外から声がして。わたしは急いで衣や帯をかき集めて間男に持たせて、あの戸から塗籠に出すことになるわ。それで自分も身仕度をして何事もなかったように良妻賢母の顔をして夫を迎えるの」

「……たとえ話なのだな？」

「見てくる？」

忍が尋ねると、祐高は本当に立ち上がって枢戸を開けて中を覗いたので呆れた。

「誰もいない」

当たり前だ。

「妻戸から外に出ていってもらうの。真夜中なら皆、寝ているから。裸で帰れないから塗籠の中で装束を一人で着られるところまで着てもらって、様子を見て帰っていただく。暗くて誰が誰だかわからないうちにね。うっかり夜が明けてしまったら人が行き交うし顔は見られるし、いよいよ外に出られないわ」

更に呆れたことに、祐高は塗籠に入っていった。奥まで見てもそう広くないのですぐに戻ってきたが。

「妻戸が開かないぞ」

「外から錠が鎖《さ》してあるもの。祐高さまのよそ行きなどもそこにあるのよ。太郎も姫もいたずら盛りで墨でもこぼしたら大変だからしまい込んでいるの。内からは掛け金をかけているけれど外は鍵《かぎ》がないと開かない錠前よ。盗人が入ったら困るじゃないの」

「では宰相中将さまも出られないではないか。内大臣さまの塗籠も盗まれたら困るものばかり置いてあったぞ。あちらも錠を鎖していただろう」

なぜだかほっとした顔で畳に座る。安心するやら頭が痛いやら。

「――手引きをした女房が外に回って、錠を開けて逃がしてさしあげるのよ。手引きをするからには後は若い人同士で、わたしはもう寝ますなんてわけにはいかないわよ。帰るとき、女房がお直衣の帯を締めてさしあげなきゃいけないし。だから普通、色男は自分一人で着られる狩衣で姫君のもとを訪れるのよ。お直衣を着ていたということは宰相殿、忍んでくるのは初めてじゃないわ。中の君はお迎えする仕度を整えていたわ。女房は間男が帰るまで寝所のそばにいて何かあったらお助けしないと。夫君が現れたなんて最悪の事態に女房だけ局《つぼね》に戻って口を開《お》け《だ》て寝ているなんて許されないわよ」

忍が説明すると穏やかな表情がわずかに凍《こお》ったが。

「……本当に耳年増か？」

「柏木がいたら報告するわよ。そのときは隠し立てせず正々堂々と離縁していただきます。こんな名だけど忍ぶ恋なんて柄《がら》じゃないわ」

「三郎は我が子だな？」

「先月おっしゃっていたら産屋に火を放って実家を焼いていたところだわ。あんなに匂いを嗅いでわからない？　鼻の穴のひしゃげたところが祐高さまにそっくり」

「わたしの鼻はひしゃげているのか？」

「鼻の穴よ、いい意味でひしゃげているのよ。わたしはそれでいいと思うわよ」

忍はけなしたつもりではなかったが、ここでしばし祐高は鏡を覗いて〝鼻の穴がひしゃげている〟がどういう意味かを確かめた。話に戻ってきたときもまだあまり納得したようではなかったが。

「――では女房が鍵を開けて助けに入ると見せかけて、男を連れてきて殺めてしまったのか。人一人を吊り上げてくくりつけるのだから手間がかかる。よそからも見える松の木でやっていたら心許《こころもと》ないではないか。ゆうべは満月が輝いていたのだぞ、月を愛でようとする風流人が庭を眺めるかもしれない。心配だ。塗籠なら戸を閉めてしまえば、時間がかかっても誰かが覗きに来る心配はない」

「そもそも時間なんかかけなくてもいいじゃない。男がいるのよ。短刀か何かで一突きにしちゃえばいいじゃない」

忍が檜扇で祐高の胸を指すと、祐高は突かれたように少しのけぞった。

「お、恐ろしいことを言うな？」

「首吊りに見せかけるなら何か恐ろしくないと言うの？」

「短刀で突いたら、自刃《じじん》に……見えるか？」

「首吊りでも他人にくびられたように見えたのでしょう？　まあ後から何とでも言える類《たぐい》だけれど。でも短刀で突くより首を絞めるのを選ぶと何がいいのかしら」

「短刀で突くと、血が出るので死穢がひどくなる。手が血に濡れるのが穢らわしい。同じく殺してしまうにしても首を絞めるなり殴るなりの方が穢れない気がする」

「そんなもの？」

「やたら太刀を使いたがる荒三位さまがおかしいのだ。純直だって弓矢で鹿を射るのは自分に返り血が飛ばないから、もあると思うぞ」

「でも首を絞めても死穢はひどかったじゃないの。漏らしていたんでしょう？」

あからさまな言葉を使ったせいか。祐高がいよいよ言葉をなくしてから深々とため息をついた。

「……忍さま、女人がそういうことを言うのはいかがなものかと思う。ただの女ではない、忍さまは公卿の妻だぞ」

「男君は繊細ねえ、二郎は毎日垂れ流しているわよ。乳母と三人がかりでたらふく乳を飲ませているのに何も出ない方が大変よ」

忍はおかしくて笑った。乳が出なかったら赤子が飢えてしまうので、太郎も姫も二郎も乳母は二人ずつついていて大所帯だ。

「太郎だってたまに夜尿を垂れて、いちいち穢らわしいなんて言ってられないわ。まあ首を絞めると大人も漏らすというのは犯人たちも予見していなかったのかもね。きっと式部少輔は短刀など怖くて使えないのだわ。——女房の恨みが動機なら短刀で刺し殺すのを厭《いと》わない屈強な男を相棒に選べばいいの。なぜ気弱な式部少輔なのかしら」

「そこを選んだのは忍さまだろう？　なぜと言われても、あなたが面白がったから」

「それがね、理由を思いついてしまったの。——犯人は」

忍はもう一度枢戸を指した。

「元々塗籠の中にいた、というのはどうかしら」


意表を突きすぎたか、祐高はしばしきょとんとしていた。ものを数えるように指を折り曲げて考え込んでいるようだった。

「……女房と式部少輔が塗籠の中で宰相中将さまを待ち受けていたと？　いや待て。女房の方は、荒三位さまの来訪を宰相中将さまに教えて逃がす役目がある……あらかじめ塗籠に罠《わな》を仕掛けておいて、そこに宰相中将さまを押し込んだのか？」

「ううん、罠ならもっと屈強な人を用意していたのよ。そこまで悪辣《あくらつ》な話ではなくて——宰相殿が来るかどうかなんて関係なく塗籠にいたの。いじめられっ子の式部少輔は」

「盗人など入ったら大変だから錠を鎖してあるのに？　偶然入ることはなかろう」

「ええ、必然ということになるわ。相聟の三位殿が鍵を手に入れて押し込めたと」

「何と？」

「三位殿は祐高さまや純直さまを見てこうおっしゃったのでしょう？」

〝何だ、陰陽師に助けを求めるのはわかるが使庁とは大仰な〟

「どうして陰陽師に助けを求めるのがわかるのよ、塗籠に何があると思っていたの？――ことあるごとに陰陽師に助けを求めるような人の心当たりがあるからでしょう？そういう人を塗籠に押し込めて、自分で外から錠を鎖したからじゃないの？　鍵はその辺りに置いて。枢戸は開くけれどそちらは中の君の住まい、そこに出てきたら妻の寝所に入った無礼者としていよいよ斬って捨てる気だったのかも」

「そ、そんな子供の遊びのような」

「しないと言い切れる？」

祐高は言葉を失った。思い当たることでもあったのか、額に汗がにじみ始めた。

「その騒ぎを聞いて宰相殿は中の君の寝所にいたらまずいのに気づいたのよ。それで中の君は枢戸から間男を逃がして、――中でばったり」

忍は両手を合わせた。

「――式部少輔は宰相中将さまを恨んでいたわけでは」

「どうかしら、宰相殿にもいじめられていたということはないの？　三の君に正式に迎えられた聟なのに塗籠に隠れているのを馬鹿にされたとか。衣もまともに着ていない間男が、家柄がよく位が高いというだけで偉そうにしたら。三の君の悪口を言われたのかも？

わからないわ、中の君の寝所では三位殿が大声で笑っていたでしょうね。出てこれるなら来てみろと。塗籠で二人が気まずい思いをしているとも知らずに」

「——それで。それは」

「余人には知れないことが巻き起こって、式部少輔はかっとなって帯で宰相殿の首を絞めてしまった。——さあここで宰相殿を手引きした女房がご登場よ。中の君と三位殿の方が一段落して、塗籠の宰相殿が気になる。とりあえず妻戸の前まで行ってみたら、なぜか塗籠の前に鍵が」

ぱっと手を開く。

「開けてみるとそこには、まだ衣を着ないまま死んでいる宰相殿と人を殺めてしまって呆《ぼう》然《ぜん》としている式部少輔。式部少輔は己のしでかしたことに恐れおののき、女房に助けを求め——宰相殿を手引きした女房は、はたと我に返った。これはこの不実な色男に相《ふ》応《さわ》しい末路なのではないかと。今までどんなひどいことをされたかと。式部少輔の方がよほど守ってやるべき相手ではないのかと。漏らしてしまった宰相殿の姿を見て、もう色男でも何でもない屍《しかばね》と思ったのかもね。いずれ死人よりも生きている人間の方が大事。漏らしてしまったのは板敷《いたじき》に染《し》みついて動かせないからその場で何とかすることになった。それで壁の穴のことを思い出し、首吊りのようにすることにした。宰相殿が自分で首をくくったということになれば、少しは式部少輔を庇《かば》える。松の木や短刀は使わなかったんじゃなくて、使えなかったの」

忍は檜扇を畳んでまっすぐ横に翳し、飾り紐《ひも》を巻きつけた。

「式部少輔は火鉢を踏み台にして上長押に宰相殿の帯で宰相殿をくくり、女房は宰相殿に衣を着せつけて——うっかり、式部少輔に締めてやらなければならない帯を宰相殿に締めてしまった。式部少輔の帯は宰相殿と揉み合いになったときにほどけたか、殺めるのにわざわざ自分でほどいて使ったのかしら」

「それでは火鉢が踏み台として残っているではないか」

「この女房、綺麗好きなのよ。綺麗好きで慌て者。——宰相殿は殺されるときに暴れて、衣架を倒してしまったはずよ。帯をくくって宰相殿を吊り上げているときにだって倒れそうなものよ。何なら宰相殿が自分でくびれたって倒れていたかも。それを律儀にちゃんと立て直してしまって。うっかり火鉢まで普段置いている遠いところに戻してしまった。この女房、上長押の上の穴の話を教えた後は慌てふためいて式部少輔の足を引っ張ってばかりだわ。式部少輔はちゃんと自分の仕業と知れないように宰相殿の帯で吊り上げたのに」

貴族の邸の調度は倒れやすいものが多い。太郎や姫が走り回ってよく倒してしまう。建具も衣架も。

ましてや大人が動いたら。

「祐高さま、衣架にかかっている衣に汚れたしみを見てはいない？　宰相殿が床を汚してしまったしみが、衣に残ってはいなかった？　逆に宰相殿の直衣には汚れものが染みていなかったということは？」

祐高は唇《くちびる》が青ざめて少し震えていた。

「……あまりじっと見ると目が穢れるかと思い、そんなところまでは。あの塗籠にあったものはきっと今頃、全て死穢で穢れたものとして焼き捨てられている。宰相中将さまの衣は純直の手下が着替えさせ、それも焼かれたはずだ。——そのうちあの忌まわしい塗籠は東の対ごと取り壊して建て直してしまうのではないか。内大臣さまともなれば別荘の一つ二つ持っている、中の君をそちらに移して。人死にがあったなどとは言わずとも陰陽師の占いで不吉と出たということにして。何なら邸ごと引っ越してしまうということも」

「ふふ、残念だわ。一つくらい証があればよかったのにすっかりわたしの考えたおとぎ話というわけね。中の君に何と説明しようかしら」

忍は笑いながら扇の紐を解いたが。

祐高の震えが止まらなかった。畳の縁を見つめて忍と目を合わせようとしない。

「……どうしたの？　温石が入り用？」

今日は寒くもなく、いつぞやのように斎戒沐浴もしていないはずだが。

「……塗籠の中身は恐らく天文博士が焼き捨てさせた」

低い声でつぶやいた。

「宰相中将さまが死んだのが式部少輔がしでかしたあやまちとして、式部少輔とやらはその後、どうしたと思う？」

「細工を終えたら西の対の妻の寝所に逃げ帰って震えていたのではないの？　他にどこに

行くところがあるのよ。三位殿にいじめられるような人、罪が恐ろしくなって寝所で夜具をかぶって泣いたり怯えたりしていても三の君は〝ああ、また。頼りない方〟と思うだけではないの？　そういう方だとわたしに愚痴っていたのよ」

「塗籠に帯を置いて寝所に帰ったと」

「邸の中なら直衣に帯をしない人はいるでしょう。三位殿だってそうだったわ」

「宰相中将さまこそ帯を締めていなくてよかったのに。自分のものを置いていくのは嫌だろう。直衣と当帯は同じ布地で作るのだぞ。家人などに見せて聞き込みをすればすぐに式部少輔のものだと知れて犯人であると発覚する」

「祐高さまは調べなかったけど」

「結果論だ。内大臣さまを慮って表だって騒ぐことはなくても、もっと正義感の強い者なら、人を殺めておいて知らぬ存ぜぬで済ませる気かと密かに問い詰めて説教の一つもするかもしれないだろうが。立ち去るときに持っていくだけ持っていくべきなのだ」

「それは——」

さて女房は慌て者で済むが、式部少輔は歩き出してふと、帯がないのに気づいたら祐高が言うように置いていくのは嫌だとなるだろう。手伝いがなければきっちり締めるのは大変だが、身動きしない死人が着けているものをほどいて持っていくだけならたやすい。よく見えなくても手探りでもできる。京の男はものの見えない闇の中でも人の衣を脱がせるのは達者なものだ。

なぜそうしなかったのか――

忍が答えにたどり着く前に。

「――前提がおかしいのだ」

「前提？」

「夜中なのに塗籠に宰相中将さまの亡骸があるのを見つけた女房と雑色は、なぜそんなところを見た。昼間でもなかなか用事がないのに」

「前で逢《あ》い引《び》きでもしていたんじゃないの？」

「いい月の夜だ。――あそこは北向きだから満月が輝いていてもわざわざ灯りを点して塗籠の中を見ようとしないと亡骸が見えない」

「漏らした臭《にお》いが気になったとか」

「犬猫などが入り込んで汚したのかもしれぬ。錠前が鎖してあっても、小さな犬猫なら人の出入りできぬような隙間を通るかも。夜中にそんなことで騒いで、自分らで片づける羽目になったら面倒だ。確かめなどせずよそに行くだけだ。――偶然ではなく、その者は塗籠の中に用事があったのだ」

「中って――」

忍も気づいて息を呑んだ。

「雑色は三位中将さまが式部少輔を閉じ込めるのを見ていたが、三位中将さまに逆らって己が叩き斬られるのを恐れて一度身を隠し、頃合いを見計らって助けに来たのではないのか。臭うのも式部少輔の粗相なら着替えさせて何とかしてやらねばならない」

女房は女君の世話をするもので、男君の世話をするのは男だ。

祐高は思い起こす。月の光も射さない内大臣邸の塗籠の前の様子を。

自分がいたのより少し前のことを。

——式部少輔を助けにやって来た雑色は塗籠の妻戸を開けて中に入り、考えていたのと全く違うものを見つけてしまった。

宰相中将の亡骸だ。

雑色はすっかりわけがわからなくなってしまい。

——式部少輔を手助けしていた女房は妻戸の陰に隠れるなどして、自分も今来た、初めて気づいたのだという風に雑色に話を合わせてわななき怯えてみせるとして。

女房が灯りを持っていて、そのまま持ち出してしまうことになったとして。

咄嗟に式部少輔は身を屈め、衣架の陰に隠れる。

女自身の身の丈よりも裾の長い、かさばる艶やかな衣装の陰に。

そのうち、家人たちに請われて邸の主人の内大臣が塗籠の前にやって来るが、内大臣は死人が恐ろしくて中をまともに見られない。式部少輔も見つかるのではないかとその場で縮こまっている。枢戸の方からは逃げられない。慌て者の女房が宰相中将の腰に締めてしまった帯を取るのももう無理だ。

帯が見つかっても自分自身が見つかっても破滅だ。

そこに祐高と、天文博士がやって来る。内大臣ともあろうお方に呼ばれたからと、のこのこと。

祐高は妻戸から中に入ってはいない。見つめて楽しいものではなく、宰相中将の顔を少し眺めたら全てわかったような気になった。貴人が汚物を垂らしているのをじっと見るのは辱めるようでもあり、気の毒になってさっさと目を逸《そ》らした。いつぞやのように気分が悪くなってへどを吐いてもまずいと。

——天文博士はあのとき、あの塗籠の中を長く見つめていた。陰陽師ともなれば死人の霊や穢れそのもの、常人に見えざるものが目に映るのかと思ったが。

あのとき言っていた文句は、確か。


〝大変なことになりましたね。お察しします。大丈夫です。この天文博士、安倍泰躬にお任せください。わたくしが万事取り計らいます、悪いようにはいたしません。ご安心を。ひとまずそこを動かぬように〟

おかしな言葉だった。万事を取り計らうとは、確かに穢れを祓うまじないはするだろうが骸を片づけるのは使庁の下官、放免であって彼ではないのに。

――あれは、あの言葉は内大臣に言っていたのではなくて。

確か他には。

〝お気が弱く繊細な方です。思いがけないことで混乱していらっしゃいます。お手柔らかに、どうぞ穏便に、子供に話しかけるように優しくおっしゃってください〟

その後、祐高はずっと塗籠の前にいた。内大臣が部屋に引っ込んだ後も、内大臣家の家人が塗籠に近づかなくなった後も。帯の辻褄を合わせることになったが、触れないように棒や火箸を使おうと提案したのは泰躬だった。あまり近づかないようにと。

あれは亡骸に近づいたり見たりしてはいけないのではなく。

それから下官を連れた純直がやって来て。

三位中将が簀子縁に出てきて。祐高はそこで塗籠の妻戸に背を向けて純直を押さえつけ、自ら大声を上げて三位中将を一生懸命ごまかしていた。

あのとき、背後で天文博士は何をしていた？

狩衣の袖を広げて隠していたのは、何だった？

それは彼が焼き捨てたはずの当帯を受け取る式部少輔だったのでは？

松明で焼いたのは懐紙かまじない符か何かで、帯は袂《たもと》にでも入れていたのでは？

「……天文博士が塗籠の中にいた式部少輔を庇っていたと言うの？」

忍がぱちくりと目を瞬かせた。彼女を驚かすことができたのはなかなかのお手柄だったが、少しも気分は晴れなかった。

「雑色などの取るに足りぬ家人ならわざわざ庇い立てする必要はない。人を殺め内大臣家に迷惑をかけたとして打擲《ちょうちゃく》され、京から追放され島流しになるとしても当然の報《むく》いだ。だが聟となれば。――普段から天文博士を信頼して何やかや相談していた式部少輔はあれの名と声とを聞いて陰から顔を出し、目が合ったということはないか。あれが助けてくれると言えば信用して安堵《あんど》するのでは」

「でも三位殿が出てきたときに逃がすのは無理ではないの？」

「内大臣家の家人は皆、塗籠から遠ざけていた。三位中将さまは宰相中将さまの死を知らないのなら塗籠から式部少輔が出るのを見かけても〝間抜けが今頃出てきたのか。また例の天文博士に泣きついて。今日はなぜだか検非違使まで引っ張り出して騒いでいるとは大袈裟なやつめ。こんなことでわざわざやって来る別当も呆れたものだ〟と思うだけだ。あの人はわたしが苦し紛れにほざいた居もしない蛇の話や、天文博士の占いの話に乗ってきた。見慣れた玩具《がんぐ》より、必死でそれを庇う我々の方が面白かったのだ」

「庭には純直さまが連れてきた放免が十人もいたんでしょう？　松明など持っているでしょうし、満月の光が射していたら人の姿が見えるのではなくて？」

「いや。検非違使庁の放免は、貴族と口を利いてはならないのだ。わたしたちと同じような人間ではない。葵祭で見たことがあるだろう、変わった格好をしていて特別なのだ。純直も間に大尉や火長を挟んで命令を下し、じかには話しかけない」

――陰陽師の背後から泣き顔の式部少輔が飛び出して手すりを跨《また》いで庭に飛び降り、突っ切って西の対に走ったとして。

三位中将はまた負け犬が泣きながら走っているなあと思い。おべっか使いの大尉は祐高に押さえつけられている純直を心配してそれどころではない。

放免たちは直衣をまとった若い貴人に声をかけることはできない。月光の下でも厚い絹の衣は艶やかに光る、帯を締めていないなら長い裾を手で押さえていたのだろうか。さぞ走りづらかったろう。

内大臣家の聟君ともあろうお方なのは身なりでわかる。

身分が高い人ほど、衣の裾は長く歩きづらいものなのだ。

放免たちは何事かもよくわからなかったのではないだろうか。

何せ、誰も「人殺しを捕らえろ」などとは命じていない。「人死にの片づけがあるらしい」としか聞いていない。逃げる者を見ても「取り押さえなければ」とは思わない。

陰陽師に指さされた方に走っていたりしたら、何かまじないのためにやっていると思ったかもしれなかった。

多少疑問を抱いても彼らは日々の食事と寝床を用意してくれる大尉の言うことを鵜呑《うの》み

にして従い、それ以上深く考えないのでは？「何だか知らんが妙なやつが走って行った」と報告もしないのでは？

きっと天文博士が西の対を指したときには、本当に式部少輔はそちらにいた。

「内大臣の聟が右大臣令息を殺めたら大変なことになるのは、三位中将でも式部少輔でも同じだ。何らかかわりのない中納言一家まで巻き込まれて流罪にされ、藤壺女御もどうなるかわからない」

――祐高も罪を暴こうとは思わなかったが。誰が犯人であれ見逃すつもりだったが。

なぜかひどく裏切られたような気がした。謀られていたと思った。

どうだろう。

純直も同じように納得できなかったのでは。

小細工をして彼を謀り、まさに力ずくで口を塞いだ祐高に何を言う筋合いがあるのか。

純直は宰相中将に恋文を見せてもらうほどかわいがられていたのだ、兄のように慕っていただろう。

悔《くや》しかっただろう。仇《かたき》を討ちたかっただろうに。

あれの言うことはどうせ子供っぽい戯れ言だから聞かなくていいと決めつけてはいなかったか。

塗籠の闇の中に式部少輔の姿を見つけることができなかった、祐高が間抜けなだけだったのでは。

泰躬も気づかないのに拍子抜《ひょうしぬ》けしていたのでは。

隠していたというよりは今更、言い出しづらかっただけなのでは。

一言、祐高が「犯人は誰か」と聞いていたら泰躬は答えていたのでは。

――もう一言尋ねていれば。

――もう一歩塗籠の中に踏み出していれば。

――衣を一枚でもめくっていれば。

自分一人が正しくて自分一人が傷ついたなどと思うのは傲慢ではないか。

「少しも面白くないよ、忍さま」

――忍は珍しく、一言もなく。

不思議に殊勝《しゅしょう》な顔で膝行って身を寄せてきた。

その細い身体を抱き締めて気づいた。自分が思っていたよりずっと肩の位置が低い。

「――忍さまが男ならよかったのだ。あなたが塗籠の前にいるべきだった」

「あなたってそればかり。わたしならきっと余計なことを言って誰かを破滅させていたわよ。面白い話を選ぶ人でなしだもの」

背を撫《な》でる手が優しく、この人は自分の子の母なのだと思った。

この人のことも、そうと知らぬまま裏切ってはいないだろうか。

「祐高さまはご立派よ。京の平安を守ったわ」

「何もしていない」

亡骸を清めて寺に運んだのは下官と純直で、式部少輔を助けたのは泰躬だ。祐高は寺と右大臣に使いを送った後は、偉そうに突っ立っていただけだ。

いや、わかっている。

忍ならどうにかできたなどということはない。せいぜい見て見ぬふりをして終わっただろう。真相に気づこうが気づくまいが同じ結末を迎えた。

祐高は彼女に華麗に解決してもらいたかったのではなく、自分があんな場に居合わせたくなかった、誰か他の者に押しつけたかったと、甘えているだけだ。

殺された者、殺した者、怯えた者、仇を討ちたかった者、真実を胸に秘めた者、未だに何も知らず親しい者の死を嘆き悲しんでいる者——他に苦しんでいる者がいくらでもいるのに。

ただ居合わせただけの男が女に甘えて涙を流すなど情けない。

4

弦楽の会は中止になった。

三の君の聟が急遽《きゅうきょ》、出家して仏門に入ることになったからだ。

忍にそれを伝える三の君の文は短く「俗世を生きるのに向いていない人だった」とだけ。本人が望んだのか誰かが勧めたのかは知るよしもない。それが落としどころというものなのだろう。

中の君は物の怪に悩まされて気鬱《きうつ》の病を患っているとかで、宇治《うじ》の別荘で静養することになった。住まいが悪いのだと、東の対を丸ごと建て直すことになったそうだ。三位中将は「宇治は遠い」と文句を言いながら妻を見舞っているらしい。

祐高はあれ以来、内大臣家の話をしないので黙っているのが内助の功なのだろう。

あの夜、内大臣邸の東の対の月の光の射さない塗籠から、何者も出ることのできない物置から、ひととき不思議な力で西の対へと道が開いた。

それは京の誰も知らなくていいことだった。

忍の上、宮中にあやかしを見ること

1

「――二郎、おい二郎祐高」

「あ」

声をかけられて、うたた寝していたことに気づいた。起こしたのは今は右大将の兄、祐《すけ》長《なが》だ。慌てて姿勢を正す。宮中で居眠りなど一生の不覚。

といってもお勤めではない。帝の行幸が近く、宴の座興として管弦楽の練習をという話になり、仲のいい公達ばかり後宮は淑景舎《しげいしゃ》、桐壺《きりつぼ》の兄の宿直の間に集まることになったのはいいが。

宮城の真ん中で上品に畳に座って管弦を奏《かな》でていたのは最初だけ。

日が暮れればどこからか酒が出てくる。

男が何人もいて、酒が入れば妙な雰囲気になる。

「そういえばその後、前斎院《さきのさいいん》さまが身籠もったとかいう話はどうなった。退いたとはいえ神に仕える巫女《みこ》ともあろうお方が男と密通など」

「さて何のことやら。迂闊なことを言うとあちらが不名誉であるぞ。斎院さまともなれば賀茂大神《かものおおかみ》の気に感応して子を宿すこともあるのであろうよ」

「心にもないことを。神罰が下って本当に太宰府に流されても知らんぞ」

「あるいは化けて出るかもな」

「化けて出るといえば卿は変わった女とつき合っているとか。また〝空蟬《うつせみ》〟にしてやられたのではないだろうな——」

とんだ雨夜の品定めが始まった。後宮での宿直は往々にして宴会と大差ないとはいえ。こうなると妻しか知らない祐高は話に入れない。

いつも同じような話だ。歌を贈って色よい返事がなかったのでちょっと強引にものにして、でも深くつき合ったら大していい女でもなくすぐ飽きた。美人だった、醜女《しこめ》だった、若かった、年増だった、気が利かない、ものを知らない、愛想《あいそう》がない、財がない——何が面白いのか全然わからない。

一人で篳篥《ひちりき》を鳴らしていたらあっという間に隅《すみ》に追いやられて——いつの間にか眠ってしまっていた。

「女の話をしているときにうたた寝するのは卿くらいのものだな。そんなに北の方以外に興味がないものか」

右衛門督朝宣《うえもんのかみとものり》に冷やかされると何やら照れくさい。

「あ、ええと。いやゆうべは夜更かししていて」

言いわけをしたつもりだったが。

「三人、子を産ませた妻を相手に夜更かしができるとは大したものだ」

「四人目もすぐだな」

かえって火に油を注ぎ、弾正尹《だんじょういんの》大納言に大声で笑われて恥ずかしい思いをした。

「三人も子を産んだら身体が緩んでくるのでは？　そろそろ物足りないだろう」

——誰かが下卑《げび》た笑いを上げたのに言い知れないいらだちを感じたが。

「子を産むたび女は身が削れますよ」

と言い出したのは右馬頭《うまのかみ》。居並ぶ中ではまだしも真面目な方だった。

「産は命懸けのことだし、何度も子を産ませると若くして髪や歯が抜けてかわいそうですよ。骨からやせ細って早く歳を取る。腰をやられて寝つくというのもよくある話です。これまで運がよかっただけですよ。うちの母は五人産みましたがあっという間に婆《ばあ》さんになって、死んだのは三十より前だったが焼いた後、骨もほとんど残らなかった。京では女は早く死にます。妻を大事にするならよその女に気を逸らすのも必要です」

——そう言われると一気に頭が冷えた。心当たりがないではなかった。

「そ、そういうものか。北は痛いからもう子を産みたくないと言う、あれはあながち冗談でもないのか」

祐高は焦ったが、なぜか純直の方が不機嫌そうに手を振った。

「やめてくださいよ、祐高さまは忍さま一途の真面目な真人間なんです。誘惑しないでください」

「一途でない我々は真人間ではないとでも?」

「純直は先ほどまでこちら側だったではないか」

朝宣や弾正尹が笑うと、純直は口を尖らせた。

「純情な祐高さまが巻き込まれないようにわたしが身を挺《てい》して守っていたんですよ」

「十七歳に庇われているぞ、祐高卿」

——純直もとっくに結婚しているべき年齢だったが「帝の御妹姫、皇女殿下をいただくためにそれなりの身分になるまで正妻の座を空けている」と言いわけして未だ独身なのだった。それで皆が納得しているところを見るとかつての祐高ほどぼーっとしていたわけではなく、多少なりと色っぽい話はあるらしい。

「本当にうちの二郎は木石も極まりなく一時は仏門に入れるしかないと思ったのを、北の方が血の通った人にしてくれたようなものだ。いいものを食べさせてもらって兄よりも大きくなって。いやまさに忍の上は観世音菩薩《かんぜおんぼさつ》の化身か」

ため息交じりに祐長が言い——兄の言に祐高は目を剝きそうになった。忍の本性を純直にすら語らず秘している祐高だが、新婚の頃に一度、兄には「ひどい女がいじめる」とありのままをぶちまけたことがあった。

その兄の反応は。

「……それはすごいな」

真顔だった。

以来二度と忍のことを聞こうとせず何やかんや話を逸らすのだが、こうしていけしゃあしゃあと皆の前で冗談の種にするのは何を考えているのか問い詰めたくなる。

「〝陸奥《みちのく》の忍《しのぶ》捩摺《もぢずり》誰《たれ》ゆゑに〟と言うが、堅物の祐高卿の心をそれほど乱れさせて燃え上がらせる妻とは何者か。一目垣間見てみたいものよ」

誰かが謳《うた》った。……忍のせいで日々心乱れてはいる。

「それはもう。忍の上は家柄、血筋、年齢、容色、才気、全て今上帝の后妃となるのに相応しい絶世の美姫。しかも中宮さまの御いとこ、身内同士で争うのを避けて十六まで独り身でいらして。后《きさき》の位を諦めて身を引いたために祐高さまと縁を結ぶことになるとは何が幸いかわかりません。純直もそんな運命的な恋をしてみたいものです」

純直がうっとりとしていて、御簾一枚隔《へだ》てただけでそう思えるそちらの方がよほど羨ましかった。そんなに中が見えないものなのか。

隣に座っていた朝宣が扇を開いてため息をついた。

「おれのも北は親が決めた妻だが、それほど面白い女ではないな。卿が羨ましい」

きっと面白いの方向性が彼の考えているのと違う。

「おれも〝この女さえいれば他にいらない〟というほどの女と出会いたかったな。新しい女は顔は美形なのだが調子が合わない」

「また女を変えたのか。先月は後家がどうとか言っていなかったか」

「あれはすぐ前の夫の話をして陰気で。今度のはどうも一言多い」

朝宣から見たら忍はきっと五言、十言くらい多いのに違いない。

女好きなのが玉に瑕《きず》だが――これを欠点と思うのは祐高だけらしいが――朝宣はいい友人だ。朗《ほが》らかでそれでいて落ち着きがあって、顔つきもいい男ぶりで。祐高より二つ年上なのに出世の度合いが同じくらいで世間からはよく比べられるが、祐高は兄より親しみを感じている。――何せ実の兄が薄情者なので。

「我が北も大層な美姫などではないぞ、純直が大袈裟なのだ。おかしな女だ。割《わ》れ鍋《なべ》に綴《と》じ蓋、互いに至らぬところが多々あるのが不思議と噛み合うというものだ。我が北が朝宣と娶せられていたら三日で別れていたと思う。わたし以外の男ではあの女は無理だ。わたしと巡り合ったのは御仏の縁《えにし》、運命なのだろう」

「惚気《のろけ》か」

「いや本気で」

忍草《しのぶぐさ》は布を染める染料のことも言うが、羊歯《しだ》の一種、荒れた庭やあばら屋に生《は》える花の咲かない草の名でもある。和歌で使う場合は〝あなたを偲《しの》び忘れない〟という意味らしいが、どちらかと言えば不吉で不気味なものだ。

義父は男に忘れられないようにとの思いを込めて次女に〝忍〟の呼び名をつけたらし

い。そして確かに忘れようのない女になった。

昔を偲び忘れられないと泣くのではなく心に刃を持つ女。ずけずけとものを言って弱みを握って男を脅し、人死にの話で笑い、鬼の話に通じ、見もしないで内大臣家の塗籠の中に人がいたのを言い当てる——これを理想の妻とする男はなかなかいまい。

このとき祐高が「朝宣では忍の夫は務まらない」と言ったのは半ば本気だったが半ばは冗談で彼自身や他の者はすぐに忘れてしまった。

2

「桜花《おうか》が死ぬなんて何かの間違いだわ」

その日、忍の上は珍しく憤っていた。

桜花は母方のいとこ。常陸宮《ひたちのみや》の女王《にょおう》——帝の皇女でない皇族の姫君。流行り病で両親と夫とを次々亡くして先祖伝来の邸を手放すことになった。

宮家の血筋は尊いが政治的実権はほとんどなく、その立場は大臣たちの機嫌次第でどうとでもなってしまう。常陸宮とは親王自ら常陸国を直轄統治する、という建前でその下の代官が働いて豊かな年貢米で宮さまを養ってさしあげろという意味だった。ご本人が生きている間はそれでいいが蓄財しておられなかったようで、急に亡くなられて遺された娘が継げるものがないとわかってしまった。

親しくしていた桜花が気の毒なので忍の実家で世話するという話になったが彼女は彼女で養ってもらう一方では申しわけないと、王典侍《おうのないしのすけ》という名で宮中で女官として働くことになった。才覚があったのかなかなか出世したようだが、父親が存命なら女官と言わず后妃となっていたかもしれなかった。

それが急に宮中で病死したというのが昨日。

後宮に穢れは許されない。勿論、検非違使庁で運び出してよそで死んだということにしたのだという——このたびは純直の方が早く、祐高が弘徽殿《こきでん》に赴いたときにはもうほとんど片づいていて、畳に乗せ衣をかけて運ばれるところだったとか。

骸は少し青ざめて口から赤いものを垂らしてはいたが眠っているようで衣装にも乱れたところはなく、高貴の女官として見苦しい姿ではなかった、としか。

「何で死んだかもはっきりしないのね？」

「わからない。見つけた女房の話では起きてこないから局《つぼね》を見に行くと装束のまま妙な姿勢で眠っていて揺すっても目を醒まさず、ぐったりしていて息をしている様子もなく、宿直の純直や僧に確かめさせたらもう死んでいると」

宮中では帝や后妃の眠りを守るため、一晩中、僧が寝所の隣で経を読んでいるそうだ。夜居《よい》と言う。なかなか鬱陶《うっとう》しいものらしい。

「そばに餅菓子《もちがし》の皿があったので眠る前につまんでいてのどに詰まったのか、それこそ物の怪に憑かれて心の臓でも止まったのか。——いや冗談で言っているのではないぞ、若くても餅がのどに詰まって死ぬ者はいるのだ。気の毒な話だ」

「それなら気の毒な話、で済むのだけど。餅をのどに詰めて口から血が出るの？」

「あまり言いたくないが口から何ともつかぬ変な汁が垂れていることならある。――そういうものではなく鮮やかな赤い血であったのは珍しいな」

「血が鮮やかな赤なのはおかしいわ、寝る前に死んで朝に見つかったのなら凝《こご》って黒やら茶色やら変な色になっているわよ。血の色に関しては男より女の方が詳しいと思うわ」

何の話だか。

「そもそも典侍など女官の住まいは温明殿《うんめいでん》と聞いているわ。なぜ弘徽殿なの？」

「弘徽殿女御さまは近頃気鬱で――こういうことを言うべきではないがあまり主上のお召しがないので、王典侍さまがしばしば箏《そう》など弾いて音曲でお慰めしていたということで。そちらにお泊まりになることが多かったとか」

ではそれもそういうことにしておこう。

問題は。

「そばの短冊に走り書きがあってな。和歌の上の句のように思う」

と祐高は珍しく歌のようなものを唱えてみせた。

あきらむるものあらばこそ葛《くず》の葉の

「――その下の句は〝恨みに思う〟と続くのよ。〝秋風のうち吹き返す葛の葉のうらみてもなほ怨《うら》めしきかな〟とか、〝葛の葉〟は葉の裏が白いから〝恨み〟とつなげるの。〝明らむる〟は明らかにする、だけど〝あらばこそ〟とついているから〝明らかになることがあるならよいが、そんなことがあるはずがないので、恨みが〟となるわ。――遺書よ。餅を食べてのどに詰まったんならそんなもの書かないわ」

「どうかな。そうかもしれないしそうではないかも。下の句次第だろう」

「ここから挽回《ばんかい》する下の句はなかなかないと思うけれど」

「まあわたしも不穏ではあると思った。――その短冊は弘徽殿女御さまのお目に触れたら大変と、女官たちが躍起になって焼き捨てていたからな。慌てた様子だった」

「毒などあおって死んだのを、後から横に餅の皿を置いてのどに詰まったのだと見せかけたということはないかしら。使庁の下官は女官の衣の下を検《あらた》めるの？」

「検めるわけがない、典侍さまは従四位だぞ。女ながら純直より上だ。しかも宮家の血を引く由緒正しい姫君。理由もなく高貴の女君の御遺体から衣を剝ぐなど。身体や御衣《おんぞ》が汚れているというならともかくそうではなかったのでそのまま運んでいた」

「では密かに刺し殺して血で汚れた衣を着替えさせたとしてもわからないのね」

と忍が言うと、祐高は露骨に顔をしかめた。

「弘徽殿女御さまの目と鼻の先で女官を刺殺などあってはならぬ。後宮七殿五舎は主上もいらっしゃるところだぞ。刃物を帯びるなど。ましてや血の穢れなど」

「あったらどうするのよ、としか言いようがないわ。弘徽殿女御さまの御髪《おぐし》を整える小刀なども一つもないと言うの？　小さなものも？　鋏《はさみ》は、簪《かんざし》は？　梨を切るようなものもないの？　女官たちはかさばる衣装で着飾っているのにどうして持っていないとわかるの？　女なんか血の穢れだらけだわ。大根の擂《す》ったのでこすって洗うとよく落ちるのよ」

そんなだから盗賊の侵入など許すのだ。誰も彼も体面ばかり気にして油断して。

「言葉遊びなんかしてる場合じゃないのよ。桜花が弘徽殿でどんな目に遭っていたのか、わたしは確かめなければならないわ。いとこと言うけど姉妹のように思っているわ。なかなかものを決めない姉さまより桜花の方が気が合ったくらいよ」

「〝うらみ〟が弘徽殿の皆さまのこととは限らないのでは。恋人と疎遠になってそのような歌を詠《よ》んでいたのかも」

「男を恨んで胸を突いて死んだのを弘徽殿の皆さま全員で隠しているのかもね。だとしたらやっぱりわたしが確かめて代わりに男君を問い詰めるくらいはしないと」

今回は内助の功ではない。祐高の機嫌を損ねても致し方ないと決意していた。


——それでいとこ姫の仇を討つべく決意した忍が何をしたかと言うと。

三日後、意気揚々と夕食の席で祐高に文を見せた。

「中宮さまにお文をさしあげて、承香殿《じょうきょうでん》に参内するお許しを得たわ！」

承香殿女御が皇子を出産し立后《りっこう》され中宮となったのはいつだったか。忍の父方のいとこが后の宮と崇め奉られる一方で、母方のいとこは宮仕えの末に何とも知れぬ奇怪な死を遂げたというのも皮肉なものだった。宿縁、運命と言うのだろうか。

「親戚のよしみでおそば近くに侍《はべ》る女房ということにして、承香殿から弘徽殿に潜り込んで女官たちから話を聞いて様子をうかがうの。完璧《かんぺき》じゃない？」

大臣の姫君ともなれば後宮に入内《じゅだい》し妃となる際には三十人、四十人も側仕えの女たちを実家から連れてくる。そうした女たちのほとんどは正式な宮中の女官ではなく、給金も衣装代も全て実家が賄う。中には妃の身の回りの世話などせず慰みに話し相手をするだけ、和歌を詠んだり物語を書いたりするだけの者までいる。儀礼のときにしか顔を出さない者もおり、一人二人増えたり減ったりしても誰も気づくまい。

——しかしこんな無茶は、夫には止められるのだろう。悪くすれば離縁だ。半ば覚悟して反論の支度をしていたが。

「はは、忍さまに内裏女房など務まるのかな」

祐高は笑うばかりだった。かえって拍子抜けした。

「……祐高さまは女が外に出るなど反対するかと思ったわ。乳飲み子の二郎を放って出ていくのよ」

「いや、乳母をつけているのだし二郎はまだもののわからぬ赤子だ。寂しいとも思わないだろう。忍さまが納得するまで調べればよいのではないかな。それで万が一にも世を乱すような真相が暴かれてしまってはかなわないが、自分の胸に秘めておいてくれるなら。内裏女房を泣かす不埒な男など見つけたとして、わたしが代わりに一発二発殴っておくということで納得してくれるなら」

「す、祐高さまが人を殴ったりできるの？」

「忍さまがやるよりはうまくできるのではないかな。わたしは武官だぞ」

——純直があの風情で猪を狩るというし、祐高も忍が見ていないところでは取っ組み合いの喧嘩をするのだろうか。ちょっと想像がつかなかった。

「親しい者の死の仔細がわからぬというのはつらいだろう。気が済むまでやればいい」

物憂げな目つきで、祐高にも思うところあるということだけ察した。その矢先。

「——どうかな。承香殿や弘徽殿で柏木と巡り合ってしまったらわたしは困るのかな。内裏女房は男相手に顔を隠せるわけではないぞ、見初《みそ》められてしまうかもしれないぞ」

と面白がって茶化《ちゃか》し始めた。——父の望みで四十を過ぎた光源氏の正妻となったうら若い女《にょ》三の宮は歳の近い柏木衛門督に懸想される。代わりに女二の宮が嫁《か》されたが柏木は姉妹でも全然違うと落葉の宮と呼んで貶めて、ついに女三の宮と不義密通に至り、子まで産ませてしまうのだった。そこに落葉なんてとんでもないと夕霧大将が乱入してくるのだから王朝の恋は複雑怪奇。

「子供三人で世間体は守られたのか？　わたしは結局あなたの理想の男君には届いていないのでは？　この辺で忍さまは人生を捧げるに足る、真《しん》に愛する男君を探してみるか？　女は家を出られないから出会いを求めるには宮中に職を得て出仕するしかない」

「馬鹿。子を産んだばかりでそんな気になるものですか」

忍はわりと本気でむくれた。

「鴉《からす》でも犬でも猿でも、仔を持つ雌は獰猛《どうもう》でつがいの雄にも牙《きば》を剝くものよ。猫ですら仔を取られると思って引っ掻いたり嚙みついたりするそうよ」

「そういうものなのか？」

「わたしも、十六の頃は小娘で浮かれていたわね。恋に恋していたのよ」

ため息をついた。

「今更柏木が現れたとして四人目の子を身籠もってもちっとも楽しくないわ。祐高さまの子を産むのですら命懸けなのに間男の子なんか孕んで痛い思いをするなんて損なばかりよ、ぞっとする」

「恋に恋して」

祐高がぶっと吹き出した。よほどおかしいのか口を押さえてぶるぶる震えている。

「忍さまが恋に恋して」

「そんなに笑うことないじゃないの」

「い、いや悪い。――そんな世捨て人のようなことを言うものではない。忍さまはまだ二十四で女盛り、燃えるような恋に出会うかもしれないぞ」

「それは祐高さまでしょ。わたしがいない間、女房でも相手になさったら。わたしが子を産むために里に下がっている間に他の女と、というのは気が引けると言うけれど、わたしがわがままで出ていくなら気が咎めはしないんじゃないの。うちの女房は皆、その気で覚悟しているからお歌が下手とか何と声をかけたらいいかわからないとか気にしなくていいから。扇で肩を叩いて〝おいお前、相手をしろ〟とか言えばいいのよ」

「……頑張ってみる」

一転、神妙な顔でうなずくのが面白かった。

「――やはり四人目の子を産むのは嫌か」

「三人で懲りたわ。妾の子でもちゃんと育てるわよ、わたしの代わりに子を産んでくれるなんてありがたい話よ」

「姫は兄上の養女に取られそうだぞ。無論、大人になるまでわたしたちで育てるが、成人したら兄上の子として次の帝の妃となって皇子を産んでもらうのだと。兄上のところは男の子ばかりだから」

「あらまあ、姫は四歳で皇子さまは二歳なのに気が早いこと」

初耳だったが忍はそれほど驚きはしなかった。傍流とはいえ祐高も摂関家、一族から后妃を出すのは高級貴族の悲願。どうせ誰かと結婚しなければならないのだ。

「野望に燃えていらっしゃるのね、兄上さま」

「十年経てば十四歳と十二歳なのだから気が早いとも言えぬ。――そうならなくても既に忍さまに似すぎて口が回りすぎるから、もう一人くらい大人しい女の子がほしかったな」

「それはわたしの血筋じゃ無理なんじゃないかしら」

忍はくすくす笑った。

「まあ、それこそ姫の裳着、いや太郎の元服までには帰ってきなさい。太郎や姫はもう大きいから寂しがる、母の顔を忘れたのでは不憫《ふびん》だ」

「そんなに時間はかけないわよ！　十日、いぇ三日くらいで何とかするわよ！」

「そんなに早く話が済むものか？」

「祐高さまが弘徽殿にたどり着いたときには既に全て片づけられた後だったのだから。それどころか純直さまが着いたとき全て片づけられていた可能性すらあるのよ。今更、局などをじっと見ても仕方ないのよ。人に会って話すばかりだから、話すべき相手を見定めて会って話す段取りを整える待ち時間しかいらないのよ」

「ちょっと待て」

祐高は眉をひそめた。

「ではわたしが見た〝葛の葉〟の上の句も、片づけた後から誰かが置いたということはないのか？　胸を突いて血で汚れた衣を弘徽殿の皆で寄ってたかって取り替えるほど周到ならば、見られてまずいような辞世の歌をそのままにしておかないのでは？」

鋭い。

——王典侍、常陸宮が一子、桜花はただ餅をのどに詰まらせて死んだ後に口許《くちもと》に紅などをこすりつけられ、恨みの歌を添えられた可能性もあるのでは？

あるいは王典侍を毒などで殺した上で恨みの歌を添えた者がいるのでは？

3

――男にはいろいろな仕事があるもので。

「兄上。たまには承香殿に中宮さまのご機嫌などうかがいに参っては」

「お前にしては気を遣うな。何だ、雪でも降るのか」

祐高はそれらしく真面目に言ったつもりだが兄に気味悪がられた。

内裏に参内する貴族は後宮の后妃に挨拶や世間話などしていざというときのために縁を結んでおくのも勤めのうちだ。それに若く華やかな公達が後宮に出入りして女官たちに愛《あい》嬌《きょう》を振りまき、賑やかな空気を作るのも帝の威光を示すことになる。純直などどこでも歓迎されているとか。

――というのは方便で、忍がどうしているか気になっていた。あの調子で内裏女房相手にずけずけとものを言っていたら今頃、彼女の方がいじめられているのではないかと。

しかしやはり後宮は、女が多い。清涼殿から滝口の陣を横目に渡り廊下を歩いていくと、女嬬《にょじゅ》に女官に后妃づきの女房、普段見かけない着飾った女があちこちにいて目のやり場に困る。

後宮七殿五舎は帝のお住まいになる清涼殿の北、后妃のための宮殿で今上の御世《みよ》では承香殿に中宮がおわし、弘徽殿、麗景殿《れいけいでん》、藤壺《ふじつぼ》に女御や更衣《こうい》が住んでいる。男子禁制――なわけではなく貴族も下働きも出入りするし宿直や宴で泊まることもある。

が、后妃の住まいは女だらけ、それも親兄弟の大臣やらが厳選し送り込んだとびきりの美女揃い。多少器量の劣る者、若くない者もいるにはいるが流行りの化粧で補い華麗な衣装で着飾って、それは雅やかで圧力すら感じるのだった。

清涼殿から後宮に向かうのには必ず弘徽殿か藤壺のどちらかを通らなければならない。他の妃が帝のお召しを受けるにもここを通るので、この二つは格別に権勢ある家の妃が賜ることになっている。本来なら弘徽殿か藤壺のどちらかが正妻格、中宮となって他の妃を〝管理〟するものだった。承香殿も格は高いが弘徽殿ほどではない。

――そんな弘徽殿女御の御許《みもと》を「用事があるのは承香殿だから」と素通りしたら角が立つのでそちらにも形ばかり顔を出して特に芸のないお世辞など言って。

とはいえ弘徽殿は先日の凶事――表向き、野良犬が床下に入り込んで死んで穢れがあったということになっているが――のため女房たちはほとんど里に帰ってしまったのか、祈禱の僧侶《そうりょ》の方が多いような寂しいありさまで香よりも抹香《まっこう》と護摩《ごま》の匂いが染みつくようで。女御の方もお義理のおべんちゃらなど聞いている気分ではないらしく愛想がなく、早々に退散した。

さていよいよ承香殿。今、京で一番美しい女の集う場所。才媛《さいえん》ひしめく女の園だ。

中宮は勿論建物の一番奥、御簾のうちにいらっしゃるので男からは影しか見えない。代わりに御簾から長い髪や幾重にも着重ねた色鮮やかな衣の端を出して、香のよい匂いを漂わせる。京の男のほとんどは女君の衣の色や髪の長さ、親兄弟の顔の造作を見て恋をする。早いうちに忍の顔を垣間見た祐高は本当の恋を知らないと言える。

背筋を伸ばしながらちらちらと周囲の几帳の陰をうかがったが、衣の裾や髪で女がたくさんいることがわかっただけで忍がいるかどうかなど見当もつかない。

兄が通り一遍の時候の挨拶を述べ立てると、御簾のうちから声がした。と言っても中宮の代わりに喋る女房の重々しい声だが。

「督《かん》の君は珍しくいそいそとやって来たようですがまさか他に目当てでもあるのですか」

──〝督の君〟とは兵衛督、衛門督のあだ名。兄は右大将なので督ではない。

「め、目当てとは何のことでしょう」

祐高は声がうわずった。──中宮そっちのけで几帳の陰を気にしていたのがばれたのか。くすくすと女の笑い声があちこちから漏れた。

「〝色に出でにけり〟というわけですか。隠しごとのできないお方ですね。〝夏の野の繁《しげ》みに咲ける姫百合《ひめゆり》の〟と言うお方もいらっしゃるのに」

気の利いた言い回しの意味がわからず、返事ができない。兄にもまじまじと見られていてとても恥ずかしい。

──ふと。几帳の陰から料紙が差し出された。

〝夜半、三の口よりお入りになってこちらの局を訪ねておいでなさい〟

と部屋の場所が書いてある。

知っていて面白がられているらしい。

「……〝忍ぶれど色に出でにけり〟？　浮気か？　お前にそんな人の心があったのか？」

と退出後に兄に扇でつつかれてびくついた。いや見当違いなのだが。正反対なのだが。

「何だ、好き者のように扱われて。歌の意味などわからんだろうが、秘めた片恋は苦しいものと言うのにお前は全然秘めていない丸見えだと好き放題言われていたぞ。……顔が赤いな。まさか本当にこちらの女房を見初めたのか。確かに内裏女房は話が早いが、大丈夫か？　言い寄るやり方はわかっているのか」

「いや、その、何というか」

「内裏女房を相手に発散しているやつはたくさんいるが、礼儀がなっていないと才ある者どもに寄ってたかって後ろ指をさされるぞ。紫式部や清少納言のような記録魔日記魔が山ほどいるから書に記される。下手を踏むと別当祐高とかいう無礼な助平野郎がいたと百年、千年後まで記録が残るぞ」

早口で言われると反論できない。

……忍がいじめられていないか見に来たのに自分がいじめられてしまった。

こんなお膳立《ぜんだ》てをされてしまって無視したら逆に何を言われるかわからない。臆病《おくびょう》者《もの》、甲斐性なしの烙印を押されるのは確実だ。

十分に暗くなってから桐壺の宿直所を抜け出して承香殿に向かう間、誰かに見咎《みとが》められないかひやひやした。皆が寝静まった頃合いを見計らったつもりだが、承香殿にたどり着くのに梨壺《なしつぼ》と麗景殿の前を通らなければいけない。

昼間はいくらでも平気で歩き回っている回廊が無限に続くように思える。夜中なのでもうどこもかしこも雨戸を閉めてしまっていて、壁のない通路を渡っていくしかないのが心許ない。月明かりだけが頼りで物の怪に出会いそうでそれも怖い。——物の怪どころかここは最近、盗賊が押し入った場所ではないか。

どうして皆、灯りもなしに夜歩きで顔も知らない女の邸に行くなんてできるのだろう。都大路を歩いていくやつがいるとか信じられない。

多分中宮は帝のお召しで清涼殿にお渡りになっているはず。承香殿に残った女房に会いに行っても何もやましいことはない。内裏女房も普通に夫や恋人がいる。

警護の誰かに声をかけられても「寝つけなくて。月があまりに明るいので少し散歩を。おや、お庭に見事な花が。ここで一首」とか言えばいいだけらしい。しかし普段やらないことで気ばかり焦った。宿直で寝つけなかったことなどないし未だに和歌は詠めない。

こんなやり方で弘徽殿や藤壺に忍び込んで女御の妹や中宮と密通する光源氏とは何者だ。実在したら使庁で捕縛するべきでは。

料紙に書いてあった通りに裏手の細殿《ほそどの》の三の口から入る。わざと掛け金を開けてあるらしかった。こんなに隙だらけとは。女房がちょっと戸を開けているだけで后妃のもとにも忍び込めてしまうではないか。戸口をくぐりながら胸騒ぎがして。

例の局の襖障子《ふすましょうじ》の前まで来たものの、不躾《ぶしつけ》に開けるのもためらって、

「ええと、あの、忍さま、こちらでいいのだろうか――」

と我ながら覚束《おぼつか》ない声で呼びかけると。

「〝朧月夜《おぼろづきよ》に似るものぞなき〟」

中から女の声がした。――ここでいらしかった。はいかいいえで言ってほしい。

襖障子を開けると目隠しか、几帳が置いてあった。

「ちゃんと掛け金をかけてからいらして」

釘を刺されたので襖障子に掛け金をかける。

几帳の陰を覗くと、女房の局はいかにも手狭で寝起きするのに敷物を敷いた畳が一枚。脇息が一つ。灯りが一つ。衣架が一つ。文机《ふづくえ》が一つ。いつも忍が使っている御帳台より圧迫感がある。

そこに五衣《いつつぎぬ》に唐衣《からぎぬ》、裳《も》を着けた完璧な女房装束の女が座り、一人で碁盤に碁石を並べていた。――忍は「自分対自分」という勝負をよくするらしい。時間をかけるとなかなかの好勝負になるとか。

手にした碁石を置いて碁盤ごと脇《わき》に除けると、彼女は深々とこちらに頭を下げた。

「陸奥《むつ》中納言と申しますよ、別当さま」

顔を上げてにこりと笑うと、いつもの忍だ——いやいつも通りではない。

「見違えた？」

貴族の女君は普段、そんなに着飾るものではない。楽な格好をしている。側仕えの女房たちが女主人のために着飾る。

五衣に普段は着けない唐衣や裳を着込んだ忍、もとい陸奥は正月の晴れ着や婚礼衣装とは違った華やかさで化粧も宮中風で、いつもより顔つきが明るく見える。

「いや、もう中宮さまと女房の皆さまがたに面白がられて。おもちゃにされちゃったわ」

「——見違えた。全然違う人のようだ。陸奥？」

そばに座ってみたが、やはり妻という実感が湧かない。女房装束からいつもと違う香の匂いがする。

「何緊張してるのよ、衣一枚で」

衣だけではない。——足音を殺して月明かりの下を歩いた時間、人目を気にしてくぐる承香殿の戸口、狭い局に立ちこめる香。むしろ女房装束はとどめの一撃だった。

ええと、確か扇で肩を叩けと。少し咳払《せきばら》いしてそうしてみた。

「——おい、相手をしろ」

「は？　何の？　碁？」

忍はきょとんと首を傾げた。——全然覚悟などできていないではないか。

仕方ない。

祐高は畳に手をついて頭を下げた。

「——何と麗しいお方なのだろう、陸奥の君。妻も子もある身の上で図々《ずうずう》しいが、ぜひお近づきになりたい」

何だかこうなったら徹底的に夜這い男を演じなければ収まらないような気がした。

「ちょ、ちょっと」

忍の声が呆れていたが、始めたら止まらない。

「この別当祐高、色恋を解さぬ朴念仁《ぼくねんじん》で御家のためと親兄弟に勧められて娶《めと》った北しか知らず鴛鴦夫婦を演じてきた。浮き名とはほど遠い木石であったが、これほど美しい女君が世の中にあったとは。そなたを目にした後ではもはや北など古衣《ふるぎぬ》のように思える」

「怒るわよ。別当さまともあろうお方が北の方に何て失礼なことを」

「大丈夫、妻にはばれないようにするから」

「北の方にはあなたが新しい晴れ着をあげなさいよ」

いやはや全くもってその通り。

彼女の袴の裾を摑んだ。

「わたしを拒むと言うのか。雅な和歌でかき口説かなければ駄目か。それとも山ほどの黄金《こがね》と綾錦とを車に積み上げようか。ほしいものがあるなら何でも言え。この別当祐高、女に乞《こ》うたことなどないから礼儀がわからぬ。そなたはどうしてほしい。どうすれば我がものになる」

意外と言うことがたくさんあってびっくりした。普段使わない言葉ばかり並べてみるのは爽快《そうかい》だった。洒落《しゃれ》だと思っていたら何でも言えるものだ。

一日もかけて真剣に考えるのがよくないのだとも。こんなものはその場の勢いか。

「あのねえ……応じたら鬼に喰われるじゃないの」

「喰ってやりたい。頭も残さないぞ。祐高では駄目か。どうか一夜の情けを、陸奥の君。男に恥をかかせないでくれ」

「おかしな遊びを始めて……」

「陸奥の君、陸奥の君、そなたが得られるなら何を失ってもかまわぬ。北を里に帰してしまえと言うのならそのようにも」

「ついに子らが父《てて》なし子になってしまったわ。悪い方ね祐高卿、堅物の顔をしてこんな悪い人だったなんて」

「世間に何と指さされてもいい」

——夜這いなど何が楽しいのか気が知れないと思っていたが、ものすごく面白かった。

——色男は朝が早い。夜が白み始める前にまた回廊を戻って、装束の帯が結べないので今度こそ「人に会いませんように」と祈りながら。桐壺の本来の寝床に潜り込み、同僚や従者に「ここで一晩中寝ていましたが、何か」という顔を見せて。

一度自邸に戻って顔を洗って着替え、湯漬けをかき込んでまた内裏に。何をやっているのか。本当は明け方に
「そなたと別れるのがつらい。ずっとこうしていたい。ああなぜ鶏の声などするのか。永遠に明けない夜がほしい。この逢瀬《おうせ》が夢でなかったという証をくれ。とこしえにわたしのものであると誓ってくれ」

などと寝床でひとしきりぐずって歌を取り交わしたりしなければならないらしいのだが、寝起きはいつもより一層血の気が乏しくそこまでの気分になれず省略したのだった。しゃんと起きてから後朝《きぬぎぬ》の歌まで贈らなければならないがこれも略。

こういうのをいちいち全部毎日やっている本物の色男はすごいな、と感心しながらあくびしていたら。

「見損《みそこ》ないました、祐高さま！」

勤めを終えて清涼殿から退出する段になって、なぜだか少将純直にとっ捕まった。純直は仔犬のように丸い目にいつもと違う怒りの色を湛《たた》えていて、怯《ひる》んだ。

「……ど、どうしたんだ純直」

「忍さま一筋だと思っていたのに！　承香殿から出るのを見たって人がいるんですよ！」

「ああ、ええと……」

「否定しないんですね！　宿直にかこつけて女官と一夜を過ごすような人だったなんて！忍さまを裏切るような人だったなんて！」

「いや、あの」

勢い込んでまくし立てられてうまく相槌が打てないでいたが、ふと。

「──北本人に問い詰められるならともかくどうしてお前が怒るのだ、純直」

「祐高さまは遊び歩いている皆さまとは違うと思っていたのに！　一途な愛に生きているのだと思っていたのに！」

「わたしへのその感情は何だ……？」

後宮を逢い引きの場所に使ったのは不敬だがそんなことを言い出したら出入りする者を端から捕縛して回る羽目になり、浮気ごっこであって全然浮気ではないのだが一体何と言いわけしたものか──

別にしなくてもいいのではと思った。

「陸奥の君は、あれは所詮遊びだ。割り切ったつき合いの女だ、長くは続かん。北もよくわかっている」

「祐高さまの口からそんな言葉聞きたくなかった！」

「わたしにどう生きろと言うのだお前は」

世間では妾に交互に子を産ませて子供五人の母親が全員違うのを正妻の養子という形で認知しても別段、悪いこととも見なされないものなのに。泰躬の舅や本妻が怖すぎるだけで妻二人はそれほど浮気でもないのに。腑に落ちない。それはそうと。

「……内裏女房とは美しいものだなあ。血迷って宗旨に合わぬことをしてしまった。わたしらしくもなく悪ふざけが過ぎた。反省はしている」

「まことに。道を踏み外します」

ぽろりと漏らすと――さっきまで祐高を責め立てていた純直がうなずいたのでびっくりした。まじまじと顔を見るとせつなげに下を見てため息なんかついている。

いや、十七歳だ。しかも摂関家の嫡流。

この歳の男が女に興味がないなどと言えば親兄弟が騒ぎ立てて仏門に入るのかと問い詰め、「どの女なら気に入る」と縁談を山ほど持ってきて、なぜかこちらまで飛び火して「人生の先達として祐高卿からも何かお言葉を」としたくもない説教をすることになるだろうから、純直もこう見えて通う女君の一人二人いるのだろうが。

内裏女房とつき合っているのか。道を踏み外したのか。びっくりしすぎて何も聞けなかった。

4

果たして。忍は承香殿の麗人たちに弄ばれている自分に忸怩《じくじ》たるものがあった。

「お顔立ちは凛々しいのにいつもぼんやりしてうつむいている督の君が、あんなお顔をなさるとは。忍さま、もとい陸奥中納言をお迎えした甲斐がありました」

「いえあの……わたしは王典侍《おうのすけ》のことを調べに参ったのであってですね」

「督の君は御宿直はどうなさるのかしら」

「掛け金を開けておかなければ。局を間違えないように印をつけておきましょうか」

「わたし、さっきお文をさしあげて局の場所を教えておきました」

「出すぎた真似を。しかしよくやりました」

「いや、あの……」

――三日で済ませると言ったのに一日目、皆さまがはしゃぐのにつき合わされて何もしていない！

まさか自分の夫が一番はしゃぐとは。何だあの人は、後宮の空気にあてられて光源氏にでもなったつもり⁉

――流石に寝て起きたら冷静になったのか恥ずかしくなったのか今朝は黙ってさっさと装束を着て「じゃあまた」とだけ言って帰ったが、あれで「別れがたい、永遠にここにいたい」と色男ぶってだらだらしていたら夜具から蹴り出すところだった。

忍はといえば少し寝て夜明けを迎えてから装束を整えて、顔を洗いに出ると。

「あら忍……陸奥の君。まだ寝ていてよろしかったのに」

自分たちはしっかり顔を洗って身仕度を終え、殿舎《でんしゃ》の雨戸を開けている女房たちが笑いかけてきた。中宮のため清涼殿につき添ったのが十五人、殿舎に残ったのが十人ほど、まだ全員の名を憶えていない。中宮の飼い猫の世話係までいるという話だ。

縁故を盾に無法を通して甘えている自覚はあるが、だからといって甘やかされるのも業腹だ。忍はしゃんと背筋を伸ばした。

「そうはいかないわ、女房らしくしないと。中宮さまのお世話をしないと」

「初日はゆっくり寝ているものでしょう」

「そういうものなの？」

「督の君から後朝の歌が来るかもしれないでしょう」

「は」

呆然とする忍の前で、女房たちが甲高《かんだか》い嬌声《きょうせい》を上げた。

「ゆうべは盛り上がっていたようで。罪深いわねあなた、妻子あるお堅い方を狂わせて」

「頭から食べられてしまったの？」

「黄金を車に積んで聟に来てくれると」

「あなたのせいで北の方は里に帰されてしまうのね」

「明後日《あさって》はお餅を用意した方がいい？」

「いりません！　遊びに来たんじゃないのよ！」

――あの男！　今夜は掛け金をかけて閉め出してやる！　誰も彼も面白がって。人が死んでいるんだぞ！

できる女房というのはさっさと自分の身仕度を整えて湯漬けなどをかっ込んで急用などに備えるものらしかった。検非違使別当の北の方、忍の上、深窓《しんそう》の女君だがものを食べる速さには自信がある。さらさらと漬け物で湯漬けをいただいていると。

「でも弘徽殿はあの騒ぎで女房が何人か寝込んでおいとまをもらうという話になっていたはずですよ。陸奥の君がお話を聞く相手がいるのかしら」

藤　命婦《とうのみょうぶ》という古参の女房がぽろりと漏らした。

「えっ」

「王典侍が死んでしまって皆、呆然としておりますもの」

「床下に野良犬が入り込んで死んだことになっているのでは？」

「それは表向きの話でしょう？　皆知っておりますよ。弘徽殿女御さまの御乳母《おんめのと》の伏見《ふしみ》さまがあれ以来、物の怪が憑いて気鬱になってしまって里に下がったと。〝典侍《すけ》が鬼となってそこに〟と宙を指さしてそれは錯乱したそうで」

「典侍は鬼になって弘徽殿に出るの？」

「あれ以来、毎日弘徽殿には僧都やら天文博士やらが参りますよ」

噂の天文博士！　――それはそうだ。死人が出たのはごまかしたとして、その後、高僧の読経や陰陽師のまじないで浄めさせるだろう。

「お待ちを。典侍は里下がりして病を得たとか餅をのどに詰まらせたとか聞くけど？　病死でも祟るの？」

「そういうことになっておりますが、弘徽殿でくびれたというもっぱらの噂ですよ。だから忍さま、もとい陸奥の君がいらしたんでしょう？」

「そうだけど――」

話が早すぎるのにびっくりする。ここではもっとものごとは体裁を取り繕《つくろ》って水面下で進行するのかと。

「悪い男に弄ばれて自ら毒をあおいだとか。年下の公達とつき合っていたそうですよ」

わけ知り顔で言うのでいろいろと疑問が湧いた。

「悪い男に弄ばれたのにどうして弘徽殿女御さまの乳母に祟るの？　その公達は女御さまの乳母ともつき合っていたの？　鬼や物の怪になったら自在に宙を飛んで祟りたい相手のところに行けると思うわ。男君のところに出ればいいじゃないの」

「死んで鬼になってわけがわからなくなっているんじゃないでしょうか。男君が恨めしいけれど男君には祟りたくない、葛藤《かっとう》があるとか」

「男君に袖にされたのではなく、乳母や弘徽殿の皆さまにいじめられて思いあまってくびれて、恨んでいるとは思わないの？」

「弘徽殿の皆さまが典侍さまを？　ご冗談を」

藤命婦は意地の悪い笑みを浮かべた。

「典侍さまは機転が利いて気の強いお方で、むしろ弘徽殿の皆さまは主上の寵《ちょう》を取り戻さんと典侍さまにおすがりしていた風情でしたよ。女御さまの御心を慰めるために筝を弾いてもらっているという話でしたが、本当のところは盛り塩で寵を得るような搦め手の策はないかと必死で相談していたとか」

――大昔の唐《から》の皇帝は牛車で妃のもとに通っていたので、殿舎の入り口に塩を盛って牛を足止めしたという故事か。

「典侍さまはしっかりした方でしたし、あのような人が自死されるほど気弱になるのはご自分の色恋沙汰くらいしかないと思いますよ。むしろあんな気丈な方に男君との歳の差を気にするような人並みの心があったのだと思うと、誰しも完璧ではないものだと」

「王典侍はそんな人並みではないわ、わたしやあの子は恋に狂ったりはしない」

「あら、督の君は恋に狂ってらっしゃったのに。おかわいそうに、片恋ね」

女房たちはくすくすと笑ったが、忍は笑うどころではない。

――おかしい。

そもそも王典侍が自殺して祟っているなどという外聞の悪い話をどうして承香殿の人が知っている。

本当なら弘徽殿の方が寵愛を得て当然。それを承香殿に中宮の座を奪われて焦るのはわかるが、当の承香殿には余裕のあるふりをするのでは。

そこにこんな醜聞。ひた隠しに隠すだろうに。

それとも逆に弘徽殿を仇と見た承香殿の方々が勝手に妄想を悪い方へ悪い方へたくましく練り上げ、邪推しているのだろうか――

「物の怪のことなら天文博士に聞くのが一番でしょう。専門家ですよ」

聞き捨てならない名が挙がった。

「天文博士なら昼頃に参りますよ。わたし、頭痛持ちで。十日に一度、博士に頭痛除けのまじない符を書いてもらうのです」

「天文博士に直接会うの？」

「ええ。陸奥の君もご一緒します？」

「天文博士は地下人なのでは？　後宮に入れるの？」

「下働きは六位より下もおりますよ。中宮さまに拝謁するわけではありませんから。弘徽殿にも行っておりますし」

　そういうものなのか。

　それで女房の局に個人的に来るという形式になっているらしい。藤命婦の使っている広めの局に二つ几帳を立てて藤命婦と忍の他に二人の女房が付き添うことに。忍は邸ではいつも御簾越しなので几帳越しに男と会うのは久方ぶりだ。

　昨日、中宮に挨拶に来た祐高は正式の拝謁ということで立派に正装し、黒の袍《ほう》に玉の帯を締めてそれは晴れがましい公卿ぶりだったが。陰陽師は狩衣も指貫《さしぬき》も真っ白の浄衣に冠をかぶって神秘的な出で立ちだった。この後、弘徽殿を浄めに行くのだろう。

　三十半ばなのだろうか。真顔でも笑っているような不思議な顔つきでどこを見ているのかよくわからない。畳に座ると、几帳に向かって深々と頭を下げた。

「天文博士、安倍泰躬が参りました。藤命婦さまはお加減はいかがでしょう」

　声が涼しげだ。――これでころりと転んでしまう女がいるとみた。寂しげな風情で所作が美しく、若造にはない陰のある色香で人気がありそうだ。妻が二人しかいないとか本当だろうか。藤命婦は頭痛を言いわけにことあるごとに召しているのか。

「博士の符でましになったものの、油断すると痛むのでまたお願いね。──今日は新参の方がいらしているのよ。陸奥の君と言って弘徽殿の王典侍のゆかりの方なの」

「ほう、王典侍さま。病死なさったと聞いた、あたら若いのに惨いことです」

藤命婦の言葉に陰陽師はうなずき──そこで会話が止まった。藤命婦が忍をつついた。

自分で話しかけるのだと思っていなかった忍は、ぎょっとしてすくんでしまった。内裏女房たちならともかく、夫でもなければ家族でもないまじない師に声を聞かせるなんて。後宮で話す相手は女ばかりなのだと。

「ええと……あの」

「あらまあお姫さまね」

目を白黒させていたら、藤命婦が笑って代わりに言った。

「弘徽殿では王典侍が鬼となって祟っているとのことだけれど、あなた、お祓いなどしているの？」

「王典侍さまが祟るなどとんでもない。ただ野良犬の──と言いたいところですが王典侍さまが病を得たのは恐らく弘徽殿ですので、念のために祓いを。横川の僧都も護摩を焚いて読経をなさっています。あちらは憑坐童《よりましわらわ》も使って」

憑坐童は霊感が強く物の怪に憑かれやすい子供だったり巫女だったり、僧が連れてくる。僧都が読経をすれば物の怪は憑坐童に移るのでそれを退治する。

──また会話が途切れたので、忍は藤命婦に耳打ちして喋ってもらうことにした。

「弘徽殿女御さまの御乳母の伏見さまが、物の怪憑きになって〝典侍が〟とおっしゃっていたそうだけど」

「はい。伏見さまはすっかり錯乱しておいでで、ええと。亡くなった王典侍さまの文が、焼いても焼いてもまた現れるそうですよ。弘徽殿女御さまへの讒言《ざんげん》が書かれているそうで、伏見さまは見かけるたびに焼き捨てているのにいくらでも出てくるとすっかりまいってしまわれて」

「じゃあその文は残っているの？」

「はい、わたしも一枚持っておりますよ」

と陰陽師が懐《ふところ》から短冊を差し出して几帳の端の方に置くと、そちらに座っていた女房が取り上げて忍まで回ってきた。

──祐高が唱えた上の句。

それも。

「──これは桜花の手蹟《て》だわ」

伸びやかな文字はいとこの筆跡に間違いなかった。墨の色が鮮やかで匂いもして、今書いたばかりのもののようにすら見える。

「……これは弘徽殿女御さまを罵《ののし》っているの？　〝葛の葉〟は〝恨み〟を思わせますが、何がどうと書いてあるわけではないのね」

と藤命婦が首を傾げたのは、忍が言わせたわけではなかった。

「その紙が現れるたびに弘徽殿の皆さまは大騒ぎです。歌などわからぬ無粋《ぶすい》のわたしには何が何やら」

「これは桜花が死んで以降現れるようになって、祐高さまがその一つを見たと」

気づいたら自分で結構大きな声でつぶやいていた。それが聞こえたのか、天文博士が目を瞬かせていた。

「……もしかして」

だがすぐに平静を取り戻した。

「ああ、いえ。何でもないのです。――あまり大それたことは申し上げられませんが王典侍さまのゆかりの方のお耳に入れておくべきことが。絶対に他言無用ですよ。ここだけの話です。中宮さまにもご内密に」

と念を押してから咳払いをし、真面目くさって言い放った。

「実はこの泰躬と僧都が陰陽道と叡山《えいざん》の修験《しゅげん》の粋《すい》を尽くして弘徽殿で行っているのは王典侍さまの祓いではなく、天狗《てんぐ》の調伏《ちょうぶく》なのです。王典侍さまを殺めたのも伏見さまを悩ませたのも天狗の仕業だったのです。天狗は目に見えず声も聞こえず陰陽道の術で気配を察することしかできませんが、女を好んで喰らう恐ろしい物の怪です。決して見に行ったりなさらないでくださいね」

「……勘のいい男だわ、天文博士」

――「これ以上は何も言えない」と締めて天文博士が帰った後。天狗の話を聞いて藤命婦を始め女房さまたちは「内密、内密」ときゃあきゃあ面白がっていたが。

忍は面白がるどころではなかった。――〝天狗〟とは何かのたとえなのだろう。「弘徽殿に人殺しがいる」などと言ってうっかり漏れたら大変だ。天文博士の方が根拠のない言いがかりで人を貶《おとし》めたと指さされ、悪くすれば捕縛されかねない。あれが陰陽師なりの言い方なのだろう。

王典侍と祐高の名を聞いて、間にいるのが忍であるのに気づいたか。――食えない男だ。天狗の正体は自分で調べろと。さては真相を把握している。

王典侍を殺したのが天狗だと？　女を好んで喰らう？　女たらしに泣かされて自殺した、と言いたいのだろうか。天狗は男を攫うものだと思っていたが。

いずれにせよ。

遺書の同じものが次々出てくるということは〝葛の葉〟の歌は書きかけではなくこれが完成形であらかじめ王典侍本人が死ぬ前に山ほど書いていた、ということだろうか。元々、下の句はなかった。これを見ただけで弘徽殿の皆さまが震え上がるのを王典侍は知っていた。

あるいは王典侍の筆跡を借りた何者か。

たまたまこんなものをたくさん書くわけはない。書かされるだけ書かされて口封じされたのだろうか。

そもそも天狗調伏のまじないと祈禱とは。王典侍が祟っているのを祓っている、というのをわざわざ否定する。全く別のまじないをしているということなのだろうか。

承香殿で言えないような弘徽殿の祈禱と術、普通に考えたら中宮や皇子を呪い殺そうとでもしているのだろうか。だが呪い殺しても肝心の弘徽殿女御に御子がない。他にも后妃がいるのでは一人殺めても寵を得られるとは限らない。〝女を喰らう天狗〟が中宮やまだ一人で立つこともできない幼い皇子を指しているとも思いにくい。どうだろう。嫉妬のあまりわけがわからなくなってとにかく中宮を排しようとしているのか。

弘徽殿女御が御子を授かるための術？　世の中には子宝を求めて寺などに祈願しに行く者も珍しくない。だがそれならそうと言ってしまってもいいはずだ。何なら帝にそのような儀式をしていることをおおっぴらに伝えた方が授かりそうなものだ。上品な皆さまはそういうあけすけなことはしないものなのだろうか。

やはり呪殺なのだろうか——

考えごとをしていたら、女房の民部《みんぶ》の君に肩をつつかれた。

「陸奥の君、柑子蜜柑《こうじみかん》を弘徽殿にお裾分けして。藤命婦、ついて行ってあげなさい」

「はい」

器に山と柑子の実が盛られているものを、藤命婦が手にした。忍の分があるのを見て、慌てて同じように器を持ち上げた。果実の酸っぱい香りがする。

「……なるほどこうやって弘徽殿に行ってついでに立ち話をしてこいと」

「頑張ってください。天狗退治ですって。どんな物の怪が潜んでいるのかしら」

女房たちはにこにこしていて、やっぱり面白がられていると思った。——公卿の妻女ともあろう者が邸を出るなんて軽率な、宮中は女の仕事場でお姫さまが遊びに来るところではないと皆さまに説教されるかと覚悟して来たのに、これはどういうことだ。

「わたし、陰陽師のまじないや僧都の御修法《みしゅほう》を見ても何をしているとわかるほど詳しくはないのだけど。自分の安産の儀式も見たことがないのに」

「陰陽師にしか見えない天狗、気になるじゃあありませんか。陸奥の君には意外な霊感があってわたしたちには見えないものが見えるかもしれませんよ」

藤命婦も笑顔で回廊に出る辺り。見たいのか、天狗。この人も妙な人だ——

ぼーっと歩いていると。

「右衛門督さま、少将さまが中宮さまにご挨拶です！　道を空けなさい！」

太刀を掲げた随身《ずいじん》が声を上げ、その後ろにもぞろぞろと従者が行列をなしているのに真正面から出くわしてしまった。——天狗のことを考えすぎて先触れの声に気づかなかったらしい。藤命婦が脇によけてしゃがんだので、何も考えず真似をした。

——こんな近くを男が通るとは。几帳も何もなしで。藤命婦は柑子の器を床に下ろし、袴に差した檜扇を取って広げて顔の前に翳した。そうだ。顔を隠さなければ。忍も同じようにしようと思うが、気が焦って扇を開くのにもたついた。

右衛門督と言えば――

色鮮やかな装束をまとい笏《しゃく》を持った公達が、彼女の前で足を止めてしまった。扇が間に合わず袖で顔を隠したが、見下ろされる視線が突き刺さるようだった。

「見かけない女房だな」

――認識されている。

右衛門督《うえもんのかみ》参議《さんぎ》　源《みなもとの》朝宣《とものり》、祐高の友人だ――その後ろの緋色の礼装の少年貴族に至っては、使庁の部下の純直ではないか。

どちらもことあるごとに邸に来て、御簾越し、女房伝いにならロを利いたことがある。女房には通り一遍の挨拶をさせ、向こうから御簾の中は見えないので忍の顔を知らないはずだが、こちらはものすごく見知っている。よりにもよって知り合いにこんなところで出会ってしまうなんて。

やっと扇を広げたが、凍りついて一言も声が出せない忍に代わって、

「新参者の陸奥と申しますよ。陸奥の君と」

藤命婦が紹介した。すると何と。

「ほう、陸奥」

衛門督がわざわざ身を屈めて扇に顔を近づけてきた。――純直も出てきて覗いているようだ。とにかく扇を翳して一生懸命目を背けるしかできなかった。

よく宴に来たり横笛を吹きに来たり別に用もないのに来たりする衛門督。忍と同い年の二十四歳で、祐高より肩幅があって甘い目許《めもと》が女にもてそうで自分でも女にもてる自覚があるだろうが、上より下の睫毛《まつげ》の方が長いのがどうにも信用ならない衛門督。——背中どころか顔に汗がにじんで化粧が溶けてしまう。

少将純直はといえば一瞬気配をうかがうと、目をとげとげしく細めてよく吠《ほ》える仔犬のような剣幕になっていた。にらまれている？

「お二人とも、そんなに見つめてやっては陸奥の君の顔に穴が空いてしまいますよ。まだ慣れていないのに男君にそう見られては恥じ入って寝込んでしまいます」

と藤命婦が助け舟を出してくれたので衛門督は背を伸ばしたが、純直の方は

「まだ慣れていないのに堅物の別当祐高さまを誑《たぶら》かしたのか。とんだ傾城《けいせい》だな。可憐な乙女かと思いきや年増ではないか。何がよいのやら」

捨《す》て台詞《ぜりふ》のようなものを吐いた。——いじめられた⁉　夫のいとこで部下に⁉　衝撃で気絶しそうだった。

今回の件、祐高に叱られたり承香殿の女房たちに冷たくされるかもと思っていたのに——純直にいじめられるのは想定外だった！

「年増はひどい。純直からは年上だろうが若すぎてもつまらん、これくらいがよい」

それで衛門督に助けられる⁉　どうして⁉

「——〝陸奥の忍捩摺誰ゆゑに〟に、か。〝陸奥に遥々《はるばる》来れば捩摺の乱れそめぬぞ忘れけ

るかな〟というのはどうだ。いや純直、北の方に余計なことは言うなよ。知らぬが花だ。祐高は遊び慣れないから横から口を差し挟んでこじれたら目も当てられん」

衛門督が笑った。

〝忍捩摺〟は〝陸奥名物の忍草を使った染めものの乱れた模様のように心乱れ初《そ》めたのはわたしのせいではなくて一体誰のせいなのか〟という有名な歌で。

それを踏まえて。

〝遥か陸奥にたどり着いたら忍の染めの如く心乱れ初めたことも忘れてしまったのだなあ。祐高の浮気相手が陸奥で妻が忍とは皮肉な名だ〟

——放《ほ》っとけ！　我ならなくに！

二人、大声で説教してやりたいところだったがいざ男を前にすると一言も言えず固まってしまっているのが悔しい。祐高は不埒な男を殴ってくれると言ったのでこの二人を殴ってもらおうか。

——いや自分のことも殴ってもらいたい。自分で柱に頭をぶつけてほしい。

「あ、あのう。本当にその、この方、純情なのでおからかいにならないで。男君がぜひにと言ったら女は拒めないものですから」

忍は顔が赤くでもなっていたのか、流石に藤命婦が焦り始めたら。

今度は純直が舌打ちした。

「まるで別当さまが無理強《むりじ》いしたようだな」

──無理強いされた！　弄ばれた！　あなたたちはあの男の本性を知らない！

右衛門府の長官と次官は二人で忍を言葉で嬲《なぶ》ってから、承香殿に入っていったが。

「い、嫌だわ、誰が話したのかしら、男君に。──いえ、あの方々これから中宮さまにご挨拶するのだからわたしたちではありませんよ」

藤命婦が気まずそうに言いわけをした。

「そもそも、弘徽殿の方からいらしたようで」

「清涼殿からいらっしゃるとそうなりますね。弘徽殿で誰か噂しているのでしょうか。督の君の朝帰りは誰かに見られたかもしれませんが、誰のもとに通っているなんて教えた者でもいるのでしょうか。承香殿にそんな口の軽い者がいるなんて」

「まあこっちでも弘徽殿に天狗がいるの何のと好きなことを言ってるのだけどね……」

いっそ気絶していればそのまま休息したのだが、げっそりとして気勢を削《そ》がれただけで何とか動けるのが逆に恨めしかった。

こうなったら一刻も早く解決して明日には邸に帰ってやる。優しい夫とかわいい子供たちに囲まれて暮らす幸せな賢夫人《けんぷじん》に戻るのだ。後宮で妖怪《ようかい》退治なんか二度としないしあんなふしだらな男は知らない。祈禱でも受けて助平根性を叩き直してほしい。

──藤壺中宮は桐壺帝が崩御《ほうぎょ》していよいよ光源氏が恋慕を露《あら》わにするのに絶望して、恋心が消えるように僧都に祈禱をさせたとか。僧都では光源氏を改心させるには至らなかったようなので、こちらはもっと格上の大僧正、叡山の座主《ざす》に頼もう。

今度こそ柑子を持って弘徽殿に。南庇《みなみひさし》や東の孫庇に御簾が下ろされ、端から無数に女房装束の衣の袖や裾が出ているのに忍は息を呑んだ。

——これが物語に名高い弘徽殿の簀子縁。

帝のお召しがあった妃は女房を何人も従えてここを通り、清涼殿に渡って寵愛を受ける。弘徽殿の女房たちは何十人も寄り集まってその行列をこの御簾越しに眺めるが、少しでもみっともない、妃に相応しくないところがあれば聞こえるように厭味《いやみ》をささやく。弘徽殿女御以外が寵を得るなどあってはならない、世が乱れると妃の方を責め立てる。

その視線、言葉の刃のあまりの鋭さ苛烈《かれつ》さに下位の妃たちは寵愛の喜びと人の嫉妬《しっと》の狭間《はざま》で引き裂かれ、心を病んでしまうのだ。光源氏の母、桐壺更衣はそれを苦にして死んでしまうほどだった。女三界に家なし、三千大千世界はいずこも苦界と言うがその中でもとびきり麗しい地獄がこの弘徽殿の簀子縁。

いや忍は后妃などではないただの新入り女房なのだからそんな目に遭わないが。たった今、それよりよほどひどい目に遭わされたような気もする。

「今日は一層人が少ないのねえ」

と藤命婦が軽く言うので更に戦慄《せんりつ》した。御簾の幅、衣の裾の数から見るに二十人、もしかしたら三十人もいるのでは？　日常だと感覚が麻痺《まひ》するのだろうか。

「もうし、承香殿より参りました」

妻戸は開いていたが藤命婦はわざわざ声を上げた。女房たちが来る気配を感じ、忍は目を伏せた。

「どうも皆さま、御機嫌麗しゅう。こちらは承香殿の新参者で陸奥と申します。人手が足りなくて臨時で来てもらうことになりました」

「以後、お見知りおきを」

藤命婦に続いて挨拶をする。——よかった。人見知りになっていたらどうしようかと思った。女が相手なら声が出る。

「中宮さまから柑子をさしあげよとのおおせにございます」

「これはわざわざどうも。そのような些事《さじ》、はしたの者に任せればよいのに」

「陸奥の君のお披露目も兼ねているのです」

誘われるまま戸口をくぐって中へ。ええと、ここが南庇で、母屋？　馬道《めどう》？

女嬬たちが柑子の器を受け取って持っていった。やっと顔を上げる。年かさのいかめしい女房と若い女房の二人が前にいた。姿を現しているのはその二人だけで、御簾や几帳の陰には何人いるのやら。

弘徽殿も承香殿も御簾や壁飾り、屏風に衝立、几帳や畳の豪奢さは大差なかったが、こちらは練り香の気配が消えんばかりに護摩の匂いが立ちこめ、僧都のいかめしい読経の声が響いていた。裏手の北庇で護摩を焚いているらしい。人数がいるわりに女の声がほとんどしないのは読経の声でかき消されてしまうのか、この雰囲気ではとてもお喋りなどする気分ではないのか。

「祈禱の声が賑やかでございますね」

何の気もなく忍はつぶやいた。

「弘徽殿女御さまの身に何か？　おめでたですか？」

途端、年かさで額の広い方の女房が声を荒らげた。

「何と無礼なことを申すの！」

「……え、無礼ですか？」

忍は呆然としてしまったが。

「何をいらだっておられるのです、中務《なかつかさ》の君」

藤命婦が割って入った。

「陸奥の君は思ったことを口に出しただけではありませんか、少々あけすけではありますが。お具合が悪いのかと申すと不吉ですからめでたいことかと聞いたのではないですか」

「承香殿のお方は遠慮がないのね。不躾ではないの——」

そこから藤命婦と中務の摑み合いにならんばかりの激論が始まってしまった——

「物語でお妃同士は仲が悪いことになっているだけで当世では意外に承香殿と弘徽殿は仲がいいのだろうか」とも考えたのだが、想像通り仲が悪かった。忍が何も言わなくても揉めていたのではないだろうか、この二人。

ということは承香殿の女房がこっそり弘徽殿の者に〝督の君と陸奥の君〟の噂を流した

わけではない。では衛門督や純直の情報源は一体誰だ。

中務の横にいた女房がすっかり置き去りにされ、割って入るにも入れずおろおろしていたので、そちらに声をかけることにした。

「……何か大変なことになっちゃいましたね」

「まあ、いつものことですよ」

彼女は力なく笑った。名は駿河《するが》の君と言うらしい。

「実際、この御修法は何なのでしょう。こういうのは聞き慣れなくて気になって」

「犬が死んだせいか、女御さまのお調子がすぐれないだけです」

承香殿の者に体調不良と思われた方がましな読経やまじない――やっぱり呪殺なのだろうか。この声を聞いていても天狗の姿が見えそうな感じはしない。

そんな折。女房が先触れの声を上げた。

「大宰大弐《だざいのだいに》さまが女御さまにご挨拶にいらっしゃいます、皆さま、お支度を」

「大弐さま⁉」

その名を聞いた途端、駿河の君が顔を赤らめた。それを中務の君が叱りつける。

「何をしているの、大弐さまをお迎えしないと！」

と叱責し、自分は女御のおわす母屋の御簾の方に向かう。駿河の君は、あたふたと几帳の位置など整え始めた。

忍はどうしようかと思っていると、藤命婦に袖を引っ張られた。

「まあまあ陸奥の君、今度こそ見つからないように。皆さま、お邪魔しますよ」

と奥の御簾のそばの几帳の陰に忍を引っ張っていき、座らせてくれた。隣の几帳の陰にも女房がいて扇で顔を隠していた。その隣も。建物の中心に近いほど上座、庭に近いほど下座となっている。女御のおわす御簾のうちが一番の上座。端の方とはいえ御簾のそばに座るのは少し恐縮した。真正面が東庇、御簾からたくさん女房の衣の裾が出ている。

「こんなところにいていいの」

「こんなに人がいないんじゃわたしたちで賑やかしてやった方がいいんですよ」

藤命婦が意地悪げな笑みを浮かべた。――人がいないって。確かに承香殿に比べると几帳の陰にいる女房は少ないが、女御に恐縮して東庇や孫庇に控えているのだろう。東庇の中は几帳が立ててあって見えないが、その裏に何十人といるはずだ。やはり中宮の威光を笠《かさ》に着て高飛車なのでは、この人。

「大宰大弐さまとは?」

聞いたことがあるような、ないような。祐高とそう親しいわけではないと思う。

「大宰府の長官は親王殿下、帥《そち》の宮さまと決まっておりますが、実際のお役目はこれからいらっしゃる大宰権帥中納言《だざいのごんのそちちゅうなごん》さまです。宮さまに代わってお勤めをする次官です。承香殿にはあまりいらっしゃらないのにこちらにはおいでになるのですねえ」

などと言っていると、読経の声まで止まった。藤命婦と忍も喋るのをやめた。

静まり返った殿舎に黒の文官の礼装を引きずって、三十手前ほどの公達が踏み入ってきた。やはり見かけない顔だ。彫りが深くて男らしいが何となく目つきがうさんくさい。あれはあれで好みだという女はいるのだろうが、検非違使別当は務まるまい。

よその男君を几帳の隙間から必死に見るのも何だ。忍は目を逸らし、慎《つつし》み深《ぶか》く扇で顔を隠した。

「女御さまにおかれましてはご機嫌麗しゅう――」

男の声が喋るのだけが聞こえる。時候の挨拶など聞いても大して楽しいものではない。どれくらい聞こえるものかわかったので、ひそひそと藤命婦にささやいた。

「太宰府の……筑紫《つくし》にいらっしゃるのかと思ってたわ」

「去年戻ってらっしゃいました」

「どうしても太宰府と聞くと流刑のようね。菅原道真《すがわらのみちざね》公以外にも何人か流罪を賜った方がいたような」

「それで権帥の役職名を嫌っている方もいらっしゃるとか。――大弐さまは本当に流罪という噂もありますが」

「え、どういう――」

突っ込んで聞こうと思ったとき――

悲鳴が上がった。男のものだった。勿論今、この場に男は一人しかいない。

忍が少し几帳をめくると、信じられないものがあった。

真っ赤な影が男の背後から突き倒してのしかかっていた。不吉なほど赤い衣をまとい、長い髪は女のようだが顔は赤く頭に尖った二本、いや三本の角が見える。

何か飛んだ。床に転がったのは冠。

「な、な、何奴《やつ》!」

大声を上げるが背中に乗られたのでは抵抗もできず――髻が半分ほどけていた。

途端、忍の目の前の几帳がばたんと倒れた――藤命婦がもろともに倒してしまったのだった。彼女は驚きすぎて失神してしまったらしく、そのまま床にくずおれている。忍も扇を取り落としていた。

「ひっ――」

小さく声が漏れて――気づいた鬼がこちらを見た。真っ赤な顔は人のものとは思えず、ぎらぎらと瞳だけが光っている。

目が合った。

鬼が口を開けた。歯は人と同じようで牙が尖ったりはしていなかった。

忍は動くことができない。ただ汗が背中を垂れていくのを感じた。目を逸らすと殺されると思った。

「誰か、誰か助けてくれ! 鬼、鬼だ!」

大宰大弐が喚いている――それで鬼の顔がよそを向いた。忍はどうすることもできず、袖で顔を覆った。顔を隠せば鬼が見逃してくれる、そんなはずはなかったがついそうしていた。他に何ができると言うのだ。

みしみしと床が軋《きし》んだ。――馬鹿な。まさか。気配がこちらに近づいてくる。

わたしには家に三人の子と夫が。今死んだら乳飲み子の二郎に忘れ去られてしまう。太郎や姫にも忘れられてしまうかもしれない。

それに、今死んだら。

――今朝の「じゃあまた」が夫との今生の別れになってしまう。もっとぐだぐだ「別れたくない」と言ってもらえばよかった。

そのとき。

「失礼します、天文博士でございます！　今の悲鳴は何事ですか！」

違う男の声がした。助けが来たのだ。

はっと袖から顔を上げる。鬼の姿はもうなかった。

代わりに先ほどまで大宰大弐のいたところ。女御の御簾前の畳。そこに。

――薄様の短冊が何枚も舞っていた。

引きちぎられたようで、歌のようなものが書いてある。

きっとあの途中までしかない歌で。

全て桜花の筆跡で。

「お、陰陽師！　助けてくれ、鬼だ！　赤鬼だ！」

大宰大弐の声で目を動かす。

妻戸の開いたところにかの天文博士が。髻だけでなく装束もすっかり乱れた大宰大弐が、腰が抜けたのか這いつくばったままその足許《あしもと》にすがった。

「にょ、女御さま！　女御さまはご無事ですか！」

先ほどの中務の君が叫んでいた。

「弘徽殿女御さまに大事ありません。ただ恐ろしいものをご覧になって大変ご気分を悪くなさっておいでです。何という」

とすかさず答える声は、御簾のうちで女御の代わりに口を利く女房なのだろうか。普段は威厳《いげん》があるのだろうが、今は少し声が震えていた。

「お、鬼が。赤鬼が現れて消えました。こう言っておりました。〝不敬は許さぬ。弘徽殿に穢れあれば幾度でも現れよう〟と」

……そんなことを言っていただろうか。気が遠くなって聞き逃したのか、鬼の声は霊感のある者にしか聞こえないのか？

「て、天文博士、鬼の逃げた先を調べなさい。女御さまをお助けなさい」

「勿論です、お任せあれ」

天文博士はすぐさますがりつく大宰大弐をやや雑に振り払って下長押《しもなげし》を跨いだ。足音も立てずに目を伏せ、東庇の御簾のそばを歩いてゆくのは女御の命令があったとはいえ敬意を払ってなるべく遠ざかっているのか。頭を振ってぐるりを眺めた。

「なるほど、姿を隠しておりますが強い邪気を感じます。逃げ去ったのでしょうがまた現れます。すぐにも術でもって居所を突き止め、調伏いたしましょう」

重々しくうなずくが――こちらを見たときに目が合った。

「……そちらの方はご無事ですか？」

それでふと忍は我に返った。藤命婦が倒れている。

「藤命婦さま、藤命婦さま、しっかり」

小声で呼びかけながら身体を揺さぶる。命婦は五位で位ある女官、下位の男に触れさせるわけにはいかない。

反応はない。よもやと思い背中に耳を当ててみたが、胸の中はいろいろ賑やかだった。息はしているし心の臓も動いている。少しほっとした。

天文博士の方を見た。――声が出ないので、うなずいてみせた。伝わっただろうか。天文博士もうなずいた。

「……藤命婦さま？　承香殿のお方がこんなところに？」

首を傾げていたが。それで首を傾げながらつかつか歩み寄ってくる。

――通りかかったものだから。弘徽殿女御さまにご挨拶もなく失礼とは思いましたが、わたくし昨日来たばかりの新参でありまして、古参の藤命婦さまがおっしゃることには逆らえず――

言いわけは思いつくものの、男の顔を見ていると声が出ない。――弘徽殿女御はこんなことになっているのに承香殿の新参者などに興味があるか、とも思う。

果たして、天文博士はすぐそばで立ち止まった。顔をしかめているようだった。

「……承香殿……これはいいのか悪いのか……」

何やら小声でぶつぶつ言った後。

藤命婦のそばにひざまずいた。

「自然と目が醒めるまでは休ませてさしあげた方が。もう少し落ち着く場所に寝床を調えて、そちらに。——鬼の邪気にあてられてしまったのですね。目を醒ましたら邪気祓いの薬湯をさしあげましょう、大丈夫ですよ」

とても親切に声をかけてもらったが、やはり返事はできなかった。うなずくだけだ。

——男の髻を見たり男に声をかけたりしてしまった。特に髻。男君はそこを冠や烏帽子で隠すもので夫でもない人のものを見るなんてあってはならないことのはずなのに。恥ずかしくてこちらが倒れそうだ。

そういえば、東庇が静かだ。あんなに人がいたのに。御簾と几帳とで隔てられているとはいえ、この騒ぎで誰か慌ててはいないのか？　藤命婦のように倒れてしまった人は他にはいないのか？

混乱して思考がまとまらないでいると。

「——いけませんね、見に来てはいけないと言ったのに」

不意に、近くで天文博士がつぶやくのが聞こえた。

横目でそちらをうかがうと、笑っていた。こんなときに。

真面目にしていても笑っているようにみえる顔なのだと思おうとしたが、はっきりと酷薄に唇を吊り上げていた。

——姦物《かんぶつ》。

5

「忍——いや陸奥の君。開けてくれないか」

祐高が襖障子の前でごにょごにょ言っていたのは、忍が今日は掛け金を下ろして書き物をしていたからだ。開けようとごそごそしているのには気づいていたが。

「来世はともに極楽浄土の蓮《はす》の上に生まれ変わろうと誓い、三人も子を産ませた妻を古衣のようと切って捨てて新しい女に走ったらしいわね、別当さま。今日こそはわたし、考えごとをしたいんだから邪魔しないでくださる?」

「——ゆうべは悪かった、普段しないことをしたものだからたがが外れてしまって、わたしらしくもなく」

おずおずと言う声が気弱げだ。

「反省している。今日は何もしないから。心配で顔を見に来ただけだ。弘徽殿に鬼が出てあなたもそこにいたというではないか。大弐さまが襲われて寝込んで女御さまも里に下がると大騒ぎで。しの……むつ……あなたは大丈夫なのか」

「——まあいいわ。一人で考え込むのは行き詰まってきた頃合いだし」

いや、「恐ろしゅうございました、吾が君」と取りすがってもよかったのだが。

昨日があれで今日そんなことをしたら〝督の君と陸奥の君の物語・巻の二〟が展開されてしまう。何でもかんでも話を早く進めてはいけないのだと思い知らされた。

筆を置き、膝行って襖障子の掛け金を外してやる。

祐高は冠直衣の宿直装束だった。忍が手ずから縫って仕立てたものだ。暇だとたまに手を動かしたい気分になり、よい女君は男君を見目よく着飾らせるものと信じて仕上げたものだ。検非違使の別当は身なりがみっともないとなれないと噂に聞いたことがある。狭い戸口を潜るのに、冠が引っかかるらしく背を丸めていた。

改めて見ると、顔つきに尖ったところがなく目つきがまっすぐで穏やかで人が好《よ》さそうで実際、人が好い。この顔で性根が小ずるかったら耐えられないところだ。不安そうな目は本当に心配しているようで。

膝行って畳に戻り、脇息にもたれる。祐高は向かいに座ったが畳の一番遠いところを選んでいるらしい。思ったより反省しているようだった。

「ここ、話し声が全部筒抜けだから今日は小さな声で話して。綾錦と黄金の車とか皆知ってるから」

「み、皆、知っ」

途端、顔が真っ赤になった。

「面白がられているわよ。――鬼は横を通ったけどかじられたりしてないわよ」

「よ、横を通っ」

「無事よ、手足はあるし。失神もしなかったし。夕餉もいただいたし。うっかり二郎のことを思い出して乳が張っちゃって、さっきまで搾っていたくらい元気よ」

「よ、よかった、無事で何よりだ。いや本当に大変なのだぞ、今日は近衛の宿直があちちで弓の弦《つる》を打っているからここに来るのも一苦労で。わたしも兵衛府の長官として弦を打ってきたのだぞ」

焦ったり驚いたり安堵したり忙しく、口許を押さえてため息をつくのだから。――武士が弓の弦を引いて打ち鳴らすのは由緒正しい物の怪祓いの作法。妻の具合が気になっただけなのに内裏の安全を祈願して大真面目に弓の弦を鳴らしていたのかと思うとおかしい。

「――いや本当に。わたしもなぜだか純直に叱られて反省して」

「純直さま?」

「わたしが承香殿を出て朝帰りするのを見た者がいたとか。不貞だとなじられた」

何だ。そっちも怒られていたのか。溜飲《りゅういん》が下がった。どうして二人して純直に怒られなければならないのか、それはそれで不思議だが。

「まあ、誰が見たのかしら。しかもそれを純直さまに告げ口した人?」

「そうそう、純直は内裏女房とつき合っているそうだ。承香殿の者なのだろうか。あれはまだ独り身だが結婚などするのだろうか。気になったが聞きそびれた」

「次会うときに自分でお聞きなさいよ」

「そうする。子供に見えてもあれも男だったのだなあ、何だか寂しい」

「純直さまでそれなら姫が妃になったり聟君を迎えるようになったらどうなってしまうのかしら、この人」

忍が軽く言うと、祐高は目を見開いてのけぞった。

「……姫は妃にならなんだらあの邸に聟を迎える⁉」

「十年以内にね。何のために邸に東の対を作ったのよ。──それはいいから」

「よくない！」

「大宰大弐ってどんな人？　うちに遊びにいらしたことある？」

「……大弐さまか」

途端、祐高の表情が曇った。言葉の歯切れも悪い。

「大弐さまと弾正尹大納言さまは兄上の友人で……わたしは苦手な人たちで」

「それって女好きって意味？」

忍が尋ねると黙ってしまった。──祐高の兄、祐長の北の方とはよく文を交わし、会いもするが、大体が女遊びで苦労しているという話になる。最終的に「真面目な夫を持った忍が羨ましい」というところに落ち着く。

「なら女の恨みを山ほど買っているのね」

「……え、あ、まあ」

「鬼の扮装《ふんそう》をして襲いかかって脅かすような女がいてもおかしくはないのね」

「扮装？」

祐高が目を丸くした。

「あの鬼、とても恐ろしく見えたけど――人だったのではないかと思って。大弐さまは襲われたけど喰い殺されたわけではなかったし、藤命婦さまも寝込んでいるけれど薬湯で落ち着かれて、びっくりしすぎて人事不省に陥《おちい》った、で説明がつくし」

「人だと？」

「顔を赤く塗って鉄輪《かなわ》をかぶって髪を振り乱して襤褸《ぼろ》をまとって」

そもそも三本角の鬼など聞いたこともない。

「それは恐ろしかったけれど変装でどうにかなるわ、宙に浮いていたとか胸に口があったとか手足が八本あったとかではなかったわ」

忍は料紙を差し出した。弘徽殿の母屋を図に描いてみた。

「わたしの斜め後ろが馬道だったのよ。空中にかき消えたのではなく、馬道から西庇に出たんじゃないかしら。わたしのそばに近づいてきたの、馬道を目指しただけだったのよ」

あのときは恐ろしかったがかえって今、冷静になってしまって妙な気分だ。

「――何よりわたし、よく考えたら桜花に祟られるような筋合いがまるでないわ！　いくら怨念《おんねん》でわけがわからなくなっていてもわたしを見たら我に返って綺麗な桜花に戻ったんじゃないかしら！」

「そ、そうか……？」

祐高は疑わしそうだったがこれだけは断言できる。

「現れたときは見ていないけれど、大弐さまに背後から襲いかかって。大弐さまは男の方だものね。真正面から襲いかかったら反撃されて恐ろしいから背中から打ちかかったのよ。臆病者の鬼だわ」

「しかし天文博士は鬼だと――」

「それよ。あの男、何かたくらんでいるわ。鬼の他に天狗がどうとも言っていたし」

忍が断言すると、祐高はうつむいてどんよりとした。

「まあ、気持ちはわかる……あれは何か心から信じられないところがあって……」

「きっとあそこに鬼が出ること知ってたわ。おかしな話をしていたし、あのとき北庇側から入ってきたの」

「北庇？」

「弘徽殿は主上のおわす清涼殿のすぐ北、承香殿はその南東。弘徽殿を通らなければ清涼殿と承香殿を行き来できないのでしょう？　わたしたちは承香殿側の渡殿から南庇に入ったのだから、天文博士もそちら側から来るのではないの？」

「よその殿舎で用事をしていたのではないか？」

「北側の殿舎には后妃がいらっしゃらないわ。どこへ行くにも南庇を通るのよ」

「后妃がおわすところしか使っていないわけではないが……まあ男が陰陽師に用をさせるなら自分の邸で、後宮で呼びつけるものではないかな。そもそも天文博士は弘徽殿で祓い

弘徽殿見取図

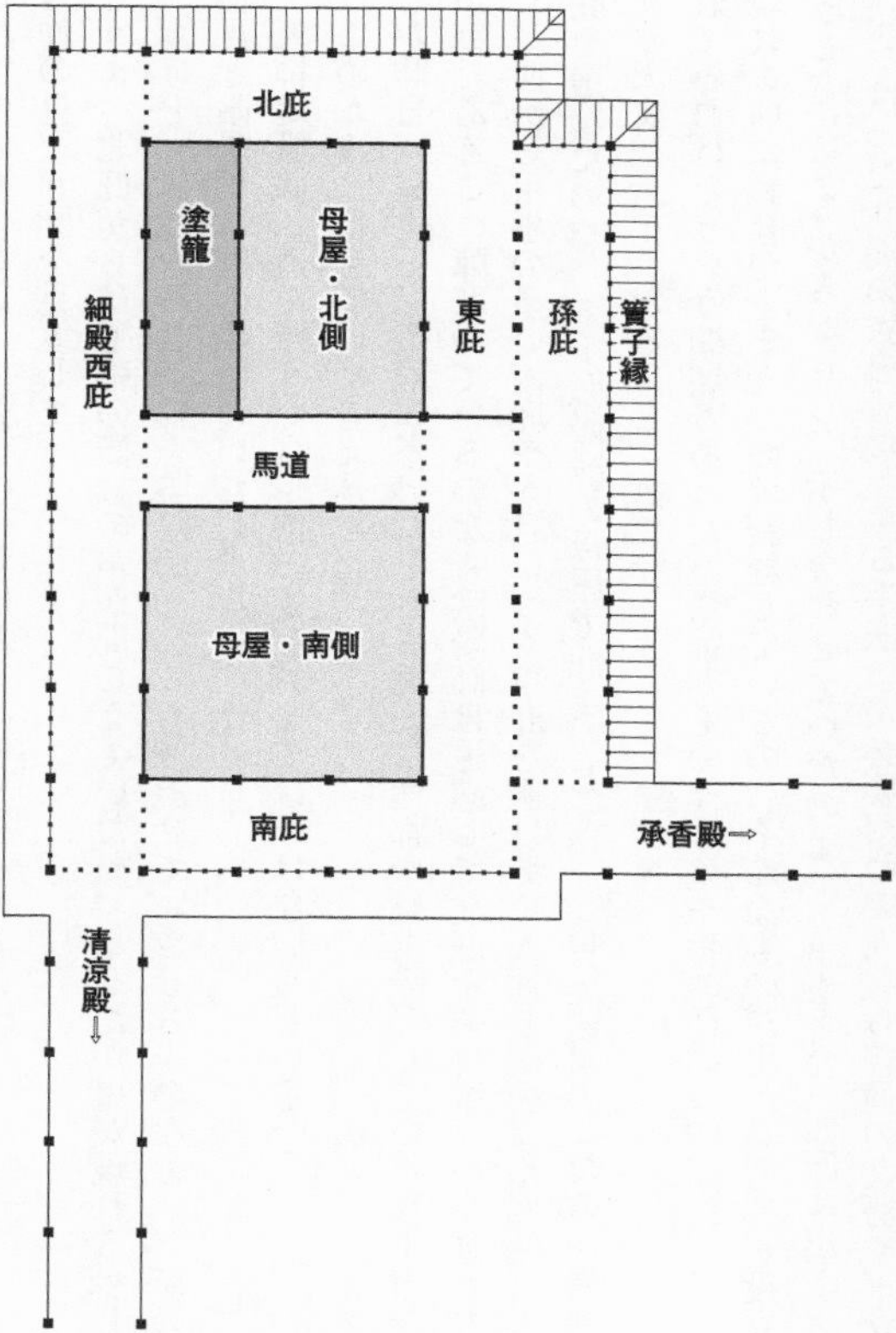

北庇
塗籠
母屋・北側
細殿西庇
東庇
孫庇
簀子縁
馬道
母屋・南側
南庇
承香殿⇨
清涼殿⇩

を行うために後宮にいたのだから、弘徽殿に控えていたのでは？」

「その前に承香殿に来ていたのよ、弘徽殿のついで程度の用事だったんでしょうけど。それがわざわざ他の殿舎を通って弘徽殿の北庇側まで回り道をする？」

忍は自作の見取り図を見直して——

「——そうよ。北庇からは僧都の読経の声が聞こえていたわ、なぜだか鬼が現れる少し前に止まったけど。御仏を拝む僧都と陰陽師とをごちゃ混ぜでいさせるものなの？　産の儀式では僧正と陰陽師は別の場所にいたじゃないの」

「ああ、天神地祇は仏道を嫌うから仏僧の姿を見せてはいけないらしいぞ」

祐高はこめかみに指を置いて考え込んだ。

「わたしが昨日、兄上と弘徽殿に参ったときも北庇に僧都がいて読経していたな……確かに僧都が毎日あそこに陣取っているのなら陰陽師は遠慮して北庇を避ける。いや逆だな、僧都たちが何かと用事の多い南庇や人目につく東庇を避けて、人通りが少なく邪魔にならない北庇を選んだのだ。——弘徽殿の母屋で悲鳴がして、一番に顔を出したのが僧都の伴《とも》僧でなく天文博士？　なるほど、妙だ」

言われてみればそういう問題もあった。僧都とその伴《とも》も鬼や物の怪の専門家だ。

「鬼が現れる前に読経が止まったのは読経しているのにそんなものが出たら僧都が役立たずということになるからかしら。示し合わせていたのよ。——それに西庇に出てきた〝鬼〟の顔を拭ったり別の衣を着たりする手伝いが必要だわ。人なら普通の女房や下女などに紛れるよう着替えなければ。僧都たちが手伝っているのをごまかすのに、天文博士がそれらしい話をして時間を稼いでいたんだわ」

「しかしなぜ僧都ともあろう方が鬼を弘徽殿に出現させる猿芝居に加担など」

「――女御を驚かせて里下がりさせたかったんだわ」

「何と？」

「桜花がいじめられていたんじゃないわ。いじめられていたのは女御よ」

忍は自信満々に言い放った。


「大弐に背後から襲いかかったということは、鬼は東庇の御簾をめくって出てきたのだわ。東庇、孫庇には少なくとも二十人からの女房が詰めていた。几帳の陰で鬼の姿に着替えたとして、二十人の女房たちが気づかないはずがないじゃないの」

「……二十人」

祐高は思いも寄らないという顔で目をぱちくりさせていた。

「二十人の女房たちが結託して、女御を脅かすために鬼を出現させた、と？」

「鬼の騒ぎの間、東庇からは悲鳴も何も出なかったのよ。静まり返っていたわ。鬼に操られてぼうっとしてしまっていた――としたらわたしもそうなっていたはずよ。僧都と同じようにこちらも示し合わせていたとしか考えられないわ」

弘徽殿の庇の女房たちが見つめる先は京で最も麗しい地獄。

その視線が簀子縁ではなく、振り返って女御の母屋を見つめているところを考えると、忍は鉄輪をかぶった鬼などよりよほど恐ろしいと思う。

いや。

「天文博士の術で二十人の女が一斉に生きながら鬼に変わり、騒ぎの全てを冷静に見ていたのよ」

祐高は表情に締まりがなく、全くぴんと来ない様子だった。

「ええと、なぜ弘徽殿女御の側近たちが女御を里下がりさせようと？」

「それよ。――承香殿の皆さまに聞いたのだけれど、大宰大弐は二年も太宰府にいたそうね。表向きは公務だけれど実質、流刑だと」

忍は声をひそめた。

「――高貴の女君と許されぬ恋をして、太宰府に流されたとの噂よ」

純情な夫は想像がつかなかったのか、笑ったような顔をした。

「まさか忍さまは、それが弘徽殿女御だと」

「ええ。赦《ゆる》されて戻ってきたけれど、相変わらず女御さまに言い寄って。弘徽殿の女房たちとしては気が気でないじゃないの。――天文博士の言っていた〝天狗〟とは染殿《そめどの》の天狗のことだったのだわ」

「染殿？」

「染殿の后。昔の人よ。染殿って場所に住んでいた大臣の姫」

——鬼の話はたくさん知っているが、忍はこれが嫌いだった。下品だから。

「帝の后は数多《あまた》あれど大昔のこの人が最も美しいと伝えられて、東宮をお産みになったけれど、物の怪に憑かれて病になって。それで山奥で修行して験力《げんりき》を得た聖人《しょうにん》を呼んで祈禱させたら、聖人が垣間見た后のあまりの美しさに乱心し、御帳台に押し入って愛欲に溺《おぼ》れて。当然聖人は捕らえられ縄を打たれたけれど、憤死して験力で天狗となった。天狗となってからは身の丈八尺の漆を塗ったような真っ黒な大男になって牙を生やした。こうなるともう人の力では縄で縛ることもできず、天狗は心の赴くまま帝の御前で后を犯した。后を御簾から引きずり出して大臣たちの面前で憚《はばか》りもなく見るに堪えないことをしたと」

祐高はその話に相槌一つ打てずにいた。

「天文博士や僧都が調伏していたのは染殿の天狗だったのだわ。藤壺中宮も光源氏の恋心を消すために、僧都に祈禱をさせたものよ。此度、祈禱させていたのは弘徽殿の女房たちだったわけだけれど。女房たちは大弐と女御の道ならぬ恋を知って、自分たちの失態として島流しなどにされるのではないかと焦って桜花に相談をして。でも桜花は女御側の誰かに始末されてしまった。——それで皆で〝祟り〟を起こすようになったのだわ。ことあるごとに〝葛の葉〟の歌の短冊を撒《ま》いて、乳母の伏見まで里に追い返して。御簾のうちの女房によると鬼はこう言っていたそうよ、〝不敬は許さぬ。弘徽殿に穢れあれば幾度でも現れよう〟と。鬼のくせに真面目で修身の手本のようなことを言うのね。——言っても聞かないのだから、主上に背く不義密通は鬼が赦さないということにしたのではないの」

忍は熱く語ったが――そこで祐高は限界が来たようだった。

ぶっと吹き出し、げらげら笑い出した――大声を上げてはいけないと思い出したのか口を押さえたが、止まらない。軽く畳まで叩き始めた。

「何がおかしいの?」

忍は大真面目なつもりだったのだが。

「いや、あの、ええと、何から訂正すればいいのか」

ついに涙まで流すのを手のひらで拭っていた。

「本当に忍さまは、世間にすれているのか世間知らずなのかわからない。耳年増もそこまで行けば大したものだ」

「わたしが世間知らず?」

「鬼が弘徽殿女御さまを脅かすなら、わざわざ馬道に逸れずともそのまま御簾のうちに押し入って調度を蹴倒《けたお》すなどして、塗籠から西庇に出ていけばいいのではないか? 内大臣邸の三の君の寝所のように、弘徽殿の母屋も女御さまの背後に塗籠の枢戸があり、妻戸から西庇に出られる。女房は全てぐるなのだろう? 二十人もいれば塗籠の錠くらい開けられないか?」

「それは流石に畏《おそ》れ多《おお》いんじゃないの?」

「公卿ともあろうお方の冠を引きむしって辱めておいて女御さまには畏れ多いも何も。忍さまは何か都合よく解釈してはいないか? ――女御さまは王典侍さまを始末する力があるのだから女房たちは震え上がって何もできないのでは？」

「それはそうだけど、窮鼠《きゅうそ》猫を噛むとも言うじゃないの」

「二十人もいたら窮鼠とは言わぬ、一揆《いっき》だ。やけくそならば女御さまにも何かすべきであろうよ。あるいは馬道を通って西庇に出ずとも、東庇に戻って仲間に紛れてしまう方が早かろうが。僧に顔を洗う手伝いなどしてもらわずとも、女房同士で着替えさせてもらったりすればいい」

「それは、これから理屈を考えて――」

「――いや、わたしの方は合点《がてん》がいったぞ」

「合点って何？」

忍が尋ねると、祐高は急に真顔になった。

「天狗と修身を説く鬼とな。――大弐さまは太宰府に流されてなどいない。京を離れたことなど一度もない」

それで忍は呆然として頭の中が真っ白になってしまった。

「……太宰府の長官じゃないの？」

「遥任《ようにん》だからな」

「遥任？」

「各国の国司で領地に一度でも行くのが受領、全く行かないのが遥任。受領でも任期は四年だがひと月やふた月、行っただけで帰ってくる者もある。国司の大半は名前だけで、領地を治めるのは現地の役人だ」

「い、行かないの？」

「常陸宮さまだって常陸国に行かない」

――そういえば桜花の父は一度も常陸になんて。いや、でも。

「宮さまの代わりに大宰権帥が行くんじゃないの？」

「昔の話だ。今は大弐すらも部下を派遣して自分では行かない。太宰府に赴くには船に乗らなければならないからな。船は急な嵐《あらし》で沈むやもしれん、命懸けだ。よほど肚《はら》が据わっていなければ。東《あずま》は船でなく徒歩だが、陸路だと今度は賊に襲われる。受領は年貢米などを山と持っているから帰りは特に狙われる。京の外は人の形《なり》をした鬼の棲処《すみか》だ。宮さまや公卿が行くなどもってのほかだ」

「藤命婦は行って帰ってきたんだって、二年ほど前に。承香殿の皆さまもそう」

「それは大弐さまが自ら吹聴《ふいちょう》しているからだ、二年の間、太宰府に赴いたと」

「は？」

祐高は深々とため息をついた。

「あの方の手なのだ。悲恋でひどい目に遭った、わたしは不幸だ、せめてお前だけでも慰めてくれと言って女を口説くのは。――あのな。そもそも相手が妃でも、今どき公卿が不義密通如きで太宰府に流されるなどありえないぞ。大臣さまの令息を殺めるか帝室に弓を引くかくらいなければ。むしろ妃の不義密通などおおっぴらにできるか。女が世間知らずと思って舐めているのだ」

その口調は苦々しげだった。

「女房二十人が結託して女御さまに反旗を翻《ひるがえ》したとのことだが——そもそも女御さまと通じるには女房の手助けが必要ではないか。わたしがここに来るのに、承香殿の皆さまがどれほど裏工作をしたか。人少なな昨日はともかく今日などは鬼の騒ぎで近衛の宿直が山ほどいたから大変だったぞ。忍さまはじかに鬼に見《まみ》えたのだから怯えている、慰めてお守りせよと女房の皆さま方が親切にしてくれたからよかったものの」

「そ、そんなことになっていたの？」

「局に入れてもらえなかったらどうしようかと思った。——わたしはこういうことが苦手だ。忍さまと結婚した初めの頃も邸の者たちに無視されるのが何とも落ち着かなかった。お膳立てをされていてすら居心地が悪いものだ。——二十人も結託していたなら不義密通を防ぐのはたやすい。皆で戸締まりして、人が来たら大声を上げて武士を呼べばいいだけのこと。不倫などと言わずとも誰かひきつけを起こして悲鳴を上げて悶《もだ》えていれば、すわ物の怪の仕業かとなって逢瀬どころではなくなる。滝口の陣はここだ」

見取り図の外を指さす。弘徽殿から清涼殿に向かう通路の少し上。

「逆なのだ。女御さまと通じるならば、女房の一人や二人だけをその気にさせてこっそりと動かさねばならぬ。皆に露見するようでは大弐さまも身の破滅だ。大宰権帥どころか密かに出家させられ死んだものとして鬼界ヶ島に流されてしまう」

「鬼界ヶ島ってどこ？」

「知らぬ。——いや、女御さまと大弐さまの不義密通自体は本当なのだろうな。若くて気の弱そうな女房を一人捕まえて〝あの方は昔はわたしを愛していると言ってくれたのに今は妃の位に収まって玉の台《うてな》にお住まいに。もうわたしなどに見向きもせず。あの方のためにわたしは太宰府まで流される羽目になったのにあんまりだ〟とでも泣き落としてかき口説いて戸口の錠を開けさせる。女御さま本人にお声などかけず。あの方はそういうことをする性分だ。主上のお耳に入っていないだけで前斎院さまに無理に迫って孕ませたという噂もある。斎院は主上に代わって賀茂大神に仕え、その加護をもって朝廷を守る巫女で皇女だぞ。その身は清くあらねばならぬ、退いた後も主上の許しがなくば結婚もできない。——そこに手を出すなら次は女御さまであろうよ」

それで忍は息が詰まった。若くて気の弱そうな——頭によぎったのは駿河の君だ。

「……弘徽殿女御は、大弐に手籠《てご》めにされたと言うの？」

「それは恋歌のやり取りくらいしていたかもしれないが、結局、最後の一線を越えるか否か決めるのは男の方だ。皆、色よい返事がもらえなくて業を煮やしたら多少無理矢理にでも寝所に押し入ってしまうものらしいぞ。騙し討ちのようなことをして、隙のある女が悪いと言って。その後で気に入ったとか入らないとか。男同士の話はそんなものばかりだ」

語る声が暗い。——彼はあまり、兄の話をしない。友人の話も。純直くらいだ。

「京の女は皆、お高くとまって愛想が悪いだけでその実は嫌よ嫌よも好きのうち、男が空気を読んで強引に話を進めてやるものだと。それが恋愛というもので、女を歓《よろこ》ばせるということだそうだ。――その機微が読めないわたしは変わり者の木石だ、北はそんなにいい女かと流されてしまう。わたしには色恋の話はわからない……」

祐高は彼らしくもなく力のない目で空中を見ていた。

「鬼が大弐さまだけ襲って女御さまには手を触れず近づきもしなかったというのはそういうことではないのか。大弐さまを背後から襲ったのは反撃を恐れたのもあるが、その醜態を御簾のうちにご覧に入れるためではないか」

御簾のうちは、弘徽殿で忍が見ることのなかった場所――

「窮鼠が猫を嚙んだとすれば、鼠《ねずみ》は御簾のうちにいらしたのではないのか――女を手ひどく扱うといつか化けて出るぞと男にまで噂されていたが、そうか。王典侍さまが弘徽殿女御さまに代わって化けて出たのか……」

そのうつろな目は、八年連れ添ってきて初めて見たものだった。

「――忍さま。弘徽殿の東庇に二十人も女房はいなかった。弘徽殿に今いるのはせいぜい七、八人だ。わたしと兄とで参じたときはそうだった」

それは忍の想像を絶する話だった。

「そんなわけないじゃないの。女房が七、八人って景気のいい受領の邸じゃないの。弘徽殿は七殿五舎で最も格式高く、二十人や三十人も女房がいて当たり前――」

「それは正月などの祭儀に出てくる最大の人数で普段は休んでいる者も多い。ましてや今は凶事があって多数の者が里に下がっている。大臣さまは姫君を妃にさしあげる折には絢《けん》爛《らん》な装束と金銀螺鈿の調度を持たせ、三十人も四十人も側仕えの美女をつけて豪奢な牛車の列を並べてと吹聴するが、大袈裟に数字を盛っているのだ。そんなにいたら殿舎が狭くてたまらん」

「承香殿には二十五人いたわ」

「承香殿は今、風が向いている。この調子で二、三人も御子を授かりたいところだ。主上は夜は后妃をお召しになるが昼は御自ら後宮に玉体をお運びになり、気楽な会話を交わしたり囲碁や双六《すごろく》など他愛《たわい》のない遊びをなさる。昼に主上がいらっしゃったときのため、承香殿では才女を取り揃えているのだろう？　例の宰相のおもととかいうのも本来は主上のために心躍る物語を書いていて、そのお裾分けとして写しが忍さまのもとに流れてくるのだろう？　昼にお楽しみいただければ夜のお召しにつながる」

　そういえば承香殿には、猫がいた。その世話係も。

　猫は普通、鼠を捕る道具なのだが後宮では紐につながれて飼われていて、ただ愛くるしいだけの玩具だ。その姿には男君もほだされてしまうとか。

「だが弘徽殿はそのような状況ではない。むしろ典侍さまが亡くなって不吉だから、野良犬の作り話などして人を遠ざけている。主上がいらっしゃって長居なさったら死穢が移り、玉体を損なうやもしれぬ。賑やかになどしてはいけない。弘徽殿女御の御身をお世話する最低限の人数だけで回している。ご本人の里下がりも当然のなりゆきだ」

「じゃあわたしが見た二十人は幻だったとでも言うの？」

「案外そうやもしれぬな。宮中には世間と違う妖《あやかし》が跋扈《ばっこ》しておるゆえ。心の綺麗な忍さまにだけ見えたのだ」

祐高はあっさり言った。

「あなたまで馬鹿にしないで、心が綺麗って」

「してはおらぬよ。僧都や陰陽師とはかかわりのない妖もいる」

肩をすくめるのは冗談ではない様子だ。

「忍さま、東庇は回廊や簀子縁から見たのか？」

「ええ」

「女御の御簾のそばから、東庇は見えなかったのか？　中から外は見えるのだろう？」

「そちらからは几帳がたくさん立っていて見えなかったわね。几帳がなければ鬼が支度をしているのも見えたはずだわ」

「やはりな」

祐高はため息をついた。

「忍さまが見たのはきっと打ち出でだ」

「打ち出で……？」

——と言えば女の衣や髪を御簾や几帳から覗かせて見せることだが。顔を見せるのははしたない。髪や衣の袖や裾だけ。それに香り高い薫香《くんこう》で男君の気を引く。

「忍さまが東庇に見たのは衣の裾だけで髪は出ていなかったのではないか？」

「それは——」

——よく憶えていない。

「宮中では儀礼などの折、女房がたくさんいるように見せかけるのに——衣だけ几帳の棒に結んで裾を御簾の外に出すのだ。そういうものをいくつも御簾の際に並べる」

「は？」

「御簾のうちに美しい女がひしめいている、ように見せる飾りだ。香の匂いがして衣の裾が出ていればそこに女がいることになる」

「こ、弘徽殿の庇には女房がぎっしりいて、よその殿舎の女御更衣のお渡りを見張っているものじゃないの？」

「残念ながら物語の読みすぎだなあ。女御がお召しを受けて清涼殿に向かう刻限は決まっている。いつも庇にひしめいて外を見張ってはいられない。大体忍さまは后妃ではなく、承香殿の新参女房その一ではないか。——大弐さまがいらしたときに動いてお迎えしようとしていた者だけが生きた女房、後は嘘偽りのまやかし、宮中の妖だ」

祐高はおかしそうにくすくす笑った。

「弾正尹さまはそそっかしいお人で。参内を始めて間もない頃、美しい女房を見つけたので和歌を詠みかけて熱心に口説いたが全く返事をしてくれない。ついに思いあまって、御簾のうちに押し入ったらそれは衣だけの打ち出でだったという……十年以上も前だが未だに〝空蝉の君〟と呼ばれていてな。抜け殻を相手によく焦《こ》がれ鳴いたものだと。〝冬桜〟のわたしでもそんな馬鹿なことはないと思ったのにまさか忍さまが引っかかるとは」

　顔が熱くなるのを感じた。

「こ、後宮でそんな孫子《そんし》の兵法みたいなことをしてるなんて」

「忍さま、孫子の兵法など読んだことがあるのか？」

「ないけど。だ、誰も教えてくれなかったわ」

「きっとわざとではあるまい。大臣より上の家格でなければ人のいない打ち出でを置いてはいけないのだ。忍さまは実家も我が家も未だ納言だから知らないと、皆さま気づいておられなかったのだろう。――今の弘徽殿は人少なだが格式高い殿舎が外から見て寂しいと沽券《こけん》に関《かか》わる、せめて庇に打ち出でを派手に飾っていたのだ。東庇がまるで無人なら――鬼に加担していたのは女御とともに御簾のうちにいた女房が二人ほどと、僧都たちだけだ」

「――それに天文博士」

「出てくる前は自分一人で支度をしたが顔を洗うのは西庇の僧たちに手伝ってもらったのだ。あるいは大人の女を憑坐童ということにして従えていたのかな。童と言っても結構大人が混じっているものだから」

――と、すると。

「鬼が脅かしていたのは大弐さまと、御簾のうちにいなかった几帳の陰の女房たち――大弐さまを手引きした者たちだったのであろうよ。お前たち、軽はずみなことをするものではないぞ、と。女房と大弐さまと両方を改心させなければ。まさかかかわりのない承香殿の方が紛れ込んでいるとはあちらも思っていなかったのだろう」

天文博士は颯爽と現れて騒動を仕上げるつもりが懇意にしている承香殿の藤命婦が倒れていて、さぞ慌てたことだろう。

「――それじゃ、あのとき御簾のうちの声が震えていたのは、もしかして――」

忍も声が笑ってしまった。

「大弐がひどい目に遭うのが痛快で、笑っていたの?」

――そうなると、王典侍が死んだ事情も変わってくる。

「桜花は、桜花がいじめられていたとか女御がいじめられていたとかではなくて――弘徽殿から人がいなくなって、僧都や陰陽師が四六時中入り浸っていてもおかしくない状況を作るために死んだことになった?」

乳母の伏見は本当に心を病んでいたがそれは女御の窮状を我がことのように悩み苦しんだ挙げ句のものだったのでは。彼女には静養が必要で、その理由が必要だった。

そして承香殿や世間に知られてはいけない、天文博士や僧都が行っていたまじないや修法とは。

——堕胎のためのものだったのではないか。

6

「——陸奥の君、陸奥の君」

寝入っていたらしく、はっとした。枕《まくら》から頭を上げる。

襖障子の方から声がする。

「開けてくれ。なぜ掛け金をかけている。祐高が不満か。そなたが恋しいのだ。早く開けてくれ。こんなみっともないところを見られたら誰に何を言われるか」

男の声だ。

内裏女房らしく〝夜をこめて鳥の空音《そらね》は謀《はか》るともよに逢坂《あふさか》の関は許さじ〟とでも返してやろうと思った。

——鶏の声真似で函谷関《かんこくかん》は通れてもこの逢坂の関、あなたとわたしの男女の仲は絶対に進展しませんから。

唐の故事。王族、孟嘗君《もうしょうくん》が命を狙われて逃げる道中、函谷関の関所で足止めされた。夜半のこと、夜が明けないと門は開けられないと番人は頑として譲らない。

そこで機転の利く部下が鶏の鳴き真似をした。それに釣られて関所の鶏たちが次々鳴き声を上げ、「これで夜明けだ」ということになった。門は開き、一行は無事に逃げおおせた――物真似のようなつまらない芸が取り柄の者でも、養っていれば助けとなることがある。何が役に立つかわからないという話。

しかし声を上げようとして、はた、と気づいた。

――今のは、祐高の声だっただろうか？

祐高は一通り話して鬼などいなかったと得心すると、手も触れずに帰っていった。それで忍も掛け金を下ろして。

戻ってくるはずがないのでは？

「陸奥の君。祐高が車に山ほどの黄金を積んできたぞ。そなたのためならどんな宝も用意しよう。ここを開けてくれ、陸奥の君」

――車に黄金？

綾錦ではなく？

これはもしかして。

本当に函谷関を通ろうとする声真似なのでは？

「そなたの顔が見たい。声が聞きたい。会いたい。陸奥の君。どうか情けを」

聞くほど違和感が募《つの》る。

何者か、と思っても忍は声を上げることができない。

――誰とも知れぬ男に声を聞かせるなんて。

こんな、不躾に襖障子越しに話しかけてくるなんて。夫のふりをして。

「陸奥の君、そなたを得るためなら何でもしよう。祐高に恥をかかせるのか。あんなに睦み合ったではないか、遊びだったのか。督の君と呼んでくれ、陸奥の君」

――誰だ、この男は。

開けたら何をするつもりだ。

それどころか。

襖障子はそんな頑丈なものではない。いくら掛け金をかけていたって、男の力で蹴りつけでもしたら外れてしまうのでは――

滝口の陣に護衛の武士がいくらでも詰めているが、帝や中宮の身に危険が及ぶならともかく、女房一人如きのために来てくれるのか。

声を出せないのにどうやって呼ぶ。

――声を上げたところで「また陸奥の君と督の君がおかしな遊びを」と思われたら。

女が悲鳴を上げたとしても夫婦の閨《ねや》はそういうところだから。

しかもここは盗賊に女房が攫われて殺されてしまった場所だ。

密かに、弘徽殿女御ですらひどい目に遭ったというのに。

不心得な女房の一人二人が錠を開けていたらお終いとはこういうことだったのだ。

こんな頼りない紙と木でできた戸一枚でしか身を守れないのか――

しばらくして舌打ちのような音がした。

足音が遠ざかっていく。

——汗びっしょりになっていた。震えが止まらない。

ここは恐ろしい場所だ。

7

その後、弘徽殿女御が懐妊したという噂は聞かなかった。いずれかの術が効いたのか何かの勘違いだったのか、そもそも忍の勘繰りすぎだったのかは定かでない。

少将純直が何やらもじもじし始めたのは弘徽殿に鬼が出てから三日後のことだった。清涼殿でも使庁でも、わざわざ近づいてくるわりに話しかけてこない。彼らしくもない。夕方頃になってやっと切り出した。

「あのー。ええっとー。別当さまにお願いがありまして」

「ふむ？」

「実はその、わたし、このたび結婚いたしました！　ゆうべお餅を食べました！」

——これはなかなか意表を突く重大発表だった。祐高は「それはめでたい」と言うべきなのに言葉が出せないでいると。

「でもお相手が、高貴のお血筋なのに家族の縁に恵まれない人で。親もなく財も邸もなく身の証もなく初婚ですらない女をこちらに迎えるなど許さないと父や母がカンカンで。そこで祐高さま、しばらく我が妻をそちらのお邸で預かっていただけないでしょうか。わたしが一人前になって邸の一つも建てたら必ず迎えますので」

純直が早口で一気に事情をまくし立てた。

「お前もなかなか苦労しているな。どこもそんな話ばかりか」

泰躬の妻子も部下の家に預かっているようなものだ。

「しかし妙齢の女君を預かるとなると北にも相談せねば。いくらお前の妻でも北はよく思わないだろうし世間がどう見るか。大体、お前が一人前になるのに何年かかるのか」

「それなんですけど、北のお方さまの母方のいとこにあたるんですよ！　姉妹のように親しく育ったと！」

「……は？」

純直は相好を崩してだらしない笑みを浮かべた。

「名前が〝お〟で始まる人です！」

——こうして死んで鬼になったはずの王典侍こと桜花女王が急遽、別当邸の西の対に現れることになったが、忍は全く驚かなかった。女同士なので御簾や几帳すら挟まず直接対面した。

「だってねえ。顔を赤く塗って鬼を演じる役の人が必要だものねえ。背後からとはいえ男の冠をむしるなんてその辺の女にできるはずがないのよ。——僧都もぐるだったということは、桜花が本当に死んでるわけがないのよねえ」

「忍さまはやっぱり話が早いですわ。お世話になるにしてもどう説明したものかと思っていたのに本番で御簾の前にいらっしゃるんですもの」

桜花は二十三歳、忍によく似ているが忍よりふっくらとして目許が優しい。

だがこれで生きながら弘徽殿を呪い祟る鬼、冥府《めいふ》の獄卒と化した女だった。

「お顔を見たら考えていた口上を全部忘れてしまって、御簾のうちから言っていただくことになってしまって」

——やっぱり忍には桜花に祟られる筋合いなどなく、鬼と化していても人に戻してしまうだけの肉親の情があった。

「ごめんあそばせ、わたし、ぐずぐずしているのが嫌いだから」

「それも久しぶりに聞きました。ああお懐《なつ》かしい、この話の早さ」

「でも今回は大人しく待っていた方がよかったと思ったわ。西庇からは憑坐童のふりをして出たの？」

「そうです。しばらく純直さまの御家の別荘に隠れていました」

「随分大きな図体の憑坐童だこと」

――高位の女官が死を偽装するのは簡単だ。傷があるならともかく餅をのどに詰まらせたり毒をあおったりして死んだ者の亡骸を検めても何がわかるわけでもない。一連の騒ぎに僧都も一枚嚙んでいたということは、彼女の死を確かめたという僧とやらも信用ならない――

純直は祐高の前で放免を使って彼女を運び出した。ふりをして、亡骸を乗せていない空の牛車を寺にやり、桜花はこっそり伏見の局に隠れて息を潜めることに。――桜花の死体を見たのは実は祐高一人だけだった。

弘徽殿に鬼を呼び寄せたのは天狗の仕業だったが、桜花に毒をあおがせ自殺に追い込んだ悪い男は純直だった。

そして桜花はせっせと葛の葉の歌の短冊を何枚も書いて仲間の女房にばら撒かせた。死ぬ前ではなく死んだ後に書いていた。あの、乾いたばかりのような匂いがする鮮やかな墨の跡。

弘徽殿全体に祟っているような空気を漂わせた後に、満を持して御簾の前に化けて出る。――さぞ楽しかったことだろう。

「でもあなたが純直さまとつき合っていたことまでは知らなかったからそこは驚いたわ。あの方に協力してもらわなければどうにもならないけど、どうしたのかと。まさか色香でほだしていたなんて」

「忍さまを驚かすとは光栄ですわ」

――何のことはない。承香殿から祐高が出てくるのを見たのは純直本人だった。

彼は彼で弘徽殿から出てくるときに祐高の姿を見かけて驚いて、承香殿の雨戸が開く前に外をうろうろして嗅ぎ回った。みっともなく雨戸のそばで聞き耳を立てて中の女房たちの噂話を聞いていたらしい。

あまりにも堂々と明るく朝日が射す中で立ち聞きしているものだから、承香殿に好いた女官でもいるのか、若い者は大胆な、懸想するにしてもやり方があるだろうにとよその女官や蔵人《くろうど》に見られて呆れられていたとか。帝からお叱りまで受けていたらしかった。

――親の怒りを買ったのは桜花の身許が不確かなだけではなく、毎日あちこちの女官のもとをふらふらしている、そんなありさまで結婚したいとは何事だと。

そのくせ彼は〝陸奥の君〟のことを聞きつけて一人、何やら義憤のような嫉妬のような感情に駆られ、暴れて衛門督にまでそれをぶつけたらしかった。

祐高と純直と、検非違使庁の長官と次官が二人して恋に狂って〝後宮にいるはずのない女〟のところに通っていたとか衛門督は考えも及ぶまい。桜花と忍で歳は一つしか違わないのに年増とはよく言ってくれたものだ。

「純直さまとは以前からおつき合いしていたんですがさあ結婚して宮中を退こうと思った矢先、伏見さまが死にたいほど悩んでいると知って。じゃあわたしが死のうかなって」

あっけらかんと、桜花は笑っていた。

「わたしが死んだら伏見さまは里に下がってお医者にかかれるし女御さまもまじないや加

持祈禱を受けることができるし、ついでに女の敵の大弐に直接摑みかかって引っ掻いて冠を剝いでやりました！　死んでるんだからはしたないも何もないですよね！　もとよりこの身は両親を喪《うしな》い夫を喪い、もはや失うものはなく向かうところ敵なし！　あちらが太宰府を恐れない天狗と言うならこちらは冥府の裁きも恐れない女鬼が迎え撃つのです！」

――両親と夫を喪った薄幸の常陸宮の女王の正体がこれだと知ったら、祐高はどんな顔をするだろうか。いや、純直は女の趣味がいい。

「失うもの、あるじゃないの」

「――なけなしの女王の名と女官の位があれば純直さまのご実家は快《こころよ》く迎えてくれたのかもしれませんが、まあなけなしですし」

少し寂しそうにしていたのも少しのことで。すぐに拳《こぶし》を握った。

「純直さまはわたしの亡骸の前で騒いで上役を謀るの、すごく楽しそうでしたし。そんなことして別当さまに申しわけないのではと思いましたが、あちらもそれくらい嘘をついているからたまにはやり返すのだと」

「純直さまはなかなかたくましいのね……」

「それはもう、女鬼と結婚するのですから」

「やっぱりあなたは普通には死なないわね」

「忍さまには敵いませんよ」

「いえいえ、見事な祟りぶりだったわ。あの魑魅魍魎《ちみもうりょう》跋扈する宮中で自らが鬼と化していい男まで捕まえて帰ってくるなんて」

「半分は天文博士の泰山府君祭《たいざんふくんさい》ですよ」

「……あの人、顔が怖すぎるんだけどあれは宮中では人並みなの？」

「いい人ですよ？」

「とてもそうは思えない」

――いや。

もしかして此度の忍の無謀な行動、中宮も承香殿の女房たちもなぜか夫の祐高すらもへらへら笑って許していたが、かの天文博士だけが
「後で何もかもお教えするのに！　公卿の正妻ともあろう尊貴のお方が女房になりすまして宮中にお出になるなど、なぜそんな危険ではしたないことをなさるのか！」

と常識的に怒っていたのかもしれなかった。

いとこの手をぎゅっと握った。忍と同じ、細くて重いものなど持たない姫君の手。

「現世にお帰り、桜花」

函谷関に鶏が鳴く

1

こうして検非違使別当令室、忍の上は名を変えて密かに内裏女房として承香殿に上がり、三日で弘徽殿でのいとこ姫の怪死の真相を解明、陰陽師の泰山府君祭でもって蘇生《そせい》したいとこ姫を取り戻すという凄《すさ》まじい活躍の末、別当邸の北の対に戻り三人の子供たちに囲まれて暮らす平穏な日常に帰還した。邸の者たちにはよほど身近な乳母以外は「季節の変わり目のせいか、このところ寝込んでいた」で済ませた。

承香殿では「天文博士の言う天狗を見てしまいましたが、これ以上のことを言うとわたしも喰らわれてしまいます」とごまかすしかなかったが、あちらでは天狗や鬼の祟りよりも〝督の君と陸奥の君の許されぬ恋の道行き〟の方が盛り上がっていた——かの宰相のおもとが創作意欲を刺激されて新作の物語に仕立てるとか。それで借りただけのつもりの女房装束を一領賜ってしまった。複雑な心境だった。

ともあれ忍は平穏だった。

「お母さま、お兄さまがわたしの貝殻を返してくれない」

「これこれ太郎、貝殻がほしいのか妹をいじめているのか母の前ではっきりなさい」

三人の子供がいるといってもそれぞれに乳母がいる。囲碁や縫いものなどして、たまに二郎に乳を含ませ、子供たちがぐずって彼女に飛びついてくるのをにこにこと鷹揚《おうよう》に許していれば良妻賢母と崇め奉られる。邸にいれば妙な男にじろじろ顔を見られたり厭味を言われたり鬼に襲われたり暴漢に出会ったりしない。

桜花の件でまた陰陽師に褒美などやって。高貴の女君は気楽な稼業だった。桜花は西の対で純直と新婚生活を営んでおり、まさにこの世の春。

——と思っていたが。

奇妙なことが一つあった。

「あれ、祐高さまはまたいらっしゃらない?」

朝と夕とは子供たちと夫と、北の対で皆で揃って食事を摂《と》るのだが。

このところ夫は食事をするだけで、疲れたとか何とか言っていつの間にか寝殿に戻って一人で寝てしまう。これがはなから邸に帰ってこないのなら浮気だ夜離《よが》れだもうここに心はないのだと葵《あおい》の上《うえ》ごっこでもするのだが、毎日邸に戻ってきて夕食を摂るし、子供たちの顔を見て朝食を摂って出仕する。ただ忍の御帳台で眠らない。

女房を寝床に引っ張り込んでいるならいいが、そういう気配もない。承香殿で男女の色恋というものにほとほと嫌気が差したのだろうか。子供が三人いるのだからもう一生女には触れず清く正しく生きるのだと言い出しても誰も困らないが、果たして二十二の若さでそんなに枯れるのだろうか。身体の具合でも悪いのでは。飲水病《いんすいびょう》だったら大変だ、目が見えなくなるとか。

首を傾げていると、ある日、女房の葛城《かつらぎ》がおずおずと切り出した。わざわざ忍が一人になったときに声をかけてきた。

「あのう、お方さま。これはお方さまのお耳に入れてよいものか悩みますが、近頃、殿のご様子がおかしいのです」

「もうさっさと言っちゃって面倒くさいから」

「では。――殿は夕餉の後に寝殿にいらっしゃると和歌の書など読んで。短冊を手に何やらうんうんうなって書いては丸めて捨て、書いては丸めて捨て。お歌を詠もうとしていらっしゃるようですがうまくいかず、そのうち御酒などお召しになってお休みになる、を毎夜繰り返しておいでで。時折お泣きになってもおられるようで」

「酒を飲んで泣いて？　悩みでもあるのかしら？」

「はあ、恐らくその」

葛城は思い詰めた顔で、ため息でもつくように言った。

「和歌の書とは恋歌ばかりで――どうやら殿は、誰ぞに懸想なさっているものと」

「――鶴の肉を取り寄せて祝いの膳を作りましょう！」

忍はめでたい松の絵の描かれた檜扇をばっと広げた。はしゃいで、はしたなくも気分の赴くまま立ち上がって鼻歌を歌いながら扇を振って舞ったりなどしていると。

「……お方さまは殿が想いを寄せる女がいると聞いて、ご不興をこうむったりは」

葛城が何やら呆れた顔をしていた。

「あの人が十四のときから連れ添っているけれど、図体が大きくなるばかりで夜歩きにも出ず律儀に毎晩来るから心配で」

下品が過ぎたかと、忍は畳に戻って扇を閉じた。

「京の男君は女と見れば誰彼かまわないくらいが人並みなのに、あの人と来たらわたしにばかり子を産ませるのだから女に興味がないのかと思っていたわ！　そう、あの頼りない木石の小僧が一人前に恋歌をひねって酒を飲んで泣くような男になっていたのねえ。立派になって、感無量だわ」

「い、いいのですか」

「手籠めにしたり攫ってきたりはどうかと思うけれど、お歌で悩んでいるなら平和なものよ。——夫の浮気にいちいち怒っていたら京の女は身が持たないのではなくて？」

「そうなんですが、そこまで割り切れるのも珍しいかと。嫉妬くらいするのでは」

そうなのだろうか。また扇を開き、ぱたぱた顔を煽《あお》ぐ。

「わたしは天文博士の妻のように心が狭くはないわよ。どんな女なのかしら。わたしより年上か年下か。身分はいかほどかしら。身分が下な分には放っておくとして、わたしの子がいるのだから妾腹《しょうふく》の子が増えても気にしないとして。上だとややこしくなるわね。今更、邸を追い出されて太郎と二郎は新しい北の方に取られてしまうのかしら。ああ、姫はあちらの兄上の養女となって東宮妃となるのだったわ、腹を痛めて子を三人も産んだのにわたしには何も残らない。わたしより身分が上って皇族ということになるけれど、そんな年頃の皇女や女王、いたかしら。——桜花。桜花は宮家の女王だけど新婚の部下の妻なんて！　大それたお方に手を出したら染殿の天狗だけれど目下の者の妻を奪ったら玄宗《げんそう》皇帝だわ、世が乱れるわ！　禁断の恋だわ！　何てことなの、祐高さま！」

嘆きながら面白がっていたせいか。葛城は一言も返事をしなかった。


そして次の日。


「あのう。殿の懸想する女君について、桜花さまがお話があると」

「やはり桜花なのね！　大変だわ、桜花は身分も失ってここ以外に住むところもないのに。わたしだけでも守ってあげなくては！」

「いえ……ともかくお話を聞いてさしあげてください」

西の対から桜花が来ると聞いて、扇を握り締めてわくわくして待っていた。桜花は薄紅の襲《かさね》の小袿《こうちぎすがた》姿で女房たちを引き連れて、この日もそれは端整な女君の風情で畳に座った。

「どうも忍さま。ご挨拶などまどろっこしいでしょうからすっ飛ばしますが——別当祐高さまが近頃物思いに耽《ふけ》っておられるのをご存じですか」

「ええ、それはもう！　二十二で初恋って遅いんじゃないの、大丈夫⁉」

忍は脇息から身を乗り出した。

「純直さまがそれはもう悩んでいて」

「板挟みね！　流石に純直さまも、上役が妻に目をつけるなんて針の筵なのね！」

「は？」

「純直さま、どうなってしまうの？　冤罪《えんざい》で使庁に捕らえられて獄につながれるの⁉　獄中で死んで後家になった桜花を我がものに——純直さまは家柄がいいからそんなことはされないわね。では親の方から手を回して妙な女とは縁を切れと圧力を！」

「ちょ、ちょっとわたしの知っている話とは違うんですが」

忍が一人で盛り上がっているのに、桜花も何やら戸惑っているようだった。

「祐高さまは近頃、内裏で女官を見かけるとため息をつくそうで。〝あれは違う〟と」

「内裏？」

「——どうやら承香殿を辞した陸奥の君に入れ込んでいて、仕事に手がつかないほど落ち込んでいらして」

「陸奥？」

思いがけない名が出てきて忍は動きが止まった。

「純直さま、陸奥の君に傾城だ年増だお前が誘っておいて無理強いされたとでも言うのかよくも堅物の祐高さまを誑かしたなと詰め寄ってしまったものだから。陸奥の君が姿を消してしまったのはご自分のせいかと思い悩んでいて。馬に蹴られるようなことをしてしまった、他人の恋路を邪魔しておいて自分は安穏と新婚生活なんて祐高さまに申しわけないと、落ち込んで食が細くなっているんです。食べ盛りなのにやせてしまって」

「……陸奥の君?」

「はい」

「ええと……ええと?」

信じられない話に戸惑う忍に、桜花も憂《うれ》い顔で口許に袖を当てる。

「承香殿の陸奥の君がわたしを捜しに来た忍さまだったこと、純直さまに教えてしまってよいのか。そうなると今度は純直さまが大恩ある忍さまに暴言を吐いたとなってやっぱりお悩みになるのではないかと。困ったことになりました」

「確かに困るけれど。い、意味がわからないのだけれど?」

「純直さまもわからないでしょうねえ、祐高さまの北の方だったなんて」

「ちょっと待って、ちょっと待って」

——他人事《ひとごと》だと思って面白がっていた話が急に自分に降りかかって、忍は脇息にすがった。いや、そんなことを言われたのは事実なので、純直は自業自得だから思い悩んで胃を痛めた方がいいとして。

「――祐高さまは陸奥の君に懸想して詠めない歌を詠もうとして酒を飲んで泣いて一人で不貞寝《ふてね》しているの？　仕事も手につかないの？」

「そ、そんなことになっているんですか？」

「なのにわたしに声をかけたりはしないのよ。――結婚して八年で子供を三人ももうけた妻に初恋？　そんなことってあるの？」

「初恋なんですか？」

「十四より前に恋してなければね」

「御子が三人……」

忍と桜花で二人して途方に暮れていると。横で聞いていた忍の乳母の桔梗が呆れ気味に口を挟んだ。

「光源氏も葵の上を娶って十年目、夕霧大将が産まれた後にやっと愛おしいと気づいたくらいですから」

「男君ってどうなっているの⁉　別にわたし、和歌なんていらないわよ⁉」

つい扇を放り出し、みっともなく頭を掻きむしってしまった。

「光源氏は遊び歩いていたから葵の上の魅力に気づかなかったとして、祐高さまは遊び歩いてもないのに何と思って毎夜毎夜わたしのもとに通っていたの？　せめてなぜ太郎を産んだときに気づかないの。三回よ、三回も機会があったのに！　二人で手をつないで観音さまに祈ったら枕許《まくらもと》に現れていたとかじゃないのよ、あの方との愛の結晶をこの身に宿して痛み苦しみに耐えて新たな命を生み出したと思っていたのはわたしだけ⁉　この八年、何を考えて生きていたの？　どうしてそれで御帳台に入ってこなくなったわけ？」

「……変わった方ですね」

「惚れた腫れたで仕事が手につかないだけでもどうかしているのにその相手が妻とかどういうことよ！　さっさと片づけてちゃんと仕事しなさいよ！」

吼《ほ》える忍に。

「さっさと片づけるのはお方さまのお役目ではないですか」

桔梗が冷静につぶやいた。


——噂の通り。祐高は一人、直衣の帯を解いて袴を脱いで文机に向かっていた。灯台の光で女文字の書を読み、何やら書き物をしては紙を丸めて放り出し、酒杯をあおる。いつからそんな頽廃趣味になったと。

わざと忍が床を軋ませて足音を立てると、面白いほどびくっと震えて振り返り——顔を強張らせた。

「な、なぜ」

「〝忍ぶれど色に出でにけり〟だから？　姫百合の恋は相手に知られず苦しいものだと言うのにあなたと来たら蛍みたいにぴかぴか光って見えるから？　お歌の勉強は少しははか

どって？」

勿論忍は承香殿の女房装束だ——化粧も宮中で習った通り。練り香まで分けてもらったので内裏女房がそのまま別当邸に。

「はいはい、話をさっさと済ませましょう」

忍が隣に座ってやると。

「え、あ、そんな。わ、わたしは」

目を白黒させて後ずさろうとするので、直衣の袖を捕まえた。

「落花狼藉《らっかろうぜき》の不逞《ふてい》の輩《やから》が歌だけ立派なのを寄越しても腹が立つものだから。あなたが歌を詠めるようになるまで使庁と左兵衛府を放っておくつもり？」

「——別にわたしがいなくても誰か何とかしてくれる」

彼らしくもなく投げやりに笑って。

——これは泣くな、と思っていたら忍の予想通り、目を逸らして涙をこぼした。

「どうして泣くの？」

気配は察したが理由がわからない。

「狼藉を働かないの？　皆聞いてる承香殿であんなことをしでかしてどうして今になって遠慮するのかしら」

「ひ、ひどいことをした。わたしは最低の男だ。人のことを言えた義理はない、見下げ果てた下衆《げす》だ」

「悩んでいたの？　それは少しは腹を立てたけどもう許したわ。泣かないでよ」

「あなたはいいのか、こんな世間体のために結婚したような男で」

「まあ今更」

「あなたにはわたしの気持ちがわからないのだ」

懐紙で顔を拭っているが嗚咽《おえつ》が止まらない。

そのうち忍の肩に顔を押しつけて泣き始めた。――まるでこの人も自分の産んだ子のようだ。

「ええ、全然わからないけれど」

肩を抱いて背中を撫でてやると。

急に骨がたわむほどしがみつかれた。彼でなければ殺されるのではと思っただろう。

「ちょっと緩めて、痛いから」

「小さい……どうしてこんなに」

確かに祐高はまた一段と大きくなって抱きすくめられるだけで息が詰まる。……女が男より小さいのはいいことだと思っていたが。

「わたしはあなたを幸せにはできない。わたしが触れるほどあなたは不幸になる」

涙がぽたぽた額に落ちてくると彼が泣いているのか自分が泣いているのか。

「そんなことないわよ。わたし、幸せよ。夫君は立派だし子宝に恵まれて」

「そんなものではない」

「ご自分はともかく子供たちをそんなもの呼ばわり？　腹を痛めて産んだのに」

子供の話をすれば変わるかと思ったら、ますます泣きじゃくった。

「あなたはずるい」

「何が？」

「――ひどい目に遭わせるくらいならいっそ頭からかじって喰ってしまおうか。己が血肉にしてしまえば誰も恨まなくて済む」

「恨むって誰を」

「あなたと子らとわたしと。全て憎らしいし恨めしい。この世は何もかもあまりに惨い。どうして生まれてきてしまった」

「何だか随分大層な悩みを抱えているのねえ。仏門に入りたかったりするのかしら。わたしと三人の子を置いて？」

「いっそうしたい、あなたからこれ以上奪うより」

「何も奪われた憶えなんかないのだけどねえ。困ったわねえ、何をぐずっているのかしら。法師から半端《はんぱ》な説法でも聞いて生きているのが恐ろしくなったの？」

忍はただ子供をあやすように笑った。酔っているのだろうと思った。

「あげられるものは全部あげたわ。陸奥も忍もこれで全部よ。もう他にはないのよ」

何だかわからないが仕方のない男だ。

四人目の子を産めと言うのだろうか。痛いから嫌だとは言いづらい。

この祐高卿の不可解な初恋は、一見誰の目にもあっさりと成就して見えた。彼は次の日からまた北の対の忍の御帳台で寝るようになったが。

真の夫婦の試練はここから始まった。

2

ある日、邸に野菜を届ける者があった。右衛門督朝宣卿の使いだった。

〝北の方は産後なのだから滋養のあるものをお食べなさい〟

と手紙が添えられ、器に山芋やら筍《たけのこ》やら盛ってある。

「産後と言ってももう随分経つのだけどねえ」

と思っていると、

「こちらは特にお方さまにとのことです」

と若い女房の深雪が何やら料紙を差し出した。見てみると色気のある香の焚きしめられた薄紫の紙に、流麗な文字が躍っていた。

〝陸奥に遥々来れば振摺の乱れそめぬぞ忘れけるかな
別当は陸奥の君なる女に懸想し大内裏でのお役目もあなたのこともなおざりになってお

ります。昔からの友人として大変心を痛めています。北の方にはお気の毒です。お助けしたい〟

――とんでもない手紙だった。そういえば純直にいじめられたあのとき、衛門督もいたのだった。やっと心の傷が癒《い》えた頃になって。純直には「北の方に余計なことは言うなよ。知らぬが花だ」なんて言っておいて！

「ちょっと！　衛門督朝宣、仲いいんじゃないの⁉」

それで忍は。

夕方になって使庁から戻ってきた祐高に、その手紙を突きつけた。

「何なのこの勘違い男は！　祐高さま、ぼんやりしすぎなんじゃないの⁉　何が昔からの友人よ、〝お気の毒です。お助けしたい〟ってどう助けてくれるつもりなのよ、これって不倫の誘いなの⁉」

――戻ってきたばかりでまだ着替えもせず六歳の太郎を抱き上げようとしていた祐高は、それを見て動きを止めた。

だけではない。

「――太郎、ちょっとあっちに行っていなさい」

いつになく低い声で太郎を乳母のもとに押しやり、文を取ってまじまじと見た。

「きっとこいつが〝函谷関の鶏男〟よ。あのね、祐高さま。何となく言いそびれていたけれど、わたし承香殿の二夜目に――」

忍はあのときとても怖い目に遭ったという話をしようとしたのだが――

不意に祐高が料紙を引き裂いた。真っ二つにしただけでは飽き足らず灯りの火を点《つ》け、燃え上がると、簀子縁から庭の小川に落とした。あまりに素早い動作だったので忍はぎょっとした。

驚いたのは行動だけではない。

「――忍さま。朝宣は友人だ。不愉快だ」

そう吐き捨てた顔が、穏やかな彼らしくもない眉間《みけん》に皺《しわ》を寄せたいかめしい形相で。

八年で一度も見たことのない表情だった。

それで彼は夕食も摂らずに北の対を出て寝殿に引っ込み、また独り寝の生活に戻ってしまった。

次の日もその次の日も、忍に顔を見せなかった。

3

「何で衛門督が悪いのにわたしが怒られるの!?」

「それは夫君に男君からの文など見せてはいけませんよ」

祐高が寝殿に引っ込んでしまうと、忍は乳母の桔梗の膝にすがることに。――もう大人だ、桔梗に泣きつくなんて陣痛が耐えられないときだけだと思っていたのに。

四十六歳の桔梗は中肉中背の熟女だが女なのに目つきが怖すぎると祐高に恐れられている。最初の夫と離婚、小役人の夫を新たに迎えて全部で子供を四人産みながら忍の乳母となり二十三年、苦楽をともにしてきた百戦錬磨。その桔梗いわく。

「妻といえど夫君のお友達を馬鹿にするような態度はいけません。殿にとって衛門督さまは元服前からの親友。わたくしたち女には男の友情はわからないのです。男の友情はきらきらと光る磨《みが》かれた瑠璃宝《るりほう》の玉のようなもので女の心とは全く別物とお考えなのですよ」

「そんな。わたしより長くつき合いがあるからあっちの方が大事だって言うの？」

「つき合いの長さというか、別腹というか」

「わたしに恋して和歌の勉強してたんじゃなかったの？　わたしは何も変わらないのに恨めしいとか憎いとかひどいとか言い出すし。どうして最近冷たくて怖いのよ、前の方が優しかったとかあべこべじゃないの？」

「病膏肓《やまいこうこう》に入っておいでではありますね。今の殿はお方さまにずぶずぶに甘えていらっしゃいます。それはもう御子たちの母ではなくご自分の母であるかのように甘えていらっしゃいます。恋と言うより反抗期のようですね。情緒不安定です。以前はお方さまに遠慮して親しき仲にも礼儀ありとでも思っていらして穏やかで優しい公達を気取る余裕があったのに、今はないのです」

「わかりにくいのよ！　好きならわたしに宝玉など献じて獄につないだ罪人を全部解き放

って恩赦の別当宣を出しなさいよ、日の本一の美姫で賢夫人があなたの子を育てているのよ！　感謝してわたしの名を冠した寺の一つも建立しなさいよ！」

忍は畳を叩き、桔梗にため息をつかれた。

「こんな鴛鴦夫婦をからかうのはさぞ楽しいのでしょうねえ。衛門督さま、お人が悪い。全て計算ずくなのでしょうか。あの純直さまが傍から見ているだけで気に病んで食が細るほど、殿は内裏で落ち込んだお顔を晒しておられたと言います」

「祐高さまが弱って、治ってきたのを見てわざとやっていると言うの？」

ひやりとした。

「元服前からのご友人なら殿のご様子がおかしいのは一目瞭然《いちもくりょうぜん》でございましょう。何もお気づきでないとは到底思えません」

――そんなに陰険なのか、函谷関の鶏男。

祐高のふりをして言っていた文句、純直や承香殿の女房たちに確かめなければ無理なので衛門督しかありえない。純直はあの日、どこだかの別荘に桜花を退出させて〝高貴の身の上でありながら弘徽殿の鬼とまで呼ばれた姫君を颯爽と助け出した立派な貴公子〟を演じて酔いしれていたはずだ。新婚初夜でもあったはずだ。

「督の君と呼んでくれ」だと。改めて背中が寒くなる。虫酸が走る。

――あんな目に遭ったことをすぐに言ってしまうべきだった。あれを〝函谷関の鶏男〟と呼んで祐高が笑ってくれたら、「いや、でもそれは大変だ。恐ろしかっただろう。やっぱり外に出るのはやめなさい。邸にいなさい」とでも言ってくれたら心慰められたのに。

こうなると死んでも言えない。

笑い飛ばせないとなるとあの声真似の男が何かとてもおぞましい物の怪だったような気すらする。

——陸奥の君が忍だと知らないはずだ。堅物の祐高が夢中になった〝傾城〟を味見しようとでも？　失敗したから妻の方を？

何でもいいから祐高のものがほしいのか？

「祐高さま、そんな人と友達なの。それは友達なの？」

「男君なら悪友ということもありましょう。光源氏と頭中将《とうのちゅうじょう》、夕霧大将と柏木衛門督、薫大将《かおるだいしょう》と匂宮《におうのみや》——」

桔梗の言うのに息が詰まりそうになった。

まさか祐高は、朝宣が〝右衛門督〟だから〝柏木〟だと思っている⁉

「〝柏木〟は衛門府と兵衛府のことなんだから祐高さまだって、何なら純直さまだって〝柏木〟よ！」

「え。まあそうですが、どうなさったんですか」

話をすっ飛ばしたので桔梗を戸惑わせてしまった。

——面倒くさい男！　男が話に出てくるたび、いちいち「さっきの男は柏木ではなかった」と言わなければならないのか！

十六の頃にちょっと格好をつけて言ってみただけの言葉を未だに引きずっているとは。頭が痛い。こちらはどんな気持ちで言っていたのか、子供を三人産んだらすっかり忘れたというのに。

「体裁を取り繕って一歩引いた祐高さまが好きだった！　あんな面倒くさいのわたしの夫じゃない！」

「本気で踏み込んだら北の方に退《ひ》かれてしまう殿も不憫ですね。殿を悪酔いさせてしまったのは他ならぬお方さまなのに」

「桜花のために承香殿に行ったのに夫がとち狂ってしまった！　どうしてこんなことになったの！　桜花が羨ましい、純直さまって恋しててもこんなに面倒くさくないと思う！」

「――それは少々聞き捨てなりませんよ、姫さま」

桔梗の声が低くなって、忍は一瞬びくりとすくんだ。――昔からこの声を聞いたときはひどい目に遭うと刷り込まれてきた。

案の定、桔梗はそれは怖い目で見下ろしていた。ぶたれるより怖い。

「事情があったとはいえ、桜花さまは典侍として一生お一人で宮中で働いて生きることもできたのに、職も女王の名も捨てて純直さまの情にすがるだけの儚い身の上におなりあそばしました。姫さまにはそれほどの覚悟がおありですか。純直さまと桜花さまは六つも離れていて夫君は口で何を言おうと来年再来年には若い女に鞍替えしてしまうかもしれないのに。純直さまはあるいはどこぞの陰陽師のように御家のために心を曲げて親に言われるがまま、かつての桜花さまより遥かに身分の低い女を妻として北の対に迎え、どっちつかずの男になるやもしれません。あなたと同じくらい賢い桜花さまがそれしきのこと、覚悟していないとお思いですか。——そんな中途半端《ちゅうとはんぱ》なお気持ちでこの邸にいたらあなたは、全て失うかもしれませんね」

「全てって」

「全てですよ。誇り高いお心も魂も公卿の北の方の地位も御子たちも、それ以上のものも。今やあなたが守らなければならないのはお父上さまの御家ではありません」

子供のときされたように、額を指先でつつかれた。

「あなたには覚悟があるのですか。殿はあなたに飽きても北の対から放り出したりしないと高をくっているのでは？　もとより、色恋ではなく生きていくための結婚なのでしょう？　あなたさまこそ御子たちのために夫君に泣いてすがることはできるのですか」

そのときの桔梗は母ではなく、百戦錬磨の武者だった。

「色恋というものはときに殺し合いより惨いものですよ。男には男の、女には女の戦《いくさ》がございます」

覚悟はともかく。やられっ放しではいられない、戦と言うならこちらも味方を増やさなければ。

幸い別当邸にはもう一人、男君がいる。桜花の夫、少将純直だ。事実上この家の聟君で毎日、花だの歌だの菓子だのを手にせっせと足しげく通ってくるらしい。実に微笑《ほほえ》ましい新婚生活を送っていた。

忍は女主人なので「聟君、挨拶にいらっしゃい」と言えば純直はすぐにも北の対に来るのだった。桜花を御簾のうちに入れて純直を庇に座らせて。

——確かに桜花が心配する通り、随分やつれていた。すっかりあごが尖ってしまって、やせた仔犬は見るに堪えない。飢え死にしてしまうのではないかと心配になった。食事が口に合わないのでは、とも思った。

「右近少将純直、参上いたしました。我が妻がお世話になり、お方さまには感謝してもしきれません」

それでもきちんとお辞儀して一人前に公達らしい口を利く。——いつぞやの宮中とはえらい違いだ。

「まあまあ、桜花はいとこだもの」

と葛城に代わって喋ってもらう。

「病で死んだと聞いた桜花がこんな立派な聟君を連れて現れるなんて本当に世の中は不思議なことがあるものねえ」

「その節は驚かせてしまって」

「いえいえ、めでたいことだから」

「もはやお方さまは純直にとって母も同然。お困りのときは何なりとお申しつけください。お方さまのためならば馬を駆り弓を取って馳《は》せ参《さん》じましょう」

——よし、こちらの味方だな。約束したぞ。いや弓は取らなくていい。射殺せとまでは言わない。どうだろう。状況によっては。

ひとくさり挨拶をした後。

「ところで右衛門督朝宣さまとはどのようなお方でしょう。いえ、殿のお友達、ご挨拶などはするけれど女の身で立ち入った話はしないから。純直さまは右衛門府の次官、右衛門督さまは上役でしょう？　男君から見てどうかと」

「衛門督朝宣さまですか」

「近頃、殿は落ち込んでいらっしゃるようだから、お友達とうまくいっていないのかと。女が出しゃばるようだけど心配で」

いきなり核心に突っ込むと。

「……朝宣さま、悪い人じゃないんですけどねえ……」

微妙な表情でため息をついた。それは彼すら認識するような問題があると。

「何というか、祐高さまはぼんやりしているから朝宣さまにからかわれていても気づかないところがあって」

「か、からかわれているの」

いや、ちょっと待って。——祐高は純直からぼんやりしていると思われている⁉　短い答えに様々な含みが。

「いえ多分、朝宣さまはじゃれついているだけなんだと思いますけどね。わたしなど傍から見てひやひやして。朝宣さまは冗談なんかもきわどくって」

「検非違使庁の仕事は見た目、着飾らなければならないわりに〝臭い・汚い・きつい〟で気の弱い卿は損なものを押しつけられたんじゃないのか？　大丈夫か？　代わってやろうか？　使庁の官は衛門府の者が兼任するのだからおれでもいいはずだ。むしろなぜ兵衛府の卿なのか」

「これは侮辱だと思ったんですけど祐高さまは笑っていて〝大丈夫だ〟とか何も気づいていないみたいに言ってて。もっとひどかったのが」

「どうして卿や兄上は官職は〝長官《カミ》〟なのに名前が〝次官《スケ》〟なのだ？　ややこしくてたまらん。卿らの名付けをした者は何を考えていたのか」

「さて。〝カミ〟になったとしても驕《おご》るな、お前たちは〝スケ〟なのだからまだ上があるぞ、生涯邁進《まいしん》せよとの意図なのだろう。この先、位人臣を極めるようなことがあっても謙虚であれ、ゆめゆめ油断するなと」

「ご自分だけでなく兄上の名を貶められたら流石に怒るんじゃないかと思いましたけど、

ぬるっと躱《かわ》すんだからおわかりなのかおわかりでないのか。横で聞いてる方が心臓に悪いです」

「く、苦労をかけてるわね……」

祐高の話を聞いているだけではわからないものだ。純直に気を遣わせていたとは。

「でも祐高さまのそういう喧嘩を売られて買わない、切れないおっとりしたご気性は使庁の別当のお役目に向いているのだと思いますよ。別当が残酷な人で〝罪人を笞《むち》で打つ回数が少ないから増やそう〟とか言ったら増えますからね」

「えっ」

「〝こいつは許しがたい悪党だから手足を鋸《のこ》で挽《ひ》こう〟とか言ったらそうなります。別当は悪党を多く目にするからこそ簡単に怒ってはいけないのです。怒ったら世の中がよくなるなどと思ってはいけないのです。盗人は捕らえて獄につなぎますが、それは暮らしが貧しくて盗みに手を染めるなど事情のある者もいるのでしょうが、わけもなく性根が曲がっているだけの悪党も人の世には湧いて出ます。そういうものが出てこないようになんてできません、出てくるだけ罰するしかありません。だから祐高さまはあれでいいんです。怒ったりわけのわからぬことを喚いたりするのは純直がやっておきますから。わたしはまだ子供扱いされているので、他の者が言えないような子供っぽいことを言うのも役目なのです。祐高さまに〝恐ろしいことを言うな〟と叱られるのがわたしの務めなのです」

「お、思ったより空気が読めるのね」

「摂関家はわがまま、無茶振りも役目のうちですよ。怖いのはわたしの言う無茶がそのまま通ってしまうときです。わたしを甘やかす者はろくなやつではありません」

——何てしっかりした話しぶりだ、少将純直！　いや、祐高の話をこれまで鵜呑みにしてきたが、彼の語る〝事実〟はあてにならないのでは⁉　少し目がくらんで脇息にもたれてしまった。

「でも朝宣さまもいじめてるというのではなくて。あの方、祐高さまを怒らせてみたいんですよ。祐高さまは怒らない方だから、どれくらいじゃれたら怒るのか。犬猫の仔が遊びで兄弟を噛むように。祐高さまも人の子なのだと確めたいのだと思います」

「……盗賊を見ても怒らないような人を怒らせたいっていうのはかなり邪悪なんじゃないかしら……」

そして怒らせることには成功した。——ただし、その怒りは衛門督ではなく忍にぶつかってきたのだが。衛門督が祐高を怒らせるほど怒りの矛先は忍に向かう、地獄か。あの形相を衛門督に見せていればものすごく話が早く終わったはずなのに。

とてもためになる話が聞けたので、純直にはご褒美だ。

「——純直さま。実は衛門督さまのことだけれど。純直さまは〝陸奥の君〟なる内裏女房をご存じ？」

「え」

ここでその名を聞くと思っていなかったのか、純直が面白いくらい青ざめた。

「あれはわたしの遠縁の娘で、宮中に出仕したのが祐高さまの目に留まって。世間では男君には妻妾《さいしょう》の二、三人持っていただくもの。わたし一人で祐高さまを独占しているのは心苦しくて。まるで知らない女よりは陸奥の君に任せようかと考えていたのだけれど——そうしたら陸奥の君は、衛門督さまに夜這いを仕掛けられて」

「は？」

「何と衛門督さまは祐高さまの声真似をして局の襖障子を開けさせようとしたとか」

「と、朝宣さまがそんなことを⁉」

「襖障子は開けなかったけれど陸奥の君はすっかり怯えて里に帰ってしまったの。男君が恐ろしいので尼になると言って。祐高さまもわたしも大層心を痛めているの。確かに衛門督さまだったかはわからないけれど、純直さまと衛門督さまであの子をおからかいになったとか？　そのときのことをおっしゃっていたと……純直さまはこのところ、夜は桜花のもとにばかりでしょう？」

「純直さまのせいではないので、ちゃんと食事を摂ってください」——あんまり嘘はついていない。

が、純直の顔色は全く明るくならなかった。

「……前言撤回します。朝宣さまは、本気で祐高さまをいじめ始めました。どうしてそんなことができるのかわたしにもわかりません」

今や彼は狼《おおかみ》を前にした仔犬。耳も尻尾《しっぽ》もうなだれて震えているようだった。

どうやら彼は安心するどころか、検非違使庁の上司と右衛門府の上司の間で板挟みになってしまったらしかった。

4

久しぶりに検非違使庁に来てみれば、悪少尉が畳に座って文机で書類を書いていたので大層驚いた——いや、向こうからすれば祐高が用もないのに使庁に来た方が意外だろう。

「これは別当さま、いかがなさった」

と筆を置いて向き直ってお辞儀するので、気を遣わせてしまったと思った。——祐高はただ、用もないのに勢いで来る羽目になってしまっただけだったが。

「ただの気紛れだ、楽にせよ。平少尉は今日も勤勉だな」

「はあ。警邏《けいら》に出していた手下がせこいこそ泥を三人捕らえて喧嘩を二件止めましたので、紀佐《きのすけ》さまにご報告を。それに近頃は賽子賭博の賭場《とば》が立っているようで、内偵を進めております。まあいずれもしょうもない仕事です」

そんな仕事があるのを初めて知った。——自分こそしょうもないことで悩んでいる。そんなときにも世間を回している人がいる。はなから純直や祐高に仕事を回さなくてもいいように気遣って。ますます落ち込む。

「別当が出張るような恐ろしいことは起きていない、よいことだ。そなたらが働いてくれるおかげだな」

「荒事しか取り柄がなく他にやることもありませんから。賽子賭博など放っておいてもよいのですがあまり派手なことをされては面目が立ちません」

「本当に頭が下がる」

「別当さまはどうかなさいましたか。不吉なことでもあって放免がご入り用か」

「いやそういうことはなく……邸にいづらい」

ぽろりと漏らしてしまった。

「平少尉の北の方はいかばかりか」

「北。そんな大仰なものはおりません、爺《じじい》に相応しい婆《ばばあ》がおるだけです。そこにせがれだの孫だの勝手に湧いて出よりました。わしはろくな死に方をせぬとして、せがれは三人もおればどれか婆の世話くらいするでしょう。わしのことは恨んでおっても母への情はあるでしょう。本当のところはよう知らんが」

平少尉の言い様は謙遜《けんそん》というよりは吐き捨てるようだった。

「別当さまのお方さまはわしなぞ見たこともないような麗しい姫君なのでしょうな」

それは追従ではなく半分呆れているように聞こえた。どうせろくに身動きもできないほど着飾ってお高くとまっているばかりの女なのだろうと。

——麗しい姫君。

前ならそんな風に言われたら「いや、おかしな女だぞ」と真顔で答えたりしていた。

今はなぜだか、思い浮かべるだけで息苦しくなる。目頭が熱くなって涙がにじむ。

「――友が、北に懸想文を寄越した。どうしていいかわからない。どうしてそんなことができるのだろう」

勝手なことをつぶやいていた。

「友が信じられない。妻が信じられない。己が信じられない。――どうしてこんなことになってしまったのか」

実は先ほど、清涼殿で右衛門督朝宣に出会ったばかりだった。

「おお、祐高卿、丁度よかった」

朝宣は笑って話しかけてきた。爽《さわ》やかな男ぶりで後ろめたいことなど何もなさそうな。もう十二、三年見慣れたいつも通りの顔だった。

「荒三位が皆で弓射の腕を競おうと息巻いている。六衛府の長官と次官とを集めて盛大に。内裏での弓の儀式は下官ばかり出てきてつまらんとぬかしたぞ。卿の兄上も弓を射ろだと。大将を捕まえてよくも」

あまりにいつも通りなので。

「仕方がないな、あの人は。まあ我々は武官なのだからたまには」

祐高も笑顔で返事をした。何も知らないふりをした。

燃えてなくなった文など最初からなかったような。

そう思うとあの文の手蹟が朝宣のものだったのか、記憶があやふやになっていた。

「これから小弓などつき合え」

「これからか」

「何かまずいのか」

「ううん、今日はちょっと使庁に用事が。またいずれ」

「卿は歌が詠めないのだから弓の腕までまずかったらいいところがないぞ」

「言いすぎだ」

用事などなかった。朝宣が来ないところに行きたかっただけだ。

互いに笑ったまま別れたが、心の中はざわついていて。

——お前、忍さまに文を送ったのか。

——なぜ笑う。

心の奥ではわたしを侮っているのか。

全てが嘘だとしてもなおいい男だ。純粋に忍を心配しているだけなのかもしれない。お節介《せっかい》が過ぎるのを自分が悪いように悪いように受け取っているだけなのかも。

——陰気に悩んで言いたいことも言えずにいるわたしよりよほど。

ぐずぐずした男なんて忍さまは大嫌いだ。

牛車の中で涸《か》れるほど泣いたはずなのにまだ涙が出る。いきなり泣かれて、平少尉も困るだろうと思ったが止まらない。

果たして平少尉は首を傾げ。

「はて。うちの婆なんぞが今更よその男と逃げたりできるものならやってみぃと思いますが。友もおらんのでようわかりませんなあ、友の妻？　思いも寄りません」

あっさり言い切った。——驚いて涙が引っ込んだ。

「と、友がいないのか、平少尉には」

「おりません」

「酒を飲むときなどは」

「手酌《てじゃく》です。そうですな、昔はそのような者がいた憶えがなくはないですが、大体死ぬか袂を分かつかして一人も残っておりません。おらぬならおらぬで何とでもなります。間男でも友人でも二、三発殴って去ったらそれまででしょう。公卿さまはご友人を殴って問い詰めては駄目ですか。何やらの中将さまは下人を打擲するとの話ですが公卿同士で殴り合うてはいけませんか」

「荒三位は殴り合いの喧嘩もするが……」

「もしや喧嘩《げんか》をなさったことがない？　別当さまは二郎君で、兄上がおられるのでは？兄弟喧嘩は？」

「兄にぶたれたことならあるが、喧嘩はない」

「ご兄弟ですら殴り返したことがないのですか？」

今度こそ平少尉は呆れたように口を開けた。

「それはいけませんなあ。この間、お生まれの御子は男だったと聞きます。育って悪さをしたら殴って仕置きして根性を叩き直さんと」

「そんな手荒なことをしなくても、言って聞かせればよい」

「ではご友人にも言って聞かせればよろしいでしょう。密かな不倫なら文句も言えんのでしょうが夫に知れるような下手を打つ間抜けならば百年でも二百年でも説教してやればよろしい」

言い放って平少尉はまた筆を取った。これ以上、洟垂《はなた》れの小僧につき合ってはいられないと言いたげだった。

5

桔梗の言う通り、今や忍が守らなければならないのは父の家ではなかった。

衛門督はその後も何か文を書いて寄越したようだが、全て取り次がず使者を追い返せということにして。ともかく祐高の機嫌が直るのを待っていたら。

ある日、六歳の太郎が邸の外に遊びに行った。男の童《おわらわ》と雑色と三、四人連れ立っていたので大したことだと思っていなかった。

夕方になって躑躅《つつじ》の枝など持って帰ってきた。赤い花が鈴なりになってまぶしい。

「お母さま、お花取ってきたよ。あげる」

と無邪気に差し出すのを、忍も笑顔で受け取った。

「まあまあ花泥棒さん、どこから持ってきてしまったのかしら。悪い子ね。こんな綺麗な花にはお歌をつけないと。何か考えましょう」

「お歌、ここに」

太郎はそう言って上着の右袖をまくり上げた――

細い子供の腕には墨色鮮やかに和歌が書かれていて。明らかにこなれた大人の筆跡なのに息を呑むほど驚いた。そもそも太郎が自分で左手でこんな風に書けるわけがなかった。


〝夢路にて交わせし契りしのぶればうつつの人を恨みに思ふ〟


――わたしは夢で愛し合ったのを思い出しているのに現実のあなたは応じてくださらないのですか？　恨みに思います。

子供の書く歌ではない。雑色などに書けるものでもない。

「こ、これは何なのかしら、太郎」

「門の前でお父さまのお友達の、え、えもん……さまが書いてくださったの。お母さまに見せなさいって」

――柏木どころか平中《へいちゅう》だった。夢で見たとか、知るか。

「お返事のお歌を待ってますって」

「返事なんてするわけないでしょう！」

つい大声を上げてしまって、太郎をびくつかせた。

「ち、違うのよ太郎。その人は悪い人なのよ、次は近づいては駄目よ。危ないから」

言いながら目の前が真っ暗になった。――太郎をかどわかすこともできたのだ。

男の子でも邸の外に出してはいけない。ましてや、姫は。しばらく姫を門に近づけてはいけない。「何てこと」と嘆いて気絶したかったが、神経が太いのか気絶しなかった。自分の根性が恨めしい。

「とにかく消さなければ。こんなもの、祐高さまが見たらどう思うか。誰か手水《ちょうず》を」

女房たちを呼んで水差しと盥《たらい》を用意させ、水をかけて布でこするが、墨が濃いのかなかなか消えない。

「お母さま、痛い」

「我慢して、太郎」

こすりながら色男面を思い出して憎悪が募った。筥《はこ》に山芋と沈香《じんこう》の菓子を入れて呪い殺してやろうか、平中め。もののわからない子供によくもこんな。菓子で殺せるなら五つでも六つでも用意してやる。

必死でこすっている真っ最中に。

「お方さま、殿が太郎さまを探しておいでです」

「こんなときに限って⁉　泥だらけだから洗うのに時間がかかると言って！」

「もうそこにいらしていますが」

先触れの女房に急かされて頭がおかしくなりそうだった。

——待て、発想を逆転させるのだ。

少しして簀子縁に久しぶりに祐高が現れ。

「太郎に新しい小弓を……何だその格好は」

「お母さまが、物の怪除けのおまじないだって。悪い人や物の怪がうろついているからお外には出てはいけないって」

慌てて墨で太郎の腕を真っ黒に塗った。要は和歌が読めなければいい。衛門督の筆跡だとわからなければいい。

「そんなまじないがあるのか？　泥だらけだと聞いたが……」

「な、何にせよ沐浴して洗い清めなければね！　水浴び、は冷たいからお湯を沸かしなさいお湯を。桶《おけ》二杯くらいあれば太郎を洗い清めることはできるでしょう」

苦しい言いわけをする忍も目が泳いでいたが。

「……間の悪いときに来てしまったな」

祐高もこちらに目もくれず、畳におもちゃの弓を置いて去っていく。——まだこじらせているのか、面倒くさい男！　あなたが忿怒《ふんぬ》の相で衛門督をにらみつけるか、検非違使を率いて放免たちにこの邸の守りを固めさせれば解決するのに！

そして桔梗の言ったことを思った。この八年、ずっと祐高は忍に遠慮して言いたいことを言わず、寛大な公達を気取っていたのだと。

忍は言いたいことをすぐさまその場で言い、男からの気まずい文なども見せてしまうほど何もかもあけすけだったので考えたこともなかった。

祐高はこの八年、細かい突っかかりがあっても我慢していたのだろうか。

実のところ忍との生活は我慢だらけだったのだろうか。

細かいことが気になっても堪えるのが彼にとって〝大人になる〟ということだったのだろうか。

あるいは彼自身も気づいていなかったのだろうか、自分がこんなに面倒くさい男であることを。

八年分の感情の奔流に溺れて彼自身、どうしていいかわからないのだろうか。

――八年間、やせっぽちの子供のあなたに食事と衣とをご用意し、邸を綺麗に整えて迎えていたのよ。

あなたの家来として役に立ちそうな者に褒美を与えてあなたの言うことを聞くように計らって。

立派な公達にしてさしあげた。検非違使の長官に選ばれるほどの。

三人の子の父親にも。

もうどこにでも行ける。

不満があるならよそに行けばいい。

御家の約束なんかなくたってどこでも喜んで迎えてくださる。内裏女房や受領の娘と言わず、公卿の姫君、皇女殿下でもあなたを馳走でもてなしてくださるでしょう。

あなたが見つける女君は落葉の宮のように拒んだりなどせず、皆が皆、明石《あかし》の君のように歓迎するでしょう。

あなたがすねている間にわたしは若くて綺麗ではなくなっていくわ。早く次を見つけないと。あなたはこれからもっと立派になるのだから。

子を産んでわたしの役目は半かた終わった。もう恐ろしい世間には出ない。御簾の奥、帳の中でじっとしている。

あなたが来ないと少し寂しいけれど。

母や姉がそうしているように、あなた一人のための秘めた花として誰に知られることもなく帳の奥で朽ちていく。それがわたしの全て。

あなたは何が足りないと言うの？

わたしを食べてしまったら誰があなたの世話を焼くの？

このとき、太郎君の腕に書かれた歌は忍には不愉快なものでしかなかったが。

そうは思わない者もいた。盥を用意した深雪だ。彼女は騒ぎの後、一人でうっとりしていた。

「……こんな風に恋歌を贈るなんて、何て情熱的なのかしら、衛門督さま。若さまの腕にお歌を書くなんて。夢で契りを交わしたというのも雅だわ。物語のようだわ」

恋歌というものは女君本人に届かなくとも、その周りの若くてちょっと浮わついた女房の目に留まればいい。

かえって皆に気づかれない方がいい。一人や二人だけの方が。

「お方さまはこんなに熱心な衛門督さまにお返事をさしあげればよいのに、文を受け取ろうともなさらないなんて薄情な。ときどき遊びにいらっしゃるけれど立派なお方だわ、男前で。一体何が気に入らないのかしら。殿に気を遣っているのかしら。殿とお方さまとは御家同士が決めた政略結婚だと聞くわ。浮気なんて誰でもしているじゃないの。わたしなら応じるのに。お気の毒な衛門督さま」

女君本人が何を考えているかはあまり関係がない。

「――そうだ。わたしが代わりにお返事をさしあげよう。おつきの女房が代筆をさしあげるのは当たり前のことだわ。せめてわたしだけでも衛門督さまをお慰めしよう」

誰からでも、返事が来たらしめたもの。一人でも話を聞くやつが現れれば。

かくして立派な邸に隙が空く。蟻《あり》の穴から堤も崩れる。

「えっ、殿はお方さま一筋の堅物で通っているのに、先月お方さまが三日ほど伏せって御帳台からお出になることもできずにいたとき、陸奥の君という内裏女房と通じて？　それ以来お役目も手につかず、お方さまとぎくしゃくして？　そんな。それでこのところ、お方さまは独り寝で毎日嘆いておられるの。殿は雅なお歌は詠めなくとも誠実な方だと思っていたのに、お方さまを古衣のようだなんて。やっぱり高貴の御家の政略結婚に愛はないんだわ」

恋路は正道ではなく鬼道。

武勇ではなく英明でもなく神算鬼謀《しんさんきぼう》ですらない。

取るに足りない小手先の鶏鳴狗盗《けいめいくとう》の技により、ここに函谷関の門が開く――

6

嵐の季節だ。

恐るべき桔梗にも弱点がある。雷が怖いのだ。強い雨が降るとそわそわする。今日は風も吹いているようだった。暗くなっても屏風の陰で何かささやいてはびくびくと震えているので。

「……耳に布きれでも詰めて、寝ていなさい。雷が落ちて火事になったらひっぱたいてでも起こして一緒に逃げてあげるから」

見かねて忍が声をかけると。

「そ、そうします。お方さまはどうして雷が平気なのですか」

「昔は怖かったけど怖いのに飽きちゃったのかしら？」

そそくさと自分の局に引きこもった。

「桜花は大丈夫なの？」

「あちらでは早々に純直さまが雨戸を閉めて引きこもってしまいました」

「新婚夫婦にはこの雨も座興というわけね、羨ましいこと。──太郎と姫は今日はお母さまの御帳台で一緒に休みましょうね。どうせお父さまは宿直しておられるし」

と忍が子供たちを誘うと。

「えー。二郎と姫が一緒は嫌ー」

「姫は二郎と兄さまが一緒は嫌ー。お母さまと姫と二人だけで寝たいー」

太郎と姫は口々に同じ事を。姫はまだ四つの童女だというのに一人前に太郎を押しのけようとする。

「きょうだい仲が悪いのねえ。母の前では仲のいいふりをなさい。太郎は元服するまでしか母と一緒にいられないのだから。お前たち、堪えて母に忠孝を尽くしなさい。お父さまが薄情なのだからお前たちだけがお母さまの生き甲斐《がい》よ」

「イキガイってなーにー？」

「宝物よ。ふりでよいから仲よくなさい」

忍は二郎を胸に抱き、太郎と姫とを招き寄せた。四人もいると御帳台が賑やかで仕方がない。

太郎も五年もすれば元服していずこかの姫君のもとに通い始めるのか。純直のように十七まで家にいたっていいが、それはそれでいずこかの姫君を攫ってきてしまうのか。子供が子供でいる時間は短い。

だが太郎は上着を脱ぐどころか、元気が余っているのか畳の上でじたばたと泳ぐ真似などしていた。

「太郎、まだ眠くなーい」

姫がけらけら笑って忍に身を寄せる。

「じゃあ姫も眠くなーい」

「〝じゃあ〟とは何よ。せめてじっとしなさい、太郎。埃が立つでしょう。雷が恐ろしいだろうと母が気遣っているのに。女の御帳台ではしゃぐのはもっと大人になってからになさい。お母さまが言って聞かせているうちが華よ、ぐずぐずしていたらひっぱたいてしまうわよ」

「お母さま、お話をして」

「仕方がないわねえ、太郎も横になって聞きなさい」

やっと夜具に寝転がらせることには成功した。

「……鬼や検非違使の話は子供に聞かせにくいわね、祐高さまのおっしゃりようがわかったわ……かぐや姫のお話は太郎がつまらなそうね……一寸法師《いっすんぼうし》のお話にしましょう。ええとね。昔々、子のない夫婦のもとに、菩薩《ぼさつ》さまの計らいで背丈が一寸しかない小さな子供が産まれました。一寸とはお母さまの手のここからここくらいよ」

指で示すと、姫が口を尖らせた。

「うそ。そんな小さい人がいるはずがないわ。二郎よりずっと小さいなんて」

「子供のくせに夢がないわね。お母さまは宮中で鬼と天狗と、いもしない幻の女房を二十人も見たし、手を触れずに蛙を殺す陰陽師と会ったことがあるのよ。蛙殺しの術を見せてもらったわけではないけれど――」

大いに話が逸れて一寸法師どころではなくなったとき。

御帳台の外から誰かが呼びかけた。

「お方さま、殿が久しぶりにおいでです」

「は？　祐高さまは宿直でしょう？」

思いも寄らぬことに忍は身体を起こし、首を傾げた。

「雨でお邸が心配になったとおっしゃって、お戻りになりました」

ばたばたと帳の外で女房たちが動く気配がした。

「さあ、御子さまがたは乳母たちで預かりましょう。殿はお帰りの途中、夜道で転ばれて大層気の毒なお姿です。少し灯りを暗くしますよ」

そう声がして、外の灯りが次々消えていく。忍は慌てて上着を羽織った。

「失礼いたします」

と乳母たちが帳を開け、寝そべっていた太郎と姫とを抱き上げる。

――ひどい違和感がした。

「祐高さまなら、子供たちを連れ出す必要はないでしょう。かわいい子らではないの。雷が鳴ったら怯えると思って一緒にいるのよ」

「五人も御帳台にいらっしゃると大変でしょう。あれ、二郎さまは」

「こちらに」

「えー。お母さまのお話、聞いてたのに」

「姫もお父さまに会うー」

太郎も姫もぐずっているが抱き上げられてなすすべもなく連れていかれ、声がどんどん遠くなる。

「お方さま、殿は雨に濡れて凍えていらっしゃいます。暖めてさしあげないと」

――雨のときこそ内裏に詰めていなければならないのでは。検非違使別当としても左兵衛督としても内裏をお守りするのが武官の役目だ。自分の邸のことは後回しにする人だ。

雨に濡れて転んだとしても灯りを暗くしなければならないだろうか？　そんな格好をつける男か、あれが。夜歩きは暗いのが怖いと寝言を言っていたことがあったような。

灯りのもとでせめて子供たちの顔くらいは見てから乳母に預けるのでは？

何ならこのところ気まずいのだから、子供たちの顔ばかり見て忍には会わずに寝殿に戻ることすらありえる。

「ほらほら、皆さま。このところお方さまは寂しい思いをなさっていたのだから、お二人きりにしてさしあげないと」

女の声が、周囲の女房を追い立てる気配がする。一人、二人、遠ざかっていく。

——やっぱりおかしい。

ぎゅっと衣の胸許をかき寄せた。胸騒ぎがした。ささやかな息遣いを聞いて心を落ち着けようとしたが。

雨音の向こうに、みしみしと床板が軋む音。女房たちは膝行るか、足が出ないほど長い袴の裾を蹴りながら歩くので足音は独特で、衣擦《きぬず》れの音が大きい。

しゃんと立って歩く男君の足取りは音が違う。それも背丈や歩き方でまた違って父と祐高とは聞き分けられる。

その足音は祐高のものとは違って聞こえた。

——知らないうちに逢坂の関が開いたのだ。

そういうものは女君の意志とは関係なくやって来る。色よい返事などなくても業を煮やして寝所に押し入ってしまえば。

奥歯をぎゅっと噛み締めた。身体が震えるのを止めようと思った。

烏帽子をかぶった直衣姿の男君が御帳台の帳をくぐった。雨や泥の湿った匂い。

「——東屋《あずまや》の軒先でひどく濡れてしまって。雨宿りをさせていただきたい。忍の上の御帳台はこちらか」

声が。

あのとき襖障子の向こうからしたのと同じ。

悲鳴を上げようとした。

落花狼藉の不逞の輩が、夫のふりをして寝所にまで入ってきて。無礼な。わたしはこの邸の女主人、こんな誰とも知れない者の非礼を許しはしない。

だが声が出ない。

男がそこにいると思っただけで、口を開くことすら。身体がすくんでしまっている。蛇を前にした蛙のように。

あるいは御帳台を倒しても外に逃げ出せば。

思っていても身体が動かない。逃げたことなどないからどうすればいいかわからない。鬼を前にしたときだって、目をつむることしかできなかった。あのときの鬼は敵ではなかったから助かっただけで――

顔に何か触った。大きな手だ。

たくましい男の手が無遠慮にほおや首をまさぐり、唇に触れた。

「おかしな女だと聞いたが、戸を閉ざして逃げたりはしないのか？」

――気持ち悪い。

嫌だ。怖い。息が詰まる。

なのに汗をかいて背中の毛を逆立《さかだ》てるくらいが精一杯だ。払いのけることすらできない。身体が動かない。

手が、肩を摑んで——

稲光が走った。

重たい音が、御帳台の中まで轟《とどろ》いた。

それで弾《はじ》けるように赤子が泣き出した。

小さな身体の全てを使って、のどが破れそうなほどの声を張り上げて。誰を憚ることもなく。

泣き声を聞いて、男の手が離れた。

——灯りが暗いのをいいことに咄嗟に衣を丸めて乳母に持たせ、二郎を胸に抱いて上着の中に隠した。本当に祐高だったら二郎が帳のうちにいて困ることなど何もない。灯りのもとではばれてしまうが、夫婦水入らずでと気を遣って席を外した乳母は本物を連れに戻るというわけにもいかないだろう。時間が稼げればよかった。

男は赤ん坊の泣き声に狼狽《ろうばい》しているようだった。気の利いた言葉一つ思い浮かばないらしい。

これが本物の鶏鳴狗盗だ。

赤ん坊は泣くのが仕事だ。勇ましい武者でなくても、英才の官でなくてもこうして母を守ってくれる――

安堵した自分が、だが。

ひどく恥ずかしく思えた。

こんな赤ん坊を盾にしなければ己の身一つ守れないとは情けない。


――ごめんね、二郎。


この期に及んで声が出ない。

涙ばかりがこみ上げた。

自分は母ではないのか。まだ立つこともできない子を守らなければならないのに、逆に守ってもらうなんて。連れていかれてしまった太郎や姫を見捨てて。

男から逃れたいがために子供を利用して。それが賢い行動だと。

きっと相手は鬼などではないから赤子を殺したりはしないだろうと。

浅ましい女だ。

こんなことをして貞節を守って何になるのか。

どうしてわたしは子供たちを抱いて走って逃げることができないのか。

桔梗の言った通りだ。わたしは今、全てを失った。

誇りを失って夫の愛を失って、子への愛も失った。

己だけがかわいい女に成り下がった。

死んでしまいたい。


ぴしりと闇の一角が切り取られた。

再び雷鳴が走り、白い閃光《せんこう》の中に。

刃が煌《きら》めいた。

「──こんなことはしたくなかったのだ、残念だ、朝宣」

聞き慣れた、聞いたことのない低い声がした。

稲光の向こうに、切れた帳の向こうに、祐高の姿があった。烏帽子をかぶって幾分、縹《はなだ》に寄せた二藍の直衣をまとい。

手には三條の御太刀を下げ。

帳の中の衛門督の鼻先にその切っ先を突きつけた。

「この祐高が妻子への狼藉、見逃せぬ。何度も言わぬ、去《い》ね。友と思った卿なればこそ斬るぞ」

低い声に衛門督がびくりと震え、そそくさと帳を出ていった。ばたばたと荒い足音が遠ざかっていく。唐突な終わりだった。

かすれたような音がして太刀が鞘《さや》に納められた。男の影が帳をくぐり、二郎を覗き込んでおっかなびっくり額を撫でた。

「ああ、ええと、二郎。もうよいから泣きやみなさい……と言ってやむはずもないのか。どうしよう、これは。乳を飲ませるなどした方がよいのでは。忍さま？」

戸惑ったような少し怯えたような、いつもの夫の声。

温かい手が自分の顔にも触れた。

「忍さま、驚いたのか。そうだな。そうだろうな。すまない」

——優しい手。

「本当よ」

声を出したつもりだったが。

実際に上げたのは泣き声だった。二郎に負けず劣らずの大きな声を上げてわけのわからないことを叫んだ。

「馬鹿、馬鹿、馬鹿、馬鹿」

涙と嗚咽が止まらない。ただ必死で喚いてすがりついた。

声を上げて泣いたことなど、この十年なかった。

「すまない」

祐高が頭を抱いて、子供にするようにぽんぽんと叩いていた。

「すまない、馬鹿だった」

赤ん坊をあやすどころか自分もぎゃーぎゃー泣いていたら流石に女房たちも騒ぎに気づいて。こうなると祐高はただおろおろするばかりで。

何が起きたか正確なところを把握した者はあまりいなかったと思うが、今度こそ二郎は乳母に抱かれて裏手に下がった。忍は今更桔梗に抱かれてあやされたりはしなかった。祐高にしがみついていた。

二郎よりは忍が泣きやむ方が早かった。祐高の直衣の袖で思いきり洟をかんでやったが、困るのが祐高でなく洗濯する者だと気づいた。まだ二郎は元気に奥で泣いているのが聞こえる。

「――何で。どうしてここにいるの」

「え、あ、ええと」

じっと見上げてやると、祐高は少し恥ずかしそうで。洟をかんだら彼の衣香が匂った。雨に濡れた気配がない。

「……庭に隠れ潜んでいようと思ったのだがすぐに桔梗に見つかって、この天気でそんなことをしたら駄目だと。どのみち雨戸を下ろしてしまったらそこからは見えないと、その。頭から女房の衣をかずいて、そこの屛風の裏に……」

と御帳台の外を指さすのに、忍も唖然《あぜん》とした。

「……屛風の裏に？　この部屋にずっといたの？」

「うん、まあ。おかげで足がしびれた。庭に潜んでいたら風邪を引いたな」

平然と言ってのけるものだから。

「桔梗？　祐高さまは桔梗と仲が悪いのかと思ってた」

「あの……忍さまに会えなくなって困ったので仲立ちしてくれるよう相談したのだが〝思いきって普通に会いに来い、気が引けるなら手土産でも用意しろ〟と言うばかりで全く助けにならず……」

それは桔梗ならそう言うだろう。……頭がくらくらしてきた。

「ちょっと待って？　今日は宿直では？　衛門督が来ることを知っていたの？」

「いやまあその。それには長いわけがあり」

「まだあるの!?」

「ある」

祐高は妙に力の抜けた表情でたわごとをほざいた。

悪少尉に切って捨てられ、忍の乳母にもばっさり言われて。

その次に祐高が頼ったのが天文博士、安倍泰躬だった。

「ほう、ご友人がお方さまに文を」

文を焼いて小川に流してしまったことを語ると、泰躬は大真面目にうなずいた。

「それはいかにもまずいことをなさいましたね。次に文が来てもお方さまはもう別当さまに教えてはくださいませんよ。相手の出方がわからなくなった」

実につまらない痴話喧嘩《ちわげんか》の相談のためにわざわざ邸に呼びつけたというのに、これまでの二人と違ってさっさと切って捨てはしなかった。

「つ、ついかっとなってその」

「まあ間男など何とでもなります、ご安心を。衛門督さまの動きがわからなければこちらから道を作って動かしてしまえばよいのです。いずれ本人が邸にやって来るのは確かですから。そういうことなら天文博士、安倍泰躬にお任せを。何を隠そうこのわたし、恋のまじないを最も得意としております」

「……初耳だ。いやどこかで聞いたような」

「己の家があの有様で片腹痛いとお思いでしょうが他人のことならいかようにも。別当さまには妻が世話になり、ご恩があります。命懸けの陰陽道の真髄にて衛門督さまを罠にかけて進ぜようではありませんか」

あまりに自信満々に言ってのけるので、祐高の方がおののいた。

「ま、まさか朝宣を呪詛するのか。我が友だ、呪い殺せとまでは。大体、まだ朝宣だとは。いや朝宣の手蹟だったが、わたしも記憶が曖昧で」

焦って祐高は朝宣を庇うのか何なのか自分でもわけがわからなくなったが。

「相手が衛門督さまでなくとも同じことですが、陰陽道とは呪いとかそういうものではありませんよ。道とは人を導くもの――別当さまの宿直日を一日、忌み日にするだけです」

「何と？」

「世の人には宿直日のように思わせて、別当さまはお邸の庭などに潜んで北の対のお方さまをご自分の目で見張っていればよろしい。単純なことです。ご自分でご覧になったものならば誤解のしようもございません。わざと隙を作り、間男がのこのこやって来るようなら一網打尽。警戒して来なければ、少将さま辺りに口裏を合わせてもらって宿直が大変だったとでもおっしゃっておけば」

しれっと、恐ろしいことを言った。

「下官に言い含めておくこともできますね。内裏、左兵衛府、使庁とお役目を兼任されていますからどこにいるかなかなかわかりませんし。そうでなくても男は女君の家に泊まるのですから夜にどこにいるかなど普通はわからないものですよ。いつでもご自分のお邸にいらっしゃるのはあなただけです。――別当さまは宿直に出ておられたと記録に記しておけば皆、そのうちそのようであったと思います」

祐高は違う意味で血の気が引くのを感じた。

「……そなたが密かに公の記録を書き換えてわたしの宿直日を変えてしまうと」

「死罪のない平安の京で命懸けとは、職を辞することもやむなしという意味です」

それは忌み日、休日がいつかを定めるのは陰陽寮の陰陽師の仕事とはいえ。

「それにわたしが何をせずとも、参内して宿直すると言っておいて途中で黙って帰ってしまう方はざらにおりますよ。大抵、宿直ということにして密かに女の家に行くわけですが。別当さまはそういうずるをなさったことがない？」

「……ない」

「とことん珍しい方ですね。宿直日を初めて偽るのが北の方のためとは」

泰躬の提案はそれだけに終わらなかった。

「そう簡単に釣られる相手ではないやもしれないのでもう一つ二つ、罠をかけることも考えましょう。とにかく別当さまが北の対に行かない日を作ってそうと吹聴しておれば間男はその日を狙います。逆に、宴などどうでしょう。管弦でも花見でも何でもよい。風雅を知る男をありったけ呼んで、皆の前で酔いつぶれて寝たふりをするのです。皆が帰って寝静まった頃に、どさくさに紛れてお方さまのところに忍んでいこうとする輩《やから》が現れたら捕らえます。別当さまは酒と見せかけて米のとぎ汁を飲むなどして、素面《しらふ》のまま酔って中座したように見せるとか」

果たして何を食べて生きていたらそんなに悪だくみを考えつくのか――

「何なら酒が入った衛門督さまの前で、お方さまの美しさを称《たた》える歌の一つも詠んでその気にさせてけしかけましょうか。産の儀式の折にお姿を垣間見たということにして。宴会芸こそ我が本領です。歌は得意ではないので代作を頼んでおきましょう」

「そ、そなたが煽って夜這いさせると言うのか」

「恋路は鬼道でございますから。恐ろしいのは奇襲であって罠にかけて引きずり出してしまえば間の抜けたもの。わたしがそそのかしてその気になるならそういう方なのです。女心などわからなくてよろしい。女を口説こうとする男の心がわかれば何とでもなります」

それで泰躬はあの姦物の顔で笑うのだった。

「小細工を考えるのは得意ですよ。この安倍泰躬の取り柄は蛙殺しのみではありません。ええ、蛙を殺せれば人も殺せます。先頃は女官を一人、鬼に変えました。人に戻すもたやすいことでございます。この天文博士には武勇の武官、英才の文官には思いもつかぬ小手先の鶏鳴狗盗の技がございます。鬼道ならば陰陽師にお任せあれ。真夜中に鶏を鳴かせ、間夫の前に函谷関の門を開け、偽りの逢坂の関に誘い込んでみせましょう」

「……たかが色恋のためにそこまでのことをしなければならないのか?」

この頃には祐高はもう相談したことすら間違いだったのではないかと思っていたが。

「たかが、ではないです。一夜の恋のために女人は命懸けで子を産みます。男も命懸けでなければ不実ではないですか。これ以上に大事なことはこの世にありません」

目から鱗《うろこ》の落ちるような言葉だった。

「荒三位さまが妻を寝取られたら相手を叩っ斬るだろうとわたしたちは散々言ったわけですが、あなたは叩き斬らないのですか? まさか宰相中将さまがお亡くなりになったのは阿呆《あほう》だったからだとお思いですか、あの方はあの一夜に命を懸けて負けたのですよ。気の毒ですが愚かではありません。他にも恋のために死んだ男は京には数多おりますが別当さまは命を懸けないのですか? 色恋如きと、すかして冷笑しておられるのが衛門督さまは瘤に障るのですよ。これはあなたの人生の一大事です。しゃんとなさってください」

――なぜか、叱られすらした。

「ここに割って入るからには火遊びなどではなく殺し合いであると衛門督さまに示してさしあげなければあちらにも失礼ですよ。友なればこそちゃんと殺しておやりなさい。死なねば懲りないのですよ、色男は」

彼は太郎の腕の黒いのが恋歌を書かれた跡だったことも看破して。

「そんなまじないはありませんしお方さまが隠すものは一つだけですよ。そろそろ釣りの時機と見ました」

そして今朝など、呼びもしないのに泰躬の方からやって来た。

「今宵は風が強い。ひどい雨になります、絶対に今日来ます。お支度を」

「雨なら来ないのでは？　馬も牛車も使えなくて大変だろう」

「別当さまは本当に夜歩きをなさらないのですね。雨の日に大変な思いをして来るからこそ熱意の表れになるのではないですか。こんな日にわざわざ来たのはそれほどあなたが愛しいから、ずぶ濡れだからせめて雨宿りさせてくれと言うのが間男の常套句《じょうとうく》でございます。水も滴《したた》るいい男とも。こういうことは恥ずかしいくらいに興を盛って相手が乗ってくればしめたもの。雨の中を追い返すのか、風邪を引いて死んだらあなたのせいだと脅しつけるくらい恥知らずでなければ恋など成就しません」

「……そなた、まことに妻は二人だけか……？」

「少ない方なのにどうして責められるのかわかりません」


「ま、待って、ちょっと待って」

忍は声がうわずった。

「では朝から屛風の裏にいたと言うの？」

「いた。忍さまが御帳台を出て着替える頃にどさくさで入り込んだから。桔梗が菓子や飲みものなど持ってきてくれたし、久々に忍さまの話すのが聞こえたので暇ではなかった」

「今朝⁉」

――忍は気絶しそうだった。一日中じっと屛風の裏に座り込んで。北の対には子供たちも乳母も女房もいるから一人くらい多くてもわからないが――そんな気概があるならなぜ素直に会いに来ない。逆にすごい根性だ。

「どうして衛門督が来たときにさっさと出てこないのよ⁉　――寝てたの⁉　まさかあれだけ女房が騒いでいたのに、肝心なときに寝ていたの⁉」

「まさか。起きていたとも。……今になるととても恥ずかしくて、言いにくいのだが」

祐高は視線を落とした。

「——忍さまがわたしを褒めそやすのは他の男を知らないからではないかと思った。朝宣を知れば意見が変わるのではないかと。余命幾ばくもないあなたを幸せにしてくれる男がわたしの他にいるのではないかと」

「馬鹿！」

「まこと、大たわけだった。反省している」

と傷ついたように言うのだから。

「いや、これは言いわけだ。あなたのためと言い聞かせてぎりぎりの際まで臆病で逃げ隠れしていたのだ。何とか朝宣と対決するのを避けたかった。友情があるからではない、怯懦《きょうだ》ゆえだ」

その声は沈んでいて、怒る気勢を削がれた。

陰陽師にああまで言われても、屏風の裏にいると祐高はまだみっともないことをしていると悩んでいた。妻や友人を疑ってこんなことまでしている身が情けないと。堂々としている朝宣に何を言うのかと。

朝宣が実に鮮やかに自分の名を騙《かた》って太郎や姫を追い払ったのにすくんでしまったのもあった。こんなことができる男を友と呼んでいたのだと呆れながら恐れおののいた。泰躬の策はどれもこれもひどいと思っていたが、それくらいしないといけないのだとやっと実感した——これは「たかが色恋」ではなく命懸けの殺し合いだった。

「騙し討ちのようなことをして女を手籠めにする」と知った風なことを語っていたのに、それがどういうことなのか目の当たりにするまで理解していなかった。

自分が一番傷ついていると思った。

——だが雷が鳴って。

御帳台の中から二郎の泣き声がして。

高位の貴族の女君は夫以外の男に声を聞かせない。乳母や女房に代わりに喋ってもらう。それを思い出した。自分は夫なので忍と直接話すことに慣れていたが——

あれは二郎が代わりに声を上げているだけで、本当は忍が泣いているのだと。

忍は強くて賢くて何でも自分で決められるのだと思っていた。いつでも自信満々で迷いがなくて。邸から出もしないのにどんなことでも思い通りに動かして。

泣いてばかりの自分とは違うのだと思っていた。

忍だって泣きたいのを我慢していたのだ。

忍だってこの八年、黙って傷ついていたことはあったかもしれなかった。

「あなたを泣かせたのはわたしだ、わたしが不甲斐《ふがい》なかったからだ。わたしが侮られているだけならまだしも子らを蔑《ないがし》ろにして妻を辱められて。そうまでされなければ己の本性がわからなかったなど情けない。卑怯者だ」

それで今度は祐高が涙をこぼし始めるのだから。——颯爽と太刀を抜いて現れ、ひしと抱き合ったところでやめておけばよかったと思った。

「忍さまはさぞかし此度の件でわたしに幻滅しただろう。愛想を尽かしただろう。わたしのことをみ、見限って……」

最後まで言えずに泣き出してしまう始末だ。

どこに出しても恥ずかしくない立派な公達だと思っていたのは忍だけだったらしい——夫婦揃って赤子の二郎に助けられて泣いているとは。

「はいはい、お友達相手に太刀を抜いて見得を切っただけでもあなたとしては随分頑張った方だったのね」

もう完全に諦めて、子供にするように背中を撫でてやった。怒りがないでもないが、泣いてどうでもよくなってしまったのもある。

「……待って、わたしが余命幾ばくもないって言った？　何のこと？」

全く心当たりがない。——結局あれほどの目に遭っても後宮でも自邸でも一度も失神しなかったし、何より太郎や姫のときと比べて乳の出がいい。ここ数日、気分は沈みがちだったが身体は嫌になるほど元気だった。

忍の髪をかき撫でて、祐高は声を詰まらせた。

「自分で気づいていないのか、二郎を産んで忍さまは背丈が縮んでしまったのに」

「わたしが縮んだ？」

――思いも寄らない話だった。

「肩の位置がどんどん低くなっている。――女は子を産むと歯や髪が抜けて早く老いると。たくさん子を産むと骨がやせ細ってどんどんすり減って、焼いた後の骨もほとんど残らないのだと。いずれ足が弱って立とうとするだけで骨が折れて寝たきりになってしまうのだ。わたしのせいだ。あなたは身を削って子を産んで、わたしが抱き締めるたび小さくなって……それでわたしがあなたに返せるものとは何だ」

「それは」

忍も子を産むと女は体型が変わると乳母や女房たちから聞いてはいたが、祐高の話は心当たりが違った。

「祐高さまの背が伸びたせいではないの。あなた、衣の丈が変わっているのよ」

「え？」

「わたしが小さくなっているんじゃなくて、あなたが大きくなっているの。わたしが二郎の産で実家に帰っている間に一寸ほど伸びたようよ。もう六尺に届くのではないかしら。帯の位置が高くなってすねが見えてつんつるてんだから装束を全て仕立て直したわ。駄目にしてしまったお直衣も丈が足りなくなっていたの。だから古いのは従者にやってしまえと言っていたのに。前のはもう着られないのよ」

——全く気づいていなかったらしく、彼は涙に濡れた顔で呆然と忍を見つめた。

「……わたしはもう二十二だが」

「二十二でも伸びるんでしょう。あなたの背を早く伸ばしたくて青魚をたくさん食べさせたせいなのかしら。女はずっと座っているから背丈がわかりづらいでしょうけど、わたし、縮んでないから」

「そうなのか？」

「わたしの衣の丈は変わらないわよ」

「六尺とは大男だな？」

「そうよ。承香殿で局に入ってくるとき、冠が引っかかって狭そうにしていたし。このところ、烏帽子や冠をぶつけることが多いんじゃないの？　牛車が狭いと思ったことはない？　純直さまも伸び盛りだからあの方と比べてもわからないわよ？」

「高くて怖いと思ったことなら。……弟のくせに兄上より大きくなったと文句を言われたな。言われてみれば頭をぶつけるし、平少尉なども前より小さく見える」

「ほら。何も泣くようなことはないのよ。まさか自分が大きくなったのが怖くて泣いてしまうとか」

いったんは真顔になったが——また祐高は背中を丸めてしまった。

「あなたのように子を産んでいないから背が伸びるのではないか」

「子を産まなくても女は六尺にはならないわよ」

――さっきは走って逃げられたらと思ったが、祐高が背負って逃げてくれるならその方がいい。

得意な人がすればいいのだ。

「歯も髪も年寄りになったら抜けるわよ。自然のなりゆきよ」

「よその家の妻より早く老いたらわたしのせいなのだろう。これまで運がよかっただけで次の子を産んだら死んだり寝ついたりするかもしれない。わたしのせいであなたが死んでしまったら耐えられない。きっと子のことも恨んでしまう。わたしが触れるほどあなたは不幸になるばかりだ。わたしが大臣になろうが姫が妃になろうが、そのときあなたが一緒でなければ意味がない」

随分殊勝なことを言って、祐高はほおを寄せてきた。お互い涙でぐしゃぐしゃだった。

「――もう触れてはいけないと思うのに、我慢できなくて――他の女で紛らすべきなのに、あなたに似た女を見るとかえってつらいばかりで――」

「産は痛いから嫌とは言ったけど泣くほど我慢されても困るわ。仕様のない人ねえ。桔梗は四人産んでも元気だし天文博士の妻など五人も産んでいるわよ」

「運のいい人たちなのだ」

「――わたしの運が悪かったとして、そうなればまるきりあなたのせいではなくて半分はわたしのせいね。女にあまりはしたないことを言わせないで。わたしだってあえて黙っていることはあるのよ」

指先で祐高の唇に触れた。

「あなただって明日、馬から落ちて亡くなるかもしれないし、そうなればわたしはもう一人くらい子を授かっていればよかったと思うでしょうよ。一つの悔《く》いもなく生きるなんて無理よ」

――桔梗が言った覚悟とはこれのことだったのだろうか。

「同じ墓穴に入るのでしょう？」

7

夫婦の危機は去った。めでたしめでたし、としたいところだが。

別当祐高は右衛門督朝宣を叩き斬って殺してしまったわけではないので。

内裏の殿上の間の前で青ざめて立ちすくんでいると、右大将祐長に声をかけられた。

「何だ二郎、朝から顔が暗い。また使庁で失態でもあったのか」

――なにげにいつも失態をするやつだと兄に思われているのにより落ち込んだ。

そのうち、純直まで殿上の間に現れる刻限になって。

「あれ、祐高さま、忍さまと仲直りして円満になったと聞きますがなぜそんな深刻そうな顔を。仲直りの話が間違いだったのですか？」

「お前、純直にまで心配されているのか。朝飯を食いすぎて腹が痛いとかではないのか」

そんなことだったらどんなによかったか。

——朝宣に合わせる顔がない。修羅場を演じた相手とどんな風に接すればいいのか。

「わたしを罠にかけて手籠めにしようとした男と仲よくしたいの？」

忍にはとても言えないし。

「残念ながらわたしも悪少尉と同じ意見です、友人など殴って去ったらそれまでです。衛門督さまのなさりようは無体でした。正しいのだから堂々となさってください」

この件では泰躬にも突き放された。

「どのみち永遠に物忌みしているわけにはいきません。いつか清涼殿で顔を合わせることになるのですから適当に諦めてください」

「適当にって」

「向こうも子供ではないのですから、仕事の話くらいはしてくれますよ。逃げ隠れしているとかえって出ていきづらくなりますよ。それでお方さまのところに行けなくなってしまったのでしょう？　肚をくってください」

それで一日物忌みと称してずる休みしただけで出てきたのだが、もう一日物忌みしていればよかった。勢いで朝宣を雷雨の中に追い出してしまったが、幸い雷に打たれて死んだり雨に濡れて風邪を引いたりしていないようだ。いやこれはどうすれば。

「薬でももらってやろうか。腹痛《はらいた》と頭痛《あたまいた》とどっちだ。歯痛《はいた》か」

「祐高さまが暗いとこっちまで落ち込みますよ」

まず、兄と純直に状況が説明できず、背中に冷や汗をかく。その間にも無情に時間は過ぎていく。「やっぱり今日は陰陽師に注意されたので、帰る」と言おうとしたとき。

「やや、祐高卿！」

当の朝宣の明るい声が響いて、飛び上がりそうになった。——明るい声？

果たして衛門督朝宣は、いつも通りの爽やかな笑顔で何事もなかったようにやって来て、祐高の肩を軽く叩いた。

「この間は悪かったな。——その後、盛り上がったか？　おれのおかげで四人目の子ができそうか？　まさに雨降って地固まる。雨の中、帰った甲斐があると言うもの」

「……は？」

あまりにいつも通りなので一瞬、一昨日の雨の夜のことは自分の夢だったのかと思った。いやそんなはずはない。

「な、なぜ」

目を白黒させてやっとそれだけつぶやいた。

「なぜって？」

「どうしてわたしに話しかけてくる」

「話しかけてはいけないのか？」

「いや、あの」

「だから言ってるだろう、悪かったと。だがおれのおかげで北の方との絆が深まったなら恩人ではないか。酒でもおごれ」

そう言う朝宣はきょとんとして全く悪びれた様子もなく。

「ふ」

気づいたら祐高は直衣の胸ぐらを摑んでいた。

「ふざけるなお前ーー！」

「おお、その顔が見たかった。卿は世間体を気にしすぎて見栄っ張りでいかん」

こちらは怒り心頭なのに、朝宣はなぜかへらへら笑っている。

「ふざけるな、ふざけるなよ！　忍さまを泣かせて〝悪かった〟で済むか、土下座して詫びろ！」

「やっと本物の愛妻家になったな、別当祐高」

祐高がこれまでになく声を荒らげてまくし立てているのに、朝宣はまるで自分一人が分別のある大人であるかのように焦りもせずまっすぐに目を見つめ返して。

「——もしかしておれが卿の剣幕に震え上がって二度と口を利けないほど怯えたりしていると思ったか？　卿が柄にもなく一生懸命怒るふりをしているのが雛を庇う小鳥のように健気《けなげ》でいじらしかったので、気の毒になって帰ってやっただけだ！」

口を歪めてにやっと笑った。

「お前、殺してやる！　素っ首叩き落としてくれる！」

思わず祐高は立ち上がって腰に佩いた野太刀に——

そこで兄に手を摑まれた。

「二郎！　清涼殿で太刀に手をかけるやつがあるか！　お前、使庁の別当だろうが！」

「止めないでください！　妻を辱めたんです！　こいつを殺させろ！」

自分の口から言ったことのない言葉がぽんぽん飛び出し、ついに兄にすがりつかれた。

「衛門督、何をした！　二郎は兄弟喧嘩でもこんな風にはならないのに！」

「ではおれは兄弟以上だな」

「朝宣さま、煽らないでください！」

と純直も羽交《はが》い締《じ》めにして身動きを取れなくする。

この騒ぎに、他に参内していた公卿の皆さまはといえば。

「おお、卿も荒別当に宗旨替えか？　悪別当の方がいいのか？　荒三位も加勢するか？」

「三位中将さまも止めてくださいよ！」

「衛門督は別当の北に手を出したのか？　よくも比翼連理の間に挟まるなどできるな」

「ここではまずい、庭でやったらどうだ」

圧倒的に面白がっていた。

——この後、帝からお叱りの言葉があったのは言うまでもない。

別当邸では、凄まじい雨の後で庭園の藤の花が一日かけて見事に開いた。淡い紫色の花の間を蝶《ちょう》や蜂《はち》が飛《と》び交《か》うまぶしい季節になった。二郎は相変わらず産着の中で寝たり泣いたりだが、太郎は庭の小川におたまじゃくしがいるとはしゃいで姫の上着の袖に入れてしまい、姫よりも乳母たちを嘆かせた。

忍は嘆くどころではなかった。――食べすぎでもしたのか、腹が張って重い。吐き気がひどく、少しめまいもする。

「忍さまの手番ですよ」

北の対で桜花と囲碁を打っていたが血が胴にばかり回って頭を巡っていないのか、まるで集中できない。

「何だか……気分が悪くて」

「まあ。まさかおめでたですか？」

桜花が口を押さえて驚いた顔をするのに、忍は面食らった。

「あ、いえ……二郎を産んだばかりでそんな」

「忍さまと姉上さまもあまり離れてはいないでしょう。夫君と和解して、四人目を」

「いえ昨日の今日でそんなことは……まさか承香殿のが」

「羨ましい。わたしも早く純直さまの御子を授かりたいのに」

皮肉を言っているつもりは桜花にはないのだろうが、忍は不安になって腹を押さえた。

「――まだ見ぬ三郎《さぶろう》あるいは二の姫、わたしに宿ろうとしているのなら桜花の方に行きなさい。そっちの方がかわいがってもらえるわよ。……天文博士にまじないしてもらったらそっちに移るかしら」

「そんな〝風邪はうつしたら治る〟みたいな話なのですか？」

「とにかく今授かるのだけはまずいのよ。お願い、御子、せめて五年ほど空気を読んで。祐高さまが傷ついちゃうから、あの人にわたしより好きな人ができてからにして！」

「忍さまはいつも珍しいことで悩んでおられますねえ」

「わたしじゃなくてあの人が珍しいの！」

――忍の考える立派な夫とは背が高く雅な衣を着て真面目にお勤めに出て、女子供に優しく、一途で――多少よそで遊ぶようなことはあっても三日に一度ほどは正妻のもとに顔を出す程度に一途な男だった。

一体どこで間違ったのか。途中までは彼女の思い通りだったはずなのに。

もう、うっかり死ぬことすらできなくなった。

まるで檻《おり》に閉じ込められたようだと、今更ながら忍は嘆息した。

傍から見れば脆く美しい檻。

あとがき

どうしても言っておかなければならないことがあります。

冬桜《ふゆざくら》は品種改良種で平安時代にあるはずがない！　しかし原種×原種なので偶然！　偶然交配して忍《しのぶ》の実家に一本だけ発生したんです！

もう一つ。

偕老同穴《かいろうどうけつ》は巣の方、謎の海綿動物にして珪素《けいそ》生命体カイロウドウケツが本体！

中の海老はただの寄生エビ！　雌雄同体の幼体が小さいうちに何尾も入り込んでエビ同士でバトルロワイヤルを繰り広げ、二尾だけ生き延びてつがいになる！　たまに三尾生き延びる！　どっちかっていうと蠱毒《こどく》！

これで思い残すことはありません。

〝吾が君〟に〝ダーリン〟〝ハニー〟とルビを振るか悩みました。

検非違使《けびいし》、メチャメチャ歴史が長いので「検非違使」とタイトルついてる資料を読むと勢いよく平安時代と室町時代の運用が混ざってたりする。平安時代自体メチャメチャ長いので前期・中期・末期でまた違う。広い心でご覧ください、あまり真に受けないでください。本当のところ祐高《すけたか》は「左兵衛督《さひょうえのかみ》」と呼ぶべきなんだけど「別当《べっとう》」だけで検非違使別当の略になるという説を採用したり。少将《しょうしょう》は右近左近《うこんさこん》併《あわ》せて同時に四人まで存在するので純直《すみなお》も「右衛門佐《うえもんのすけ》」と呼ぶべきなのだが「右衛門督朝宣《とものり》」と並ぶので「少将」で統一したり。衛門佐と衛門督が並ぶより少将と中将《ちゅうじょう》が並んだ方がまだマシ……検非違使庁は左衛門府《さえもんふ》内にあって左衛門府の官がそのままたくさん勤めているのに、別当に任じられなくて気を悪くしている左衛門督もいるはずです。

ちなみに中納言《ちゅうなごん》は最大で十人。身内を適当に配置して定員オーバーしたら役職の枠を増設する。本当に誰でもなれた。親馬鹿が極まった源平期《げんぺいき》には八歳の中納言とかいた。十七歳の少将、全然親馬鹿ではない。それで戦乱の世になったらこの人たち、「わたしは皇后の甥《おい》だぞー!」とか喚《わめ》きながら惨死していくのだろうな、と思いながら書いてました。

ネームドモブの荒三位《あらさんみ》が好きです。祐高が三條《さんじょう》の太刀《たち》持ってるの、「この三條、とてもいいぞ。地金が美しい。羨《うらや》ましいだろう? 仕方ないなー祐高卿《きょう》なら。おれは京のファッションリーダーだから真似する者が現れるのは当然だからなー」

と無理矢理お揃《そろ》いのを仕立てさせられてしまったから。……皆に好かれてるんだよ。

三人目の子供が産まれるところから始まる超出オチラブコメ、いかがでしたか。

ラブコメなのかミステリなのか知略能力バトルなのかわからないし平安オレオレ詐

欺だし。要するに柏木《かしわぎ》と落葉《おちば》の宮は最初っから政略結婚の夫婦だという話ですが。絢爛豪華《けんらんごうか》とはほど遠く血なまぐさくても愛がある、これくらいがリアルと思います。

汀《みぎわ》こるもの　拝

参考文献

『新訂　官職要解』和田英松／所　功（校訂）　講談社学術文庫
『増補　検非違使』丹生谷哲一　平凡社ライブラリー
『新潮日本古典集成〈新装版〉源氏物語　一』紫式部／石田穣二　清水好子（校注）　新潮社
『御簾の下からこぼれ出る装束（ブックレット〈書物をひらく〉）』Kindle版　赤澤真理　平凡社
『殴り合う貴族たち』Kindle版　繁田信一　角川ソフィア文庫
『王朝貴族の悪だくみ―清少納言、危機一髪』繁田信一　柏書房
『源氏物語図典』秋山虔　小町谷照彦（編）／須貝稔（作図）　小学館

本書は書き下ろしです。

〈著者紹介〉

汀　こるもの（みぎわ・こるもの）

1977年生まれ、大阪府出身。追手門学院大学文学部卒。『パラダイス・クローズド』で第37回メフィスト賞を受賞しデビュー。小説上梓の他、ドラマCDのシナリオも数多く担当。近著に『レベル95少女の試練と挫折』『五位鷺の姫君、うるはしき男どもに憂ひたまふ　平安ロマンチカ』『探偵は御簾の中　鳴かぬ蛍が身を焦がす』など。

探《たん》偵《てい》は御《み》簾《す》の中《なか》

検非違使《けびいし》と奥様《おくさま》の平安事件簿《へいあんじけんぼ》

2020年 5 月20日　第1刷発行　　定価はカバーに表示してあります
2022年10月12日　第5刷発行

著者……………………………汀《みぎわ》こるもの

発行者………………………鈴木章一
発行所………………………株式会社 講談社
〒112-8001 東京都文京区音羽2-12-21
編集03-5395-3510
販売03-5395-5817
業務03-5395-3615

本文データ制作……………講談社デジタル製作
印刷…………………………株式会社ＫＰＳプロダクツ
製本…………………………株式会社ＫＰＳプロダクツ
カバー印刷…………………株式会社新藤慶昌堂
装丁フォーマット…………ムシカゴグラフィクス
本文フォーマット…………next door design

ISBN978-4-06-519272-6　N.D.C.913　298p　15cm

講談社
タイガ

久賀理世

ふりむけばそこにいる
奇譚蒐集家　小泉八雲

イラスト
市川けい

19世紀英国。父母を亡くし、一族から疎《うと》まれて北イングランドの神学校に送られたオーランドは、この世の怪を蒐集《しゅうしゅう》する奇妙な少年と出会う。生者を道連れに誘う幽霊列車、夜の寄宿舎を彷徨《さまよ》う砂男と聖母マリアの顕現《けんげん》、哀切に歌う人魚の木乃伊《ミイラ》の正体とは。怪異が、孤独な少年たちの友情を育んでゆく。のちに『怪談』を著したラフカディオ・ハーン——小泉八雲《こいずみやくも》の青春を綴《つづ》る奇譚《きたん》集。

講談社タイガ

清水晴木

緋紗子さんには、9つの秘密がある

イラスト
とろっち

学級委員長を押し付けられ、家では両親が離婚の危機。さらには幼なじみへの恋心も封印。自分を出せない性格に悩みが募《つの》る高校2年生・由宇《ゆう》にとって「私と誰も仲良くしないでください」とクラスを凍りつかせた転校生・緋紗子《ひさこ》さんとの出会いは衝撃だった。物怖《ものお》じせず凜《りん》とした彼女に憧れを抱く由宇。だが偶然、緋紗子さんの体の重大な秘密を知ってしまい、ふたりの関係は思わぬ方向へ——。

講談社タイガ

三木笙子

赤レンガの御庭番《エージェント》

イラスト
須田彩加

将軍直属の情報機関「御庭番《おにわばん》」を務めた家で育った探偵、入江《いりえ》明彦《あきひこ》。米国帰りの彼は容姿端麗、頭脳明晰《めいせき》——しかし、完璧すぎるあまり、心を許せる友はいない。横濱《よこはま》に事務所を構え、助手の少年・文弥《ふみや》に世話を焼かれながら暮らしている。訳ありの美青年・ミツと出会った明彦は、犯罪コンサルタント組織『灯台』と対《たい》峙《じ》することになり——？　異国情緒溢れる、明治浪漫ミステリー！